ERA UMA VEZ
UMA IMPOSTORA

OBRAS DA AUTORA JÁ PUBLICADAS PELA HARLEQUIN

IRMÃOS TREWLOVE
Desejo & escândalo
O amor de um duque
A filha do conde
A sedução da duquesa
Fascínio da nobreza
A tentação do bastardo

ERA UMA VEZ UM DUCADO
Era uma vez um renegado
Era uma vez uma impostora

Lorraine Heath

ERA UMA VEZ
UMA IMPOSTORA

Tradução:
Ana Rodrigues

Rio de Janeiro, 2023

Título original: The Duchess Hunt

A Harlequin é um selo da HarperCollins Brasil.

Contatos: Rua da Quitanda, 86, sala 218 — Centro — 20091-005
Rio de Janeiro — RJ
Tel.: (21) 3175-1030

Diretora editorial: *Raquel Cozer*

Editora: *Julia Barreto*

Assistente editorial: *Marcela Sayuri*

Copidesque: *Thaís Lima*

Revisão: *Thaís Carvas e Julia Páteo*

Ilustração de capa: *Crown's Eyes Production © Arcangel*

Design de capa: *Renata Vidal*

Diagramação: *Abreu's System*

CIP-Brasil. Catalogação na Publicação
Sindicato Nacional dos Editores de Livros, RJ

H348e
Heath, Lorraine
Era uma vez uma impostora / Lorraine Heath ; tradução Ana Rodrigues. – 1. ed. – Rio de Janeiro : Harlequin, 2023.
304 p. ; 23 cm. (Era uma vez um ducado ; 2)

Tradução de: The duchess hunt
Sequência de: Scoundrel of my heart
Continua com: The return of the Duke
ISBN 978-65-5970-231-2

1. Romance inglês. I. Rodrigues, Ana. II. Título. III. Série.

22-81631 CDD: 823
CDU: 82-31(410.1)

Gabriela Faray Ferreira Lopes – Bibliotecária – CRB-7/6643

Para Barbara Dombrowski
Que esteve presente desde o início:
Parceira crítica e colecionadora de fatos obscuros
Mas, acima de tudo, uma amiga querida

Capítulo 1

Londres
2 de julho de 1874
Seis semanas até o baile de Kingsland

Se já existiu uma tarefa mais desagradável no mundo do que escolher uma mulher para se casar com o homem que você ama, Penelope Pettypeace com certeza desconhecia. Mas a verdade era que, durante os oito anos em que trabalhava como assistente do duque de Kingsland, ela se vira cercada por tarefas desagradáveis. Àquela altura, já deveria estar acostumada. No entanto, a mais recente tarefa passava dos limites.

Sentada diante da escrivaninha, em seu pequeno escritório na casa do duque em Londres, Penelope usou o abridor de cartas de cabo de mármore verde, que ganhara de presente de Natal do patrão, para abrir com eficiência e rapidez mais um envelope — deixando o lacre intacto. Retirou a carta escrita em um papel pesado, abriu-a, ajustou a posição dos óculos e começou a ler as palavras que alguma jovem dama inocente e solteira escrevera com capricho e esperança desenfreada, em resposta ao anúncio recente e incisivo do duque de que buscava uma dama nobre que estivesse na idade ideal para casar e procriar para se tornar a duquesa dele. O duque havia feito o mesmo no ano anterior, com resultados desastrosos.

Na época, ele mesmo fizera a seleção e anunciara sua escolha durante um baile naquela mesma casa — um baile que Penelope organizara e supervisionara. Ela ficara nas sombras enquanto o som do magnífico gongo no salão ecoava nos cantos mais distantes, indicando que o duque estava prestes a revelar sua escolha. Penelope não soubera quem era a eleita até toda Londres ouvir o nome da jovem pelos lábios dele: lady Kathryn Lambert.

Durante quase um ano, o duque cortejara a mulher, mas, no fim, ela o dispensara em favor de um malandro sem título algum e com um legado que incluía um pai traidor. Kingsland definitivamente deveria ter aprendido a lição: não se pode usar uma abordagem tão impessoal para conseguir uma esposa adequada.

Mas não. Apenas dois dias após a dama ter rejeitado seu pedido de casamento, o duque publicou outro anúncio no *Times*, buscando uma solução fácil para um assunto complicado: conseguir uma esposa que atendesse aos seus critérios. Sem nem se dignar a abrir um único dos quase noventa envelopes recebidos e ler as cartas escritas com capricho, ele havia transferido a atribuição para Penelope.

Apesar de considerar a tarefa um aborrecimento, ela levava o dever a sério e havia criado uma tabela, usando papel pardo, que cobria praticamente toda a parte superior da escrivaninha de carvalho. Penelope desenhara uma coluna na qual anotava os nomes das damas e outra para cada um dos atributos que ela tinha quase certeza de que o duque desejava em uma esposa — embora ele não tivesse se dado ao trabalho de fazer qualquer exigência específica que não a mais premente: "Quero uma duquesa silenciosa, que esteja à minha disposição quando eu precisar dela, e ausente quando eu não precisar."

E toda mulher queria um homem que estivesse presente quando ela não se desse conta de que precisava dele. Um homem encantador, gentil e atencioso. Um homem que não se importasse em ser incomodado quando uma mulher quisesse alguém por perto apenas para reafirmar o valor dela.

Hugh Brinsley-Norton, nono duque de Kingsland, com toda certeza não era esse homem.

Ainda assim, Penelope Pettypeace havia conseguido se apaixonar por ele. Maldito fosse seu coração pouco prático.

O duque jamais encorajara aquele afeto mais profundo de Penelope, e ela mesma não se dera conta do que sentia até ele anunciar como futura noiva o nome de outra dama e as palavras a atingirem como um soco no peito. A verdade é que fora uma surpresa para Penelope perceber a profundidade dos seus sentimentos pelo patrão. Talvez o motivo fosse a confiança que Kingsland depositava nela para cuidar dos negócios do ducado quando ele estava longe. O duque viajava com frequência em busca de oportunidades de investimento, um propósito que lhe deixava pouco tempo para outros empreendimentos... como cortejar adequadamente uma mulher. Kingsland era responsável por quatro propriedades — o ducado, dois condados e um viscondado —, assim como pelas pessoas que dependiam daquelas terras para viver. Até começar a trabalhar para ele, Penelope sempre considerara os aristocratas como um bando de preguiçosos mimados, mas Kingsland lhe mostrara a verdade: as obrigações com frequência pesavam sobre seus ombros. O respeito de Penelope pelo duque não conhecia limites, e o coração seguira o mesmo caminho.

— Senhorita Pettypeace?

— Que diabo você quer?

Ela levantou a cabeça rapidamente e olhou com irritação para o pobre criado que a interrompera. Mas logo se arrependeu ao ver os olhos arregalados de espanto e horror do rapaz, como alguém que tivesse se visto subitamente diante de uma aranha enorme e terrível e percebesse tarde demais que ela se irritara por ter sido perturbada enquanto tecia a sua teia.

— Desculpe, Harry — voltou a falar Penelope. — Em que posso ajudá-lo?

— Sua Graça acabou de chamá-la à biblioteca.

— Obrigada. Estarei lá em um instante.

— Muito bem, senhorita.

Enquanto o rapaz saía rápida e silenciosamente, Penelope deixou de lado a carta que listava uma série de talentos: tocar piano, cantar, jogar croquet e lutar esgrima — *aquele* último era um talento que mais ninguém alegara ter até ali, que exigiria o acréscimo de outra coluna, e talvez resultasse em algum dano físico ao duque quando a mulher em questão descobrisse que ele não tinha tempo para aproveitar nenhuma das habilidades da esposa. Penelope ergueu um peso de papel de mármore preto, onde fora gravado em ouro "Deus ajuda quem cedo madruga" — um presente do duque quando ela completou um ano trabalhando para ele —, e pousou-o em cima da carta, para indicar que ainda não terminara de avaliar a autora como uma duquesa em potencial.

Penelope empurrou a cadeira para trás, levantou-se e ajeitou o cabelo, certificando-se de que nenhum fio havia escapado do coque simples que usava. Ela fazia bom uso de cada minuto de cada dia, executando uma série de tarefas ao mesmo tempo, sempre que possível. Satisfeita com a própria aparência e sem nem se dar ao trabalho de se olhar no espelho, Penelope saiu pisando firme em direção ao seu destino, seguindo pelo corredor que levava à cozinha e passando pela parede onde ficavam as fileiras paralelas de sinetas — uma para a criadagem de um modo geral, e outra para ela, Penelope —, marcando os cômodos em que uma sineta fora puxada. Subiu a escada que levava ao quartinho que ocupava nos alojamentos dos criados, então pegou outro corredor até a escada já gasta usada pelos criados para servir uma refeição, pelo mordomo para atender à porta da frente e também pela camareira que cuidava das necessidades da duquesa viúva quando ela estava na residência, além do valete que servia ao duque. Escada esta que Penelope tinha permissão para usar para chegar à parte principal da residência porque também atendia ao duque, embora não da maneira pessoal como fazia o valete. Mas Penelope defenderia que seus deveres eram muito mais importantes. Assim como faria toda a criadagem da casa, sem dúvida, porque a presença de Penelope mantinha tudo em um ritmo tranquilo. O mordomo jamais objetara que ela lidasse com o duque quando Sua Graça estava de mau humor.

Penelope teria preferido que seu escritório ficasse mais perto de onde ele trabalhava, mas o duque nunca havia perguntado sua preferência. Infelizmente, ele decerto agiria do mesmo jeito com a esposa — o foco de Kingsland era inabalável, e raramente se aventurava para além do império que construíra. O homem se importava com ganhar dinheiro e garantir o próprio sucesso a todo custo, mas muito pouco além disso. Porém, a sagacidade, o talento e a determinação implacáveis com que gerenciava seus negócios deixavam Penelope sem fôlego com frequência. Era uma visão impressionante, e ela aprendera muito com o patrão, o bastante para ter conseguido, como muitas mulheres, investir sua renda em negócios privados e títulos do governo com um sucesso surpreendente. Ela nunca mais se veria forçada a fazer o inimaginável para sobreviver.

Quando Penelope já se aproximava da biblioteca, um criado uniformizado parado diante do cômodo a cumprimentou com um breve aceno de cabeça e abriu a porta para que ela entrasse. E foi o que Penelope fez, com os ombros bem eretos, as emoções contidas e o passo firme, sem dar nenhuma pista de como a mera visão de Sua Graça sempre a deixava de joelhos bambos. Não era por causa das feições diabolicamente belas — Penelope já conhecera a sua cota de homens bonitos. Era a postura confiante, a objetividade em seu olhar firme, o poder e a autoridade que ele exercia com tranquilidade. Era a forma como o duque olhava para ela sem qualquer traço de luxúria. Ele lidava com ela da mesma forma como lidaria com um homem a quem respeitasse, um homem cuja opinião valorizasse. E, para Penelope, que nunca conhecera nada semelhante antes, aquilo era um afrodisíaco.

O cabelo preto do duque, um centímetro mais longo do que a moda — ela teria que abordar o assunto com o valete dele —, parecia pedir que os dedos hábeis de Penelope afastassem para o lado o cacho eternamente rebelde, que caiu mais uma vez sobre os olhos cor de obsidiana quando ele ficou de pé, esticando aquele corpo longo e esguio que qualquer roupa seria sortuda de cobrir. O fato de o alfaiate garantir que cada ponto fosse perfeito só servia para deixar o duque ainda mais atraente.

Penelope o vira no café da manhã, é claro. Kingsland insistia para que ela se juntasse a ele porque ideias, reflexões e coisas a serem pesquisadas geralmente lhe ocorriam enquanto ele dormia, ou assim que acordava, e era aquilo que muitas vezes definia o que Penelope passaria o dia fazendo. Ela também era dada a acordar agitada, com a cabeça cheia de soluções para problemas que eles muitas vezes vinham se esforçando para resolver, e compartilhava essas soluções com Kingsland enquanto tomavam o café da manhã. Era um jeito delicioso de começar o dia, mesmo quando eles não tinham nada a dizer e ficavam apenas lendo, cada um por si, os jornais que o mordomo passava e deixava ao lado de seus lugares toda manhã. O duque acreditava que era vantajoso para ele que Penelope se mantivesse o mais bem-informada possível.

— Pettypeace, esplêndido, você chegou. — A voz suave e profunda dele pareceu aquecer o estômago de Penelope, como o conhaque que ela gostava de tomar antes de se recolher à noite. — Permita-me apresentá-la ao sr. Lancaster.

Ela assentiu em cumprimento ao cavalheiro que usava um paletó de tweed de péssimo caimento.

— Senhor.

— Lancaster, essa é a srta. Pettypeace, minha assistente.

— É um prazer conhecê-la, senhorita.

Penelope imaginou que o homem devia ser alguns anos mais velho do que ela, que tinha 28. Ele tinha uma voracidade, uma energia nos olhos cinza, como se soubesse que estava prestes a fazer uma fortuna, mas ela também sentiu cautela ali, porque Lancaster compreendia que todas as suas esperanças poderiam ser destruídas com algumas poucas palavras do duque: "Não estou interessado".

— A srta. Pettypeace vai tomar notas, para que eu possa avaliar o assunto com calma, mais tarde. Gosto de refletir sobre as possibilidades de investimento, você entende.

Aquela era uma forma educada de dizer que ele investigaria a vida do sr. Lancaster até saber o dia e a hora exatos, e com quem, o homem perdera a virgindade — e, anos antes disso, quanto tempo ele havia mamado no seio da mãe.

Da forma mais discreta possível, Penelope pegou no bolso da saia o lápis e um caderninho encadernado em couro que sempre carregava, foi até uma poltrona no limite da área de estar da biblioteca, ajustou os óculos no rosto e se sentou. Os dois cavalheiros fizeram o mesmo.

— Muito bem, então, Lancaster, me impressione com esse seu plano que com certeza me tornará mais rico do que eu já sou.

King tinha o talento invejável de se concentrar em mais de uma coisa por vez, por isso, enquanto Lancaster discorria sobre a sua invenção — um relógio que emitiria um alarme em uma hora determinada por quem o possuísse —, ele parecia estar dando toda a atenção ao homem, enquanto, pelo canto do olho, admirava o novo vestido de Pettypeace. Era azul-marinho. É claro que era azul-marinho. Ela só usava azul-marinho. No entanto, como King também tinha o dom de uma boa memória, ele percebeu — apesar de a roupa não revelar nada além de um vislumbre da clavícula da assistente — que aquele vestido em particular tinha dois botões a menos, as mangas que desciam até os punhos eram ligeiramente mais justas, e as anquinhas, menores. King se perguntou quando ela tivera tempo para mandar fazê-lo, mas a verdade era que a mulher era a personificação da eficiência. Ele uma vez lhe perguntara por que ela sempre usava azul-marinho, em vez de uma cor mais alegre, e Pettypeace se ofendera na mesma hora.

— O senhor pergunta ao seu advogado por que ele não desfila por aí usando paletós de cores fortes, como um pavão?

É claro que King não faria uma pergunta daquelas ao advogado. Ele não dava a mínima para a roupa de Beckwith, mas compreendera o argumento dela. Pettypeace levava a sua posição muito a sério, e não usava nada que desse a impressão de que era de natureza frívola. Ainda assim, King achava que um verde-oliva teria o mesmo resultado do azul-marinho, e ao mesmo tempo destacaria o verde dos olhos dela, a expressão arguta e inteligente. Os olhos de Pettypeace eram o motivo para ele tê-la contratado.

Uma dúzia de homens se candidatara ao cargo quando ele o anunciara. Ela fora a única mulher. Também fora a única a olhá-lo diretamente nos olhos, sem jamais desviar o olhar, sem se encolher diante dele — nem mesmo quando ela mentira. Se Pettypeace era filha de um vigário, ele era o filho de um mendigo.

King havia contratado os melhores investigadores, detetives e espiões, e todos tinham sido incapazes de descobrir uma única informação sobre ela. Era como se Pettypeace não tivesse existido até o momento em que entrara no escritório dele para ser entrevistada para o cargo.

E King, um homem sagaz, que levava em consideração todas as vantagens e desvantagens de tudo, que se dispunha a sofrer uma perda para ter um ganho maior e que pesava os riscos, assumira um risco enorme com ela... e lhe dera o cargo. Sem saber nada sobre Pettypeace a não ser o que ela compartilhara com ele naquela tarde, muito tempo antes. E ainda não se arrependera da decisão.

Pettypeace era um espanto. Provavelmente a pessoa mais inteligente que King já conhecera. Uma inteligência que também se refletia naqueles olhos cor de esmeralda.

Naquele momento, os olhos de Pettypeace estavam concentrados no que ela estava anotando enquanto Lancaster falava. A caligrafia dela era impecável, não importava a pressa com que escrevesse. Embora ele tivesse noção de que, naquele exato momento, Pettypeace estava usando aquilo que ela denominava como método Pitman — uma série de curvas, traços e pontos que não faziam qualquer sentido para King, mas que também não precisavam fazer. Pettypeace traduziria cada símbolo em um texto que lhe entregaria mais tarde para que ele se inteirasse de tudo o que fora registrado. King raramente esquecia alguma coisa, mas preferia ter materiais de referência a que recorrer mesmo assim. Além do mais, Pettypeace com frequência capturava detalhes que ele talvez tivesse deixado escapar ou decidido que não tinham importância no momento — só para mais tarde descobrir que eram essenciais. Os dois formavam uma equipe, Pettypeace e ele. A não ser pelos seus três melhores amigos de Oxford, King não confiava em mais ninguém.

Mas não tinha certeza se ela poderia dizer o mesmo em relação a ele. Caso contrário, por que a assistente nunca compartilhara nada de seu passado além do que lhe contara naquela primeira tarde? Por um lado, King tinha a sensação de que a conhecia tão bem quanto a si mesmo. Entretanto, não poderia negar as enormes lacunas, que pareciam se tornar ainda maiores com o passar do tempo. King disse a si mesmo que o passado de Pettypeace não importava — ela fazia o que ele lhe pedia, e fazia à perfeição.

Além disso, a mulher tinha direito a ter seus mistérios. Afinal, ele mesmo era muito bom em guardar os próprios segredos.

Ainda assim, às vezes King se pegava imaginando...

Ele se tornou subitamente consciente do silêncio de expectativa pairando ao redor. E percebeu que havia parado de prestar atenção na conversa, o que não lhe era característico, mas já compreendera a essência do que Lancaster estava propondo.

— Interessante. A sua invenção deixaria sem emprego as pessoas que hoje são pagas para acordar quem precisa. — King se referia às pessoas que eram contratadas para bater nas janelas em determinadas horas e acordar os trabalhadores. Lancaster pareceu chocado com a ideia, como se não tivesse considerado as possíveis consequências de sua invenção. — Dito isso, todo progresso sempre acaba provocando perdas para alguns. Veja as ferrovias. As diligências são cada vez menos usadas, e estalagens que ficam ao longo de estradas antes muito usadas hoje têm cada vez menos clientes. Mas oportunidades se abrem em outro lugar. As pessoas podem viajar com mais facilidade até pousadas à beira-mar que, por isso, estão prosperando. Então, o senhor vai precisar de uma fábrica. Entendo que é isso que está buscando em mim como investidor.

— Sim, Sua Graça.

— Vou avaliar o seu projeto, sr. Lancaster, mas precisarei fazer algumas pesquisas antes de lhe dar qualquer retorno. Em duas semanas, nos reuniremos de novo, no meu escritório em Londres. — Ele preferia usar o ambiente mais austero e profissional quando a negociação se tornava mais provável. — Devo ter uma resposta para você até lá. — King ficou de pé e ofereceu um cartão ao homem, que também se levantava. — Deixe seu cartão com a srta. Pettypeace. Ela entrará em contato para lhe passar a data e a hora exata da nossa próxima reunião.

— Obrigado, Sua Graça.

Lancaster se apressou até onde estava a assistente de King e lhe entregou o cartão. A srta. Pettypeace sorriu.

— Muito bem, senhor.

A resposta não deu qualquer pista a King do que ela realmente pensava, porque Pettypeace dizia as mesmas palavras, naquele tom animado, para qualquer um que apresentasse uma ideia ao patrão, por mais atroz ou absurda que fosse. Era como se ela soubesse como era nunca ser encorajada, como se quisesse garantir um pouco de esperança em um mundo onde não havia nenhuma.

Depois que Lancaster partiu, King se deixou cair de volta na cadeira, encontrou o olhar da assistente e se dedicou a aproveitar a sua parte favorita de qualquer oportunidade de investimento.

— O que tem a dizer, Pettypeace?

Como sempre fazia quando compartilhava suas impressões iniciais, ela retirou os óculos e massageou o alto do nariz. Alguns fios de cabelo loiro haviam se prendido na armação e conseguido escapar da prisão do coque severo, e agora emolduravam a têmpora e o contorno do maxilar de Pettypeace. Aquilo chamou a atenção de King, porque era raro ver qualquer aspecto dela minimamente desalinhado. Isso fazia de Pettypeace uma excelente funcionária, mas King se pegou imaginando se ela tinha o mesmo porte depois que se recolhia para dormir, ou em seu dia de folga. O que ele via todo dia era apenas uma fachada, ou a essência daquela mulher? Absolutamente prática em qualquer circunstância. King aprovava, embora o incomodasse se dar conta de que não sabia como era o som da risada dela.

— Vossa Graça vai precisar encontrar um modo de baratear o produto dele. As pessoas que se beneficiariam da engenhoca não costumam ter dinheiro de sobra para o que sem dúvida será visto como um item de luxo. — Ela voltou a colocar os óculos no lugar.

— Concordo inteiramente, estava pensando o mesmo. — King pousou o cotovelo no braço da cadeira e apoiou o queixo na palma da mão. Então, passou o dedo lentamente pelo lábio inferior. — Vi algo semelhante na França, mas o aparelho que eles têm lá só pode ser programado para fazer um barulho muito alto em uma hora cheia determinada.

— Enquanto a invenção do sr. Lancaster permite que o alarme dispare em um momento específico de uma hora em particular. Assim, uma pessoa que só *precise* acordar às seis e meia poderia dormir por mais meia hora.

— Quando você não acordou na hora cheia, Pettypeace? Quando já dormiu até mais tarde?

Ela curvou ligeiramente os lábios.

— Sempre durmo até mais tarde na manhã de Natal, como um presente para mim mesma.

King sentiu o estômago tão apertado que foi quase doloroso. Ele nunca soubera daquilo. Cristo, estava assim tão desesperado por qualquer migalha de informação sobre ela que seu corpo reagia como se Pettypeace tivesse se levantado e se despido na sua frente? Ou era porque ele fora atingido na mesma hora pela imagem dela na cama, aconchegada sob as cobertas... despertando, se espreguiçando, então lembrando que era feriado, rolando para o lado e se permitindo cochilar mais um pouco, com um sorriso no rosto? Ou então porque o presente de Pettypeace para si mesma era algo tão simples, algo que ela poderia aproveitar a qualquer dia do ano, mas se negava — porque, como ele, estava determinada a realizar grandes coisas, não importava o sacrifício pessoal que aquilo exigisse? Aquele pensamento levou King a se perguntar que diabo a motivava.

— É avarenta demais consigo mesma, Pettypeace. Deveria comprar alguma coisa extravagante como presente de Natal.

— Os melhores presentes não custam nada.

O sorriso que ela abriu ao dizer aquilo foi encantador, como se Pettypeace estivesse perdida em lembranças.

King se sentiu tentado a perguntar qual tinha sido o melhor presente que ela já recebera. Maldito fosse, mas queria saber quem havia lhe dado.

Passou pela sua mente a sequência de presentes que ele já lhe dera, itens que eram dados a uma assistente para que ela pudesse executar melhor seus deveres, ou ao menos, desfrutar mais deles: uma pena com bico de ouro, um tinteiro de cristal, o pequeno caderno com capa de couro que ela usara mais cedo, e muito mais. Mas nada de natureza pessoal. King não tinha ideia do que Pettypeace gostaria para si mesma, o que a faria sorrir da mesma maneira calorosa que sorrira para Lancaster. De repente, pareceu imperativo lhe dar algo que fosse recebido com mais do que um "Obrigada, Sua Graça. Farei bom uso do presente".

King quis presenteá-la com alguma coisa que não fosse nem um pouco útil.

A boca de Pettypeace retornou abruptamente ao trabalho enquanto ela se levantava. As boas maneiras que haviam sido incutidas nele desde o berço o forçaram a se levantar também, embora não fosse fazer o mesmo se tivesse empregado um homem no lugar dela.

— Vou redigir as anotações e apresentá-las ao senhor esta tarde. Devo avisar aos seus investigadores para que levantem o que puderem sobre o sr. Lancaster? — Ela levantou o cartão de visita do homem.

Houve várias razões para ele pedir que Lancaster deixasse o cartão. Alguns homens que King empregava conseguiriam lhe dizer exatamente onde o inventor os imprimira.

— Com toda certeza.

— Quer que eu vá além e consiga cotações de algumas fábricas para comparar com o custo de construir uma nova?

— Você me conhece mesmo muito bem, Pettypeace.

Ela quase sorriu ao ouvir aquilo. King viu seus lábios se curvarem ligeiramente.

— Mais alguma coisa, Sua Graça?

— Sim. Nós vamos jantar no clube esta noite, com os Enxadristas.

— *Nós*, senhor?

— Vou precisar de você lá. Bishop tem um plano ou outro para apresentar, e quero que você tome notas.

— Mas é um clube só para homens.

— Reservei uma sala de jantar privada, com entrada particular. Peça para a carruagem estar na frente da casa às dezenove e trinta.

Pettypeace assentiu brevemente.

— Sim, senhor.

Ela se virou para sair.

— Pettypeace?

Antes que ela tivesse tempo de se virar para encará-lo, King já começara a se mover na direção dela. Foram necessárias apenas seis passadas para alcançá-la. Pettypeace não media muito mais do que um metro e cinquenta e cinco. Ele afastou com movimentos cuidadosos os poucos fios loiros e sedosos que estavam acariciando o rosto dela e os colocou atrás da orelha.

— Vamos estar todos vestidos com certa formalidade. Se você tiver alguma roupa menos... sisuda, sinta-se à vontade para usar.

Pettypeace piscou, então engoliu em seco e assentiu.

— Mas *é* um jantar de negócios.

— É claro, sem sombra de dúvida.

Ela ajeitou o cabelo, então abriu um sorriso. Largo e caloroso.

— Estou ansiosa para ver o interior de um clube de cavalheiros.

Enquanto Pettypeace saía da biblioteca, King se viu atingido pela constatação inesperada de que pagaria uma fortuna para manter aquele sorriso irresistível no rosto dela.

Capítulo 2

Bom deus. Jantar no clube com os Enxadristas. Eles eram famosos por seus estratagemas e brutalidade no que se referia a investimentos táticos e manobras de negócio. Haviam recebido o apelido quando ainda estudavam em Oxford, e era como continuavam sendo conhecidos.

Penelope mal conseguia acreditar na sua sorte. Ela já havia jantado com eles antes, ali na residência, e também na propriedade ducal no campo. Mas no clube... ora, aquilo não tinha precedentes. Ninguém era admitido no círculo íntimo deles e, por mais que ela não fosse fazer parte daquilo, estaria presente, no limiar, respirando o mesmo ar que eles. Mesmo que estivesse indo no papel de assistente, com o dever específico de tomar notas, ainda assim se sentiu importante.

No que se referia a trajes formais, o guarda-roupa de Penelope deixava a desejar. Ela costumava fazer a refeição da noite com os criados, mas nas raras ocasiões em que o duque a convidara para se juntar a ele e a seus convidados, sempre havia sido em situações informais. Mesmo quando a duquesa viúva estava na cidade e se dignava a ter Penelope em sua mesa, sempre ficava claro que aquilo estava acontecendo por causa da generosidade da mulher mais velha, e era esperado que Penelope ainda parecesse parte da equipe de empregados, por isso ela sempre usava um de seus vestidos azul-marinho.

Em seu guarda-roupa, o único traje que chegava remotamente perto de parecer de gala era o vestido verde-pálido que ela usara para supervisionar o baile do ano anterior — assim não se sentiria tão deslocada andando entre os convidados enquanto se certificava de que tudo estivesse transcorrendo como deveria. Porém, mesmo aquele vestido era bastante modesto, com o decote quadrado revelando sua clavícula e, talvez, cinco centímetros de pele abaixo, mas nada do colo, do volume dos seios, nem qualquer sombra de carne proibida. As mangas eram bufantes no alto dos braços e mal cobriam a curva dos ombros. As anquinhas eram discretas. A saia não tinha fitas, embora tivesse um acréscimo de tecido que se derramava em algumas camadas até o chão. Quanto ao cabelo...

— Lucy, não sei como te agradecer o suficiente.

A camareira sorriu, e o espelho de corpo inteiro refletiu seu rosto.

— Não seja tola, Penn. Gosto de arrumar seu cabelo. É jeitoso demais. Eu faria isso toda manhã se você pedisse.

Mas Penelope não pediria — Lucy Smithers já tinha bastante trabalho cuidando de todos os cômodos do andar de cima. Mesmo quando apenas um estava ocupado, ela precisava garantir que os outros fossem espanados, varridos e que estivessem prontos para uso de uma hora para a outra. No entanto, enquanto examinava o penteado no espelho, o modo como Lucy prendera o cabelo dela no alto da cabeça, mas ainda deixando algumas mechas descendo pelas costas, Penelope não conseguia evitar desejar que aquela aparência tão feminina não fosse um impeditivo para que fosse levada a sério. O pente de pérolas que escondia os grampos e ajudava a manter todo o penteado no lugar era um belo toque. Penelope o havia comprado para o baile do ano anterior — fora uma extravagância, mas aquilo era algo que a mãe dela sempre ansiara possuir, então justificara a despesa como uma homenagem à falecida mãe.

— Você está tão elegante quanto qualquer dama que já vi. Ousaria dizer que o duque vai mudar de ideia sobre o anúncio quando pousar os olhos em você.

Penelope sentiu o coração acelerar de tal forma que ficou surpresa por não ver o corpete se agitando no espelho. Ela deu as costas ao próprio reflexo, foi até a cama, pegou a luva de seda branca que havia deixado ali mais cedo e começou a calçá-la.

— Não seja absurda. Ele vem de uma família importante demais para se casar com uma plebeia.

Ainda mais uma plebeia com um começo de vida como o dela.

— Nunca se sabe. Ele não seria o primeiro duque a fazer uma coisa dessas.

Se tivesse acesso a uma casa de apostas, Penelope apostaria seu salário anual que o duque não faria uma coisa daquelas. Ao contrário de Lucy, que tinha uma inclinação romântica, Penelope era ancorada na realidade. Assim como Kingsland. O homem não era nem um pouco romântico. Ela sabia disso porque, sempre que ele precisara se ausentar por algum tempo enquanto estava cortejando lady Kathryn Lambert, instruíra Penelope a "mandar flores ou alguma outra coisa todo dia, para lady Kathryn saber que estou pensando nela".

O que significava que ele não pensara de forma alguma na dama em questão. Longe dos olhos, longe da mente. Penelope precisava encontrar uma mulher para Kingsland que não fosse excessivamente apegada, que não precisasse que ele segurasse constantemente a sua mão e que fosse forte o bastante para tomar conta de si mesma. Uma mulher com os próprios interesses, os próprios objetivos, que tivesse a habilidade de assumir seu papel como esposa do duque de Kingsland e se apropriar dele. Uma mulher independente, como a própria Penelope, que tinha consciência de que seu valor não era medido pelo homem em sua vida, mas por suas próprias realizações. Até ali, nas cartas que recebera, as damas listavam os livros que haviam lido, as melodias que gostavam de dançar, os instrumentos musicais que dominavam. A habilidade de gerenciar uma casa. Como alguém poderia julgar os pontos fortes de uma mulher baseando-se em palavras lidas no papel? Ela talvez precisasse se encontrar pessoalmente com as candidatas mais promissoras.

Se a mulher que selecionasse acabasse rejeitando o pedido de casamento do duque, o fracasso seria de Penelope, mas a alta sociedade colocaria o fardo nos ombros de Kingsland — e ela não toleraria aquilo. Por mais que não aparentasse ter se importado com o fracasso recente, o duque de Kingsland estava acostumado a ser bem-sucedido. Outro fiasco, e dessa vez por culpa de Penelope, talvez fizesse com que ela perdesse a sua posição.

No entanto, será que ela conseguiria seguir adiante, vendo-o todo dia com outra mulher? Kingsland sempre fora tão discreto com seus *affairs* que às vezes Penelope se perguntava se ele tinha algum. Mas um homem tão viril não conseguiria passar muito tempo sem atender às suas necessidades sexuais.

Ela pegou a bolsinha de noite. Ali dentro estava o caderninho e o lápis, já que o vestido tinha o defeito de não ter bolsos. Apesar de Penelope ter pedido para a modista incluir dois, a mulher não a atendera, citando algo sobre não querer arruinar o caimento. Caimento não era mais importante do que bolsos, mas Penelope não tivera tempo de mandar fazer outro vestido antes de ter necessidade de usá-lo. Portanto, ali estava ela, com um vestido sem bolsos... Mas, ao dar outra rápida olhada no espelho, tinha que admitir que estava com ótima aparência.

— Acorde-me quando você chegar — pediu Lucy, enquanto seguia Penelope pelo corredor. — Quero saber tudo sobre a sua noite e sobre o clube de apostas... seja o que for que você consiga ver.

— Não acho que voltaremos tão tarde a ponto de você já estar na cama.

Penelope desceu a escada e, quando chegou à base, dois criados pararam para sorrir tolamente enquanto a fitavam, como se ela não fosse a mulher que com frequência os repreendia por fazer tanto barulho a ponto de ouvi-los do escritório, o que atrapalhava sua concentração.

— Vamos, saiam daqui. Vocês não têm trabalho a fazer?

— Está absolutamente encantadora, srta. Pettypeace — comentou Harry.

Penelope temeu estar ruborizando, não conseguia se lembrar da última vez que aquilo acontecera — embora fosse possível que tivesse acontecido naquela manhã, quando o duque colocara fios rebeldes de cabelo atrás da orelha dela. Ele nunca agira tão intimamente em relação a ela antes, e os pulmões de Penelope levaram quase uma hora para voltar a se comportar normalmente.

— Obrigada, Harry.

— Aproveite a sua noite.

— Farei isso.

— Lembre-se — disse Lucy — de me procurar para contar tudo.

— Está certo. Embora eu duvide que vá haver alguma coisa que valha a pena contar.

Afinal, seria apenas um jantar, e ela estava indo para tomar notas. Nada muito diferente das suas obrigações habituais, a não ser pela localização. Mas então Penelope sorriu tão tolamente quanto o criado sorrira. Estava a caminho de um clube de cavalheiros.

Enquanto descia a escada, King não ficou nem um pouco surpreso ao ver Pettypeace parada no saguão. A mulher nunca se atrasava. Ela era como uma lufada de ar fresco depois de ele passar uma boa parte da vida adulta esperando pela mãe sempre que a acompanhava a algum lugar. A duquesa considerava a hora combinada como uma mera sugestão, não um objetivo a ser alcançado. Mas para Pettypeace, tudo era uma meta a ser perseguida com determinação, e excedida sempre que possível. Quase com certeza ela já estava esperando havia alguns minutos, e King ficou encantado com a empolgação que parecia cintilar nela, uma empolgação que ele se lembrava de ter experimentado quando era um rapaz prestes a entrar em seu primeiro clube de cavalheiros. Conforme se aproximava, King se deu conta de que havia julgado corretamente que, se Pettypeace usasse verde, aquilo destacaria a cor de seus olhos.

Mas era mais do que isso. A cor realçava o brilho da pele dela, dava a impressão de que seu cabelo fora fiado com raios de luar. Ou talvez fosse apenas o modo como as mechas sedosas estavam afastadas para trás e caindo pelas costas, com apenas alguns cachos emoldurando o rosto, fazendo-a parecer mais jovem, livre de preocupações ou fardos. Ele teve vontade de esfregar os fios daquele cabelo entre o polegar e o indicador, para lhes dar mais atenção do que dera naquela manhã.

— Pettypeace — cumprimentou, o tom enérgico, se esforçando para disfarçar que estava tendo dificuldade de pensar nela como sua assistente naquele momento. O mordomo, Keating, lhe entregou o chapéu e a bengala.

— Sua Graça — disse Pettypeace.

— Gosto desse vestido. Verde cai bem em você.

Ela enrubesceu, e aquela foi apenas a segunda vez em todo o tempo que trabalhavam juntos que a assistente enrubescia na frente dele. King não gostou muito de como a reação o deixou satisfeito, ou quanto isso tornou Pettypeace mais intrigante. Outra coisa que não era habitual: ela parecia estar sem palavras. Ele nunca a vira sem uma opinião para expressar.

— Não é uma cor prática — conseguiu dizer Pettypeace, finalmente.

— Mesmo assim. — Ele manteve o tom indiferente, esperando que aquilo sugerisse que seu comentário não fora mais do que um elogio cavalheiresco, sem qualquer importância maior, quando na verdade King estava tendo muito mais prazer com a visão que ela lhe proporcionava do que deveria. — Vamos?

Keating alcançou a porta antes do patrão e abriu-a. Pettypeace saiu, com King atrás, calçando as luvas no caminho.

— Tem certeza de que me colocar dentro de um clube para cavalheiros não vai lhe trazer problemas?

Uma imagem do tipo de problemas que ele poderia ter com ela entre os lençóis...

Ele afastou aqueles pensamentos inapropriados. Pettypeace não era mulher para ele levar para a cama. Fazer qualquer coisa que pudesse resultar na demissão dela seria tolice da parte dele. King nunca havia encontrado alguém tão competente quanto ela.

— Gostaria de vê-los tentando criar problema com qualquer coisa que eu faço.

A risada dela foi leve e contida, e King desejou vê-la rindo com vontade, às gargalhadas. Será que Pettypeace alguma vez já perdera o controle e se permitira dar uma gargalhada gostosa?

Depois que os dois estavam acomodados, sentados um de frente para o outro, e a carruagem a caminho, Pettypeace disse:

— Consigo ver que seu valete aparou o seu cabelo.

— A seu pedido, pelo que entendi. Parece que você reparou que eu estava começando a parecer um pouco desalinhado.

— Só um pouco.

— O que eu faria sem você, Pettypeace?

— Espero que nunca tenha que descobrir.

Ele também esperava, mais do que seria recomendável. E se Pettypeace tivesse um pretendente? E se ela se cassasse e o marido não quisesse que a esposa continuasse a trabalhar no cargo que ocupava no momento? Será que havia alguém que lhe agradasse? Ela já teria usado aquele vestido para outra saída, com outro homem? King conseguia imaginar Pettypeace atraindo a atenção de algum homem.

— Acho que nunca vi esse vestido antes.

— Eu o usei no baile do ano passado.

Usara? Pettypeace era tão hábil em se mesclar ao ambiente, em lidar com as questões necessárias de forma muito discreta, chamando pouca ou nenhuma atenção para si mesma, que com frequência era fácil não se atentar à presença dela, ainda mais quando ele estava ocupado com outros assuntos. Pettypeace parecia preferir não se destacar, mas ainda assim, naquela noite, King se via incapaz de desviar os olhos dela.

— Ah, sim. Não vamos falar sobre aquela noite. Mas como estão os planos para o baile que se aproxima? — O evento aconteceria em agosto, na última noite da temporada social daquele ano.

— Tudo correndo tranquilamente. Acredito que vamos ter um sucesso ainda maior. A sua mãe virá do campo para participar?

— Sim, mas alguns dias depois ela vai partir para o Continente com alguns amigos.

— Sua mãe gosta de viajar.

— Ela fica feliz quando viaja. E minha mãe merece toda a felicidade que possa ter.

— O senhor a mima.

Ele tentava.

— Meu pai não a amava. Acho que ela deixou de ter utilidade para ele depois que lhe garantiu um herdeiro e um filho reserva.

— Vai ser da mesma forma com a sua esposa?

— Infelizmente, herdei o coração do meu pai, o que significa que simplesmente não tenho coração. Mas vou procurar garantir que a minha esposa se sinta apreciada.

Algo que o pai dele nunca fizera em relação à própria esposa.

— Com flores, joias e miudezas?

— Com joias caras. Diamantes e pérolas.

Pettypeace olhou pela janela e King ficou com a impressão de que havia dito alguma coisa errada. Ele tinha uma estranha relação de sinceridade com a assistente. Nunca hesitava em lhe dizer nada.

— Você não concorda — falou.

Ela voltou a atenção para ele.

— Acho que ela será uma mulher muito afortunada por tê-lo, mas ser afortunada nem sempre garante felicidade.

Uma sombra triste pareceu se abater sobre ela.

— Você é feliz, Pettypeace?

— Não tenho razão para não ser.

— Isso dificilmente pode ser considerado uma resposta.

— Sem dúvida, há momentos em que desejo mais... mas não estou destinada a alcançar essas coisas.

— Acredito que você possa conseguir qualquer coisa que se proponha ter.

Ela deu um sorrisinho hesitante.

— Agradeço a sua fé em mim.

— É muito merecida. Eu seria um homem mais pobre se não a tivesse contratado.

E, maldição, mas ele não estava se referindo às moedas em seus cofres, mas sim a um aspecto da sua vida que era impossível mensurar, e que incluía Pettypeace. Quando King voltava de uma viagem, a assistente estava sempre à espera, para lhe assegurar de que todos os assuntos tinham sido bem cuidados. Os fardos e preocupações de King eram menores com Pettypeace no leme, deixando-o livre para perseguir sua obsessão de reconstruir o que o pai havia praticamente destruído. King já havia conquistado e ultrapassado seu objetivo havia muito tempo, mas continuara no mesmo ritmo porque o feito não parecia o bastante.

Então, os dois ficaram olhando pela janela, como se de repente estivessem percorrendo um caminho que nunca haviam trilhado antes, sem terem certeza para onde ele levaria, ou mesmo se deveriam estar seguindo por ali.

Capítulo 3

Penelope sempre apreciara a companhia dos Enxadristas. Kingsland, ou King, estava sentado à sua esquerda, na cabeceira da mesa. À sua frente estava Rook. Knight se acomodara no outro extremo da mesa, com Bishop ao lado.* Eles eram muito bonitos, mas era a beleza da mente de cada um que Penelope realmente apreciava, o modo como organizavam estratégias, a facilidade com que compartilhavam informações um com o outro, o mistério que os envolvia. A não ser por King, ela não tinha ideia de onde havia saído o apelido deles, ou quais eram seus nomes verdadeiros. Em cada encontro que tivera com eles, os homens só se referiam uns aos outros como as peças de xadrez específicas que cada um representava. E Penelope não achava aquilo estranho. Na verdade, parecia combinar com eles.

Estavam todos apreciando a segunda garrafa de Bordeaux e começando a degustar um prato de filé mignon coberto por um molho glaceado. Ela com certeza ainda não tinha conseguido achar qualquer defeito no chef responsável pela cozinha do Salão de Jantar do Dodger.

— King, acho que ouvi dizer que a sua antiga noiva logo vai se casar com o sr. Griffith Stanwick — comentou Knight.

Penelope sentiu uma súbita queda na temperatura à mesa, enquanto Kingsland fatiava o filé e os outros cavalheiros pegavam suas taças de vinho, a atenção de todos fixa no duque.

---

* Aqui, os apelidos dos membros remetem a peças de xadrez: King (rei), Knight (cavaleiro/cavalo), Bishop (bispo) e Rook (torre). Optamos por manter os apelidos em inglês porque alguns deles são baseados nos títulos e nomes dos personagens. [N.E.]

— Para ser claro, nunca fomos noivos. Ela foi apenas uma mulher que cortejei. Não lhe desejo nada além do melhor.

— Ora, ela já perdeu essa oportunidade, não é mesmo, camarada? — perguntou Rook. — Afinal, dispensou você.

— Ela nunca teria sido feliz comigo.

— Alguma mulher será? — perguntou Knight.

— Sim, uma que permaneça dona do próprio coração, imagino.

Penelope fez uma anotação mental para perguntar sobre o coração de uma dama quando começasse a fazer entrevistas, para descobrir se pertencia a outra pessoa. Porém, com Kingsland alegando não ter um coração para entregar à esposa, seria justo pedir a uma mulher que negasse a si mesma, ainda que por um curto espaço de tempo, a alegria de se descobrir apaixonada por alguém? Mas, se a mulher amasse outro, escreveria para Kingsland? Um título, prestígio, influência e riqueza eram motivações fortes para algumas, mais importantes até do que o amor para outras. Se os pais fossem particularmente dominadores, a mulher em questão perdia qualquer poder de escolha. Poucas jovens damas podiam se permitir serem rebeldes. Penelope sabia muito bem disso, e se arrependia da única vez que havia se rebelado, porque sua família pagara um preço alto demais.

— Ouvi dizer que o clube do Stanwick está indo muito bem — disse Bishop. — Sabia disso, Pettypeace?

Ela sempre apreciara o fato de os amigos do duque terem adotado rapidamente a prática de dispensar o uso de *senhorita* quando estavam falando com ela, como se a reconhecessem como uma igual, ao menos no que se referia ao aspecto de negócios das suas vidas.

— Ouvi alguns rumores a respeito.

Tratava-se de um lugar escandaloso, aonde solteiros iam em busca de companhia para uma noite. Não era permitida a entrada de acompanhantes ou damas de companhia. Mulheres que não se preocupavam com a própria reputação, ou que não tinham esperança de se casar, frequentavam o lugar. Homens que desejavam algo além de um arranjo de negócios impessoal para levar alguém para a cama passavam uma noite no clube.

— Você não é membra?

— Com certeza não.

Aquilo não queria dizer que ela não havia considerado a ideia. Penelope se perguntou se aqueles homens eram membros do clube.

— Como se chama mesmo? — perguntou Rook.

— O Reduto dos Preteridos — respondeu Kingsland, como se o nome o irritasse. — Primogênitos que vão herdar um título não têm permissão para entrar, embora eu tenha ficado sabendo que primogênitos de plebeus são bem-vindos. E há uma restrição de idade em relação às mulheres. Elas devem ter pelo menos 25 anos para serem aceitas como membras.

— Praticamente solteironas, então — murmurou Bishop.

— Acho um absurdo que as damas sejam consideradas solteironas ainda tão jovens quando os homens nunca são vistos da mesma forma — ousou dizer Penelope em voz alta.

— Concordo — disse Kingsland. — Acredito que as mulheres só se tornem realmente interessantes depois de já terem tido alguma vivência.

Ela olhou de relance para ele e o pegou observando-a com atenção, o polegar e o indicador acariciando lentamente a haste da taça de vinho. Penelope precisou se esforçar para afastar da mente imagens de Kingsland acariciando-a com a mesma lentidão, saboreando a textura da sua pele, descobrindo os lugares mais macios.

— Mas *interessante* não é um dos critérios que especificou como algo desejado para a sua duquesa.

— Não é.

— Então não preciso eliminar as que são jovens demais?

— Não.

— Bom Deus — exclamou Bishop. — Por favor, diga que você não entregou a Pettypeace a tarefa de lhe encontrar uma esposa.

Kingsland levantou um dos ombros que os deuses haviam designado para carregar fardos pesados.

— Eu me saí pessimamente na última vez. Além do mais, achei uma tarefa tediosa, e o principal objetivo deste método é me poupar aborrecimento.

— Então você entregou a tarefa a uma mulher que tem tanto talento quanto qualquer um de nós para detectar um bom investimento?

Penelope ficou feliz por não ter usado um dos vestidos de trabalho — eles eram abotoados na frente, e com certeza os botões teriam saltado quando o peito dela se inchou de prazer ao ouvir o elogio. Não era pouca coisa ser considerada tão talentosa quanto aqueles homens, que eram reconhecidamente inigualáveis no que dizia respeito a identificar empreendimentos seguros.

— Emprego Pettypeace para que ela lide com as tarefas desagradáveis.

Bishop soltou uma risadinha zombeteira e murmurou baixinho:

— O que faz de você ainda mais tolo. — Então deu uma piscadinha para Penelope. — Se algum dia desejar um cargo em que só encontrará os aspectos mais agradáveis do trabalho, me avise. Eu a contratarei na mesma hora.

— Pettypeace é minha. Tente roubá-la de mim e vou acabar com você.

Penelope sentiu a respiração presa na garganta diante das palavras ditas em um grunhido. Sem dúvida, Kingsland estava brincando, embora a rigidez do maxilar e o pulsar de um músculo no rosto o fizessem parecer mortalmente sério.

— Eu não esperaria menos do que isso — retrucou Bishop casualmente, com toda calma.

Penelope ficou surpresa ao ver que a mão do homem não estava trêmula quando ele pegou a taça de vinho, e o olhar de Bishop permaneceu firme no de Kingsland, quase desafiando-o a atacar, ali mesmo.

A tensão à mesa subitamente pareceu palpável. Seguiu-se uma certa agitação nas cadeiras e alguns pigarros, e Penelope ficou em dúvida se os outros homens não estariam na expectativa de que Kingsland e Bishop chegassem às vias de fato. Ela deveria anunciar que nunca deixaria o duque, que nunca o abandonaria? Mas, no instante em que o pensamento passou pela sua cabeça, Penelope soube que seria perigoso prometer algo que poderia tentar o destino a rir e se dedicar a provar que ela estava errada. Se algum dia Kingsland descobrisse a verdade sobre o passado dela... Penelope não suportava nem pensar a respeito. E se ela descobrisse que não conseguiria viver com o tormento de vê-lo com a esposa... ora, certamente não aceitaria a promessa de Bishop.

Precisaria se afastar, partir para longe, para algum lugar onde nunca tivesse a oportunidade de ver Kingsland vicejando no casamento que ela arranjara para ele.

— Diga, Bishop — começou Knight com cautela —, você não ia compartilhar conosco uma oportunidade de investimento?

— Ah, sim, eu realmente tenho algo que vocês talvez achem tão tentador quanto Pettypeace.

Tentadora? Ela? Bishop estava brincando agora, porque ela não era nenhuma beldade, mas as palavras dele foram ditas com gentileza, sem um tom zombeteiro, como se ele a admirasse. Penelope torceu para que os homens atribuíssem ao vinho o rubor que coloriu seu rosto.

Ela se abaixou para pegar a bolsinha que havia deixado no chão, ao lado da cadeira, para que lhe fosse de fácil acesso. Então, pousou a bolsa na mesa e abriu-a para pegar o caderninho de anotações. Penelope já estava o tirando quando sentiu a mão de Kingsland pousar sobre a dela, quase em uma carícia. A mão dele era muito grande e absurdamente quente. Fascinantemente intoxicante. Kingsland nunca a tocara antes de modo tão firme, e Penelope passou vários segundos olhando para os dedos grossos e longos, para as unhas bem-polidas, para os tendões e veias que indicavam sua força. Quando enfim terminou a observação atenta e levantou a cabeça, seu olhar atônito descobriu Kingsland observando com uma expressão intensa o ponto onde a pele de ambos se tocavam, como se não conseguisse determinar exatamente como aquilo havia acontecido. Ou talvez ele estivesse pensando na melhor forma de se desvencilhar da situação sem chamar atenção.

Por fim, Kingsland disse, com um sussurro abafado que Penelope imaginou que ele usasse com as amantes:

— Você não precisa do caderno.

— Achei que eu estivesse aqui para tomar notas. — As palavras saíram em um tom baixo e ofegante, e Penelope ficou surpresa com a intimidade que pareciam tecer entre eles.

Kingsland balançou brevemente a cabeça antes de encontrar o olhar dela. Em seus olhos, Penelope viu o que nunca tinha visto antes: um lampejo de confusão. Aquele homem destemido e imponente sempre soubera o que queria, que caminho seguir. Mesmo quando pedia a opinião de Penelope, ela entendia que era apenas por cortesia e nada mais — a decisão dele já estava tomada.

— Não é necessário. Desfrute do restante do jantar e apenas se concentre no que ele vai dizer. Tenho certeza de que você vai se lembrar de tudo.

Kingsland afastou lentamente a mão, e Penelope se perguntou por que aquilo a fez se sentir desolada, como se tivesse perdido algo importante, formidável e precioso que nunca mais poderia ser recuperado. A mão dela ansiava por buscar a dele de novo. Em vez disso, Penelope cerrou-a com força e assentiu brevemente.

— Sim, muito bem então.

Enquanto ouvia Bishop falar sobre uma operação de mineração em algum lugar, ela duvidava muito de que fosse capaz de lembrar uma única palavra que ele disse, porque parecia incapaz de se concentrar em qualquer coisa a não ser em como tinha sido maravilhoso ter a mão de Kingsland descansando sobre a dela.

Foi o jantar mais longo, mais interminável de que King já havia participado. Normalmente, gostava muito de passar tempo com os companheiros investidores e de debater oportunidades de negócios. Por alguma razão, naquela noite, estava ansioso para se livrar deles. Talvez fosse a maneira como os amigos faziam Penelope sorrir, ou rir baixinho, ou dar opiniões. Não, foi a maldita piscadela de Bishop, como se ele compartilhasse um segredo com ela. King quase se levantou e partiu para cima do amigo, para lhe dar um soco que deixaria roxo aquele olho irritante.

Aquela reação possessiva o pegou de surpresa, e ele parecia incapaz de se livrar da necessidade de bater em alguma coisa. Pettypeace já compartilhara várias refeições com eles em casa, e King nunca se sentira inflamado daquele jeito. Por que deveria ser diferente no clube?

Normalmente os Enxadristas se acomodavam em cadeiras confortáveis depois do jantar para saborear um vinho do Porto, mas naquela noite King pediu licença e acompanhou Pettypeace até a carruagem que estava esperando nas proximidades. Depois de instalá-la em segurança dentro do veículo, ele deu um passo para trás.

— Não vem comigo? — perguntou Pettypeace.

— Não, tenho outro assunto a resolver. O cocheiro e o criado a levarão para casa em segurança.

— Não vai precisar da carruagem?

— Chamarei um coche de aluguel.

King odiou a forma como a testa de Pettypeace se franziu, como seus olhos o examinaram procurando algo errado, como se pudesse descobrir qual era o problema se o fitasse com intensidade por tempo o suficiente.

— Fiz algo que o aborreceu?

King respondeu com um sorrisinho que esperava que fosse tranquilizador.

— De forma alguma. Eu deveria ter mencionado antes que não voltaria com você. Mas não há nada de errado.

— Obrigada pelo jantar. Vou registrar por escrito o que me lembro sobre a oportunidade de negócio em mineração.

— Não é necessário. — King esperou ver alívio no rosto dela, não uma expressão mais preocupada. — Tenho pouco interesse nessas minas.

Ainda mais depois que Bishop deu aquela piscadinha para você. Porque Bishop teve a audácia de piscar para você.

O que havia de errado com ele? Nunca permitira que questões triviais influenciassem suas decisões no que se referia a investimentos, mas aquela maldita piscadela não parecia uma questão trivial.

— Não o culpo. Com base nas informações que ele compartilhou conosco, as minas me pareceram bastante esgotadas.

Era estranho como o fato de Pettypeace ficar do lado dele e não do de Bishop fez maravilhas para melhorar seu mau humor.

— Eu a verei no café da manhã.

Com isso, King fechou a porta, avisou ao cocheiro que podia partir e ficou olhando a carruagem sair chacoalhando sobre os paralelepípedos, levando-a embora.

King decidiu não pegar um coche de aluguel e saiu caminhando pela rua, se desviando com tranquilidade daqueles que procuravam por diversão, comida ou algo mais malicioso. Seu destino não estava longe, e ele precisava descarregar a tensão que o atormentava, tensão esta que o atingira como um golpe no peito quando ele pousara a mão sobre a de Pettypeace. King tirou a luva e cerrou o punho, como se assim pudesse recapturar a sensação da pele sedosa contra a palma da mão. Por um momento, parecia que ela havia se tornado parte dele. Ele se perguntou se todo o corpo dela seria tão macio, tão suave... tão tentador.

King deixou escapar um gemido e voltou a calçar a luva. Ela era Pettypeace. Sua assistente. Hábil. Capaz de cuidar de qualquer tarefa. Que sempre usava azul-marinho, mas que de verde rivalizava com a beleza encontrada na arte criada pelos Grandes Mestres. Os ombros descobertos pareciam pedir que os lábios de um homem deslizassem por eles. A curva do pescoço, as clavículas atraíam dedos curiosos. Ele jamais tivera qualquer pensamento inapropriado em relação a Pettypeace antes, e certamente não deveria passar a ter.

O problema tinham sido aqueles fios de cabelo rebeldes e sedutores que ele colocara atrás da orelha dela naquela manhã. O desalinho sutil a fez parecer feminina e suave como King nunca a percebera antes, e o tornara consciente dela como mulher. Era uma coisa realmente perigosa. Ele era o patrão de Pettypeace, precisava manter distância. Jamais deveria agir de maneira desagradável ou fazê-la acreditar que esperava algo dela além do que esperaria de um assistente do gênero masculino.

Ao colocar Pettypeace em pé de igualdade com os Enxadristas, ele valorizava sua opinião, a clareza de sua mente. Mas, de repente, King sentiu vontade de valorizar a suavidade do corpo dela. Não que nunca tivesse visto Pettypeace como mulher. Mas até então ele simplesmente reconhecia o gênero dela da mesma maneira objetiva que reparava que um pássaro era um pássaro, ou uma rosa, uma rosa. Um identificador. Mas, naquela noite, King se vira bombardeado com novas impressões. Um belo pássaro, ou uma pétala macia e perfeitamente formada. Uma Pettypeace incrivelmente intrigante.

Felizmente seu destino por fim surgiu diante dele. King subiu os degraus da entrada da casa e bateu com a aldrava. E esperou, o corpo tenso de expectativa. A porta foi aberta e ele se viu diante da beldade de cabelos escuros.

— King, que surpresa agradável. Você não vem me ver desde que fez aquele anúncio tolo no seu baile da última temporada.

Não parecera apropriado visitá-la depois que começara a cortejar outra mulher. Bom Deus, fazia pelo menos um ano desde que havia se deitado com uma mulher? Não era de admirar que seus músculos e nervos tivessem reagido com uma expectativa tão intensa quando tocara a mão de Pettypeace. Não tinha sido ela especificamente que fizera o desejo sexual dominá-lo, mas apenas a luxúria masculina básica, o desejo primitivo.

— Olá, Margaret. Você tem companhia esta noite?

Ela fitou-o com um sorriso sedutor.

— Agora tenho. Entre.

King entrou no saguão familiar. O espaço se abria para um salão de um lado e um corredor na outra extremidade, que levava à escada que já subira várias vezes para chegar ao quarto dela. Margaret recolheu o chapéu e a bengala de King e os deixou em uma mesa próxima.

— Eu deveria estar brava com você — disse ela. King descalçou as luvas. Margaret deixou-as ao lado do chapéu e se virou para ele. — Mas não sou tão mesquinha a ponto de fazer um desserviço a mim mesma e recusar o glorioso prazer que você me proporcionará.

Margaret pareceu deslizar na direção dele, como um espectro, pressionou o corpo ao de King e passou os braços ao redor do seu pescoço, enquanto King a abraçava pela cintura e a puxava mais para perto. Ela ergueu os lábios e ele capturou-os, deixando-se cair no conhecido, no...

O perfume dela era completamente errado. Será que Margaret havia mudado de perfume, ou o que quer que costumava colocar na água do banho?

Ela se afastou um pouco.

— Você acabou de me cheirar?

— Como? Não. Não seja absurda.

King puxou-a de volta, determinado a cumprir a promessa que sua chegada à porta dela havia sinalizado. O desejo e a paixão que Margaret esperava, que merecia. Mas a maneira como ela se encaixava em seus braços era diferente, um tanto estranha... não tão agradável como já havia sido. Eles não pareciam mais se encaixar tão bem em lugares onde antes isso acontecia naturalmente. Margaret se afastou mais uma vez.

— Qual é o nome dela?

— Como?

O sorriso de Margaret misturava bom humor, melancolia e... aquilo era pena? Não dirigida a si mesma, mas a ele. King não estava acostumado a ser alvo de piedade. Aquilo o irritou, mexeu com seu considerável orgulho e o fez se arrepender de ter decidido visitá-la naquela noite.

Margaret se colocou fora do alcance dele.

— Normalmente você já teria me imprensado contra a parede a esta altura.

Ela entrou no salão e King a seguiu, como um tolo.

— Margaret, peço desculpas. Foi um dia bastante longo, mas eu quero muito você.

— Não me insulte, meu caro. — Margaret serviu uísque em dois copos e lhe entregou um. — Você está aqui porque não pode ter a mulher que realmente quer, e eu não tenho coragem de mandá-lo embora.

— Não há outra mulher que eu queira.

Ela segurou-o pelo queixo.

— Ah, pobre homem. Acho que você provavelmente acredita nisso. Acho que posso até dizer quem é ela.

— Não há mulher alguma — repetiu King, o tom enfático.

Os lábios de Margaret se curvaram em um sorrisinho misterioso, e ela deu um tapinha carinhoso no rosto dele, antes de caminhar até o sofá e se deixar cair com elegância, as saias ondulando ao seu redor.

— Conte-me sobre o seu dia bastante longo.

Ele não tinha ido até ali para conversar sobre o dia que tivera, mas para sussurrar palavras maliciosas no ouvido daquela mulher. Para escutar os suspiros e gemidos de Margaret e gemer em resposta. Estava determinado a atravessar a sala, puxá-la para si e fazer o que quisesse com ela, além de permitir que ela fizesse o que quisesse com ele, para finalmente provar que a queria. Portanto, ficou um pouco surpreso ao se ver caminhando até a lareira, onde apoiou um ombro negligentemente na cornija.

— Só negócios.

— E a sua noite?

King tomou um gole do uísque e se perguntou por que toda a tensão sexual e o desejo que dominavam seu corpo haviam se dissipado no momento em que tomara Margaret nos braços. Ela já havia sido amante do duque de Birdwell e, como era prática comum com amantes favoritas, o duque a deixara muito bem após a morte — lhe deixara aquela casa e uma renda anual que garantia que Margaret pudesse escolher os futuros amantes, se desejasse ter algum.

King sempre apreciara o tempo que passavam juntos. Imensamente. E ela falara a verdade. Ele deveria tê-la pressionado contra a parede minutos depois de entrar na casa. Àquela altura, as roupas já deveriam estar espalhadas pelo chão, e os dois deveriam estar deitados naquele sofá, perdidos nos espasmos da paixão. Em vez disso, o ardor de King havia esfriado e ele desejava ter subido na carruagem e voltado para casa com Pettypeace.

— Fui jantar no clube com os Enxadristas.

— Isso não costuma deixá-lo de mau humor.

— Não estou mal-humorado. — Mas, assim que as palavras saíram da boca, King percebeu que realmente soava como se estivesse com um humor extremamente desagradável. E por que até ali a conversa da parte dele consistira apenas em negar o que ela dizia? — Peço desculpas. Não foi uma reunião muito satisfatória.

O relacionamento dele com Margaret não era nada complicado. Envolvia sexo bom e uma conversa agradável, mas nunca algo que descesse muito abaixo da superfície. Havia tanto sob sua superfície que ele nunca compartilhava com ninguém, e de repente aquilo pareceu um fardo pesado.

— Como está a srta. Pettypeace?

King sentiu o coração se sobressaltar à menção do nome dela, especialmente com a inclusão do "senhorita", que deixava claro o fato de que ela era uma mulher. Ele a chamara de srta. Pettypeace durante a entrevista para o cargo, mas, depois que ela começara a trabalhar para ele, se tornara simplesmente Pettypeace. Parecia combinar com ela. Pettypeace tinha 20 anos na época. Era jovem e aparentemente recém-chegada à cidade, mas não inocente. Seus olhos revelavam aquele detalhe. Na verdade, os olhos de Pettypeace revelavam tudo o que ele sabia sobre ela, e King estava começando a se dar conta de que não era muito.

— Eficiente como sempre.

— Vi seu anúncio no *Times* mencionando que você está novamente aceitando candidaturas para o cargo de duquesa.

Ela não dava a impressão de ter se sentido insultada por ele não ter pedido a mão dela. Desde o início, Margaret admitira ser incapaz de ter filhos, o que tornava a sua promiscuidade segura — já que significava que ela não precisava se preocupar com a possibilidade de trazer bastardos ao mundo. Mas também limitava suas perspectivas de casamento, ao menos entre a aristocracia, cujos membros estavam sempre obcecados com herdeiros e linhagens. Não que Margaret já houvesse dado qualquer indicação de que gostaria de acrescentar um marido à vida que levava. Ele suspeitava que ela preferia a liberdade de viver sem amarras.

— Preciso de um herdeiro.

Aos 34 anos, ele estava começando a passar da idade. Era hora de cuidar daquele aspecto dos seus deveres.

— Como você é romântico, King. Se suas belas feições, riqueza e títulos não são capazes de conquistar uma mulher, espero que ela desmaie aos seus pés quando você sussurrar essas palavras doces em seu ouvido.

Ele ficou emburrado, sem saber se ela estava falando sério ou brincando. Mas King sabia de um fato inquestionável.

— Pettypeace não vai selecionar uma mulher que desmaie à toa.

— Você entregou a tarefa àquela pobre moça?

Ela não era uma moça. Era uma mulher, com curvas que o vestido verde tinha realçado de uma maneira que o azul-marinho não fazia. Com a pele imaculada. Por que de repente todos estavam questionando sua decisão de entregar aquela tarefa à assistente? Era extremamente irritante, ainda mais porque King não estava acostumado com as pessoas duvidando de suas decisões.

— Não confio em mais ninguém.

— Nesse assunto em particular, não é melhor confiar no seu próprio coração?

— Você confiou no seu coração, e veja onde ele a levou.

Os olhos de Margaret se suavizaram e seu sorriso se tornou melancólico.

— A quase doze anos de felicidade. Eu não podia estar sempre com ele, já que um duque não se casa com uma mulher como eu... embora eu fosse apenas uma menina de 17 anos quando Birdie me acolheu... Mas eu não trocaria por todas as riquezas do mundo as horas que ele pôde me dar. A esposa dele tinha um amante, e ele tinha a mim. Não é incomum entre a aristocracia. Ainda assim, King, não é melhor amar a mulher com quem vai se casar em vez de a mulher com quem só pode se deitar de vez em quando?

Ele soltou um suspiro pesado.

— Parece que enveredamos por um caminho melancólico. Eu vim aqui com um propósito muito mais divertido em mente. Mas você está certa. Meus pensamentos estão mesmo em outro lugar, e você merece toda a atenção de um homem. Senti falta da sua franqueza. E nem perguntei por você. Como tem passado, Margaret?

— Sinto falta de Birdie. Faz cinco anos este mês. Era de se esperar que eu sentisse menos falta dele, mas há algo extremamente confortável e reconfortante em estar com alguém que nos conhece tão bem. O prazer certamente não deve ser subestimado, mas algumas das minhas lembranças favoritas envolvem os momentos tranquilos que passamos juntos. Espero que você tenha o mesmo com a sua duquesa.

King teria uma abundância de momentos tranquilos com sua duquesa. Era uma das exigências, e sua assistente sempre garantia que suas exigências fossem atendidas.

Capítulo 4

— Você não viu nada da área mais empolgante do clube?

Penelope trocara o vestido verde pela camisola e um roupão, e estava sentada no pé da cama de Lucy, com os dedos enfiados no pelo do seu gato preto.

— Não dei nem uma espiada. A porta pela qual nós entramos levava a um corredor que seguia direto até a sala de jantar privada. E saímos da mesma forma.

Não tinha sido exatamente da mesma forma, pelo menos no que dizia respeito aos humores. Havia algo de errado com Kingsland. Ele parecia descontente, o que era incomum depois de passar algum tempo com os amigos.

— Que decepcionante. — Lucy tomou um gole do conhaque que Penelope lhe servira. — Sempre quis saber como é um clube de cavalheiros e nem sei por quê. Acho que é porque as mulheres não têm permissão de entrar.

— Acabaremos tendo.

— Você acredita mesmo nisso?

— Com certeza. O dinheiro de uma mulher tem o mesmo valor que o de um homem.

— O meu nunca parece ter. Sempre acaba tão rápido…

— Eu gostaria que você me deixasse ajudá-la a investir um pouco do seu dinheiro.

Penelope desconfiava que as pessoas ficariam muito surpresas se descobrissem quantas obras públicas eram financiadas por mulheres investidoras.

— Investir é muito parecido com apostar em jogos de azar. Nem sempre compensa. O meu pai gostava de apostar, mas nunca teve sorte. Poderia acontecer o mesmo comigo. E acabaria só jogando ao vento as minhas moedas suadas.

As duas já haviam tido aquela conversa algumas vezes. Investir era um dos poucos caminhos abertos às mulheres que lhes permitia uma oportunidade de serem financeiramente independentes. Lucy desconfiava até mesmo dos investimentos sólidos em que as viúvas colocavam sua herança para garantir uma renda anual estável.

— Bem, se você mudar de ideia, eu posso ajudar a garantir que você não jogue seu dinheiro ao vento.

— O duque elogiou o seu cabelo?

Penelope tomou um gole do próprio conhaque e sentiu o rosto muito quente ao mudarem o assunto para algo que Lucy preferia discutir.

— Ele não repara nesse tipo de coisa.

Embora tivesse ficado surpresa — e satisfeita — com o comentário de Kingsland sobre seu vestido. Quando era mais jovem, ela chamava a atenção dos homens, havia recebido olhares lascivos e até, em algumas ocasiões, sido alvo de algumas mãos errantes. Penelope havia aprendido que era melhor não se vestir de forma provocante — ou de qualquer forma que pudesse impedir um homem de se concentrar em suas palavras ou em seu profissionalismo. Essa atitude vinha lhe servindo bem como assistente do duque.

— Harry certamente gostou da sua aparência — voltou a falar Lucy, e Penelope pensou ter detectado um pouco de ciúme na voz da amiga.

— Ele estava sendo educado. Eu não veria muito além disso em seu comentário.

— Acho Harry um belo homem. Tem panturrilhas encantadoras.

Todos os criados que trabalhavam dentro de casa tinham. Era uma exigência do cargo.

— Você está interessada nele?

Lucy deu de ombros.

— O que você acha do novo criado, Gerard?

Penelope pensou o que sempre pensava de todo novo empregado: *Será que vai ser esse a me trazer problemas, será esse que vai me reconhecer, revelar o meu passado?* Quando ela procurara uma maneira de sustentar a família, anos antes, não considerara até onde sua escolha se estenderia nem que nunca saberia exatamente a quem aquela escolha havia alcançado. Tinha parecido bastante inocente na época, até Penelope descobrir que não tinha absolutamente nenhum controle sobre o alcance de suas ações.

— O sr. Keating disse que ele foi altamente recomendado.

Lucy riu.

— Não estou pedindo a sua opinião a respeito dele como empregado, Penn. Você o considera interessante como homem?

— Na minha posição, não acho sensato me envolver com os empregados.

— Mas você gostaria?

— Isso não vem ao caso. — E, se ela fosse se envolver com alguém, preferia então que esse alguém fosse o duque, embora desconfiasse de que a fibra moral dele não permitiria que tivesse qualquer tipo de relação pessoal com alguém a seu serviço. — E tenho sir Purrcival como companhia.

O gato passava a maior parte do tempo vagando pela cozinha para garantir que não houvesse ratos, mas estava sempre à disposição para um chamego quando ela precisava.

— Você nunca sonha com um cavalheiro a arrebatando?

Penelope fitou a amiga com um sorriso indulgente no rosto.

— Sou prática demais para um capricho como esse. Acho que um amor que se desenvolve com o tempo seria mais confiável.

Ela já tinha visto Kingsland quando ele estava de mau humor, quando ficava impaciente com alguém que não havia cumprido o prometido. Ele não se gabava quando era bem-sucedido, não ficava irritado quando um investimento não saía do seu jeito. Embora provavelmente não gostasse deles, via cada fracasso como uma oportunidade de aprender, e não repetia o erro. Penelope conhecia todos os aspectos da personalidade de Kingsland, então era improvável que conseguisse enganá-la e fazê-la acreditar que ele era diferente de quem realmente era. O mesmo não podia ser dito de todas as pessoas que haviam passado pela vida dela, e era por isso que nunca procurava ninguém que a tivesse conhecido antes que ela se tornasse Penelope Pettypeace.

— Desconfio que você esteja certa. — Lucy deixou o copo de lado, levantou as pernas e as abraçou com força contra o peito. — Ainda assim, aquele primeiro rubor de quando se toma consciência do outro ainda deve deixá-la sem ar.

Aquilo certamente havia acontecido na primeira vez que o olhar de Penelope pousara em Kingsland. Ela sabia pouco sobre ele antes de entrar em seu escritório — imaginara estar respondendo a um anúncio de um duque idoso, não de um duque jovem e viril, cheio de objetivos e ambições que ele precisava de ajuda para manter organizados. Na época, Penelope estava trabalhando para o dono de uma mercearia no East End, ajudando-o a manter o controle do estoque ao mesmo tempo que atendia os clientes, mas percebera que o patrão havia começado a fitá-la com uma intensidade excessiva. Então, seu senhorio se interessara subitamente em saber onde ela morava antes de alugar um quarto em sua pensão, e Penelope se dera conta de que estava na hora de seguir adiante.

— Quantas vezes alguém a deixou sem ar, Lucy?

— Vezes demais para contar, e foi uma delícia em cada uma delas. — Ela bocejou. — Acho melhor eu me deitar. A manhã não tarda.

Quando Penelope desceu da cama, sir Purrcival saltou com agilidade para o chão.

— Também vou me recolher. Vejo você amanhã.

Penelope voltou para o próprio quarto, se acomodou debaixo das cobertas, apoiou o travesseiro nas costas e começou a ler *Um conto de duas cidades*. Mas as páginas poderiam muito bem estar em branco tamanha a sua desatenção. Sua mente continuava voltando para o jantar no clube e para tudo o que ela não havia compartilhado com Lucy.

Por um mínimo espaço de tempo, quando a mão de Kingsland pousara sobre a dela, quando ele a olhara como se realmente a visse pela primeira vez, a esperança havia se acendido em seu peito, para logo se extinguir quando o duque a depositara como um criança rebelde na carruagem para que pudesse aproveitar o resto da noite sem a intromissão da presença dela. Ela não se iludia, sabia muito bem que Kingsland fora direto para os braços de uma mulher de má reputação.

Ele estava irrequieto no fim da noite, demonstrando a mesma tensão que a própria Penelope também sentira enquanto a carruagem se sacudia pelas ruas. A pele dela parecera esticada demais, os pulmões pequenos demais para puxar todo o ar de que precisava. Seu corpo ansiava por ser acariciado, tocado. O ponto secreto entre suas pernas praticamente gritava por atenção. E, trancada naquele veículo, depois de fechar as cortinas das janelas, ela havia atendido às próprias necessidades. Não tinha sido fácil com todo o volume de seda que a costureira usara para a saia, mas Penelope nunca fora de fugir de um desafio.

Já no quarto, era impossível se concentrar porque não parava de imaginar Kingsland dando prazer a uma mulher. Não, não uma mulher. Assim como fantasiara na carruagem para conseguir alívio rápido, ela o viu dando prazer a ela. Visualizou a boca de Kingsland percorrendo a extensão de seu pescoço, enquanto ele soltava pequenos grunhidos de satisfação. Ele afrouxaria os fechos do vestido e beijaria a pele que expunha lenta e metodicamente. Provaria o que nenhum homem jamais provara, iria...

Penelope gemeu e jogou as cobertas para o lado.

— Isso é um absurdo, sir Purrcival. — O gato, que estava encolhido ao pé da cama, mal abriu os olhos. — Não vou demorar.

Ela pegou o roupão e o apertou com firmeza ao redor do corpo. Precisava mesmo era de Jane Austen. Já passara noites demais sem ler uma história romântica.

Penelope pegou o lampião, saiu do quarto e seguiu pelos vários corredores familiares, nem um pouco incomodada com o silêncio da casa. Aliás, até gostava. O único problema era que também podia sentir o vazio. Kingsland ainda não tinha voltado. Era estranho como o lugar parecia diferente quando ele estava ali — mais vivo, mais vibrante, mais sólido. Mesmo quando não estavam na mesma sala, Penelope tinha consciência da presença dele. Tinha sido assim no momento em que começara a trabalhar para Kingsland, e aquela consciência só se fortalecera ao longo dos anos.

Portanto, Penelope sabia que não iria perturbá-lo ou encontrá-lo na biblioteca. Não que Kingsland se opusesse que ela pegasse livros no espaço que era domínio dele. Pouco depois de Penelope ter começado a trabalhar na casa, ele lhe dera permissão para ler toda a sua coleção. Ela nunca vira nada parecido — todos aqueles livros em uma casa, uma casa de família. O pai dela estaria no paraíso ali. Mas, do jeito que haviam sido as coisas, ele provavelmente estava no inferno. Embora ela não quisesse pensar naquilo. E a verdade era que nunca pensava.

Ela entrou na biblioteca e deixou o lampião em cima de uma mesa perto das prateleiras que abrigavam os romances. Andou por ali, passando os dedos pelas lombadas. Tantos livros. Ela nunca teria a chance de ler todos eles, e se perguntou quantos seriam ignorados pelas gerações futuras. E quantos seriam adicionados à coleção. Na propriedade ancestral do duque, na Cornualha, a biblioteca tinha três andares, com uma escada em espiral de ferro forjado que ela já subira várias vezes. Penelope adorava aquele cômodo. Este, em que estava no momento, ela apenas estimava. Seu sonho era ter um chalé onde cada cômodo tivesse uma parede de livros. A pequena fortuna que estava poupando garantiria que pudesse realizar aquele sonho — quando não fosse mais empregada do duque, quando eles se separassem, quando ela não conseguisse mais fingir sua indiferença em relação a ele.

Penelope viu o livro que procurava em uma prateleira mais alta. Não tão alta. Com certeza não precisaria da escada guardada atrás de uma porta oculta, bastaria ficar na ponta dos pés e se esticar, se esticar...

Uma mão grande passou por ela, uma mão cuja palma ela se lembrava de ter tocado a dela no início da noite... Ela sabia que era um pouco áspera, como uma lixa fina.

— Qual deles? *Orgulho e preconceito* ou *Razão e sensibilidade*?

A voz baixa e sedutora soou tão perto do ouvido de Penelope que poderia muito bem ser o sussurro de um amante. Que Deus a ajudasse, mas ela desejou que fosse.

Que o diabo o levasse, Pettypeace tinha o perfume que ele estivera buscando. Jasmim, aquecido pela pele dela.

Pettypeace permaneceu tão imóvel quanto ele, a mão perto do cotovelo de King. Ele não a estava tocando, mas a distância entre eles não o impedia de se deleitar com o calor que emanava dela.

— *Orgulho e preconceito.*

King sentiu o estômago apertado e uma pontada de desejo no ventre, porque as palavras foram ditas na voz rouca de uma mulher excitada. Ou talvez fosse a própria excitação dele influenciando o que ouvia e como aquilo soava aos seus ouvidos. Tão sensual, tão convidativa. Ele precisou recorrer a toda a força de vontade que tinha para não fazer algo inapropriado, para não mordiscar o lóbulo da orelha dela ou beliscar a pele macia sob o maxilar. O cabelo de Pettypeace estava preso em uma longa trança que descia pelas costas, e ele se sentia tentado a soltá-lo, a deslizar os dedos por ele, a segurá-lo nas mãos. King se esforçou para dar a impressão de que não estava afetado de forma alguma por sua proximidade, pegou o livro da prateleira, deu um passo para trás e o entregou a ela.

— Obrigada — disse Pettypeace em um tom dócil, que não lhe era nada característico, enquanto pegava o volume da mão dele.

E King se perguntou se ela havia se visto dominada por um desejo tão forte quanto o dele, um desejo tão potente que o fazia querer encostá-la contra aquela estante, pressionar o corpo todo ao dela. Nunca havia sentido um desejo tão forte por ela, ainda assim, aquilo parecia tão natural quanto respirar.

— Não sei por que você não reconhece o quanto é pequena, Pettypeace, e pega logo a escada. — King ficou bastante satisfeito com seu tom neutro, com a habilidade de não revelar como a proximidade dela o deixava quase louco de desejo.

Pettypeace ergueu o queixo, com os olhos ardendo.

— Eu poderia ter alcançado o livro sem uma escada.

Ah, a Pettypeace que ele conhecia tão bem havia retornado com força total, o que infelizmente o fez desejá-la ainda mais.

— Devo colocar o livro de volta então?

— Não, isso não faria sentido. — Ela apertou o volume contra o peito como se fosse um escudo. — Eu não estava esperando que o senhor voltasse tão cedo.

Voltar para casa pouco antes das dez da noite tinha sido uma surpresa para ele também, mas a verdade é que logo ficara sem assunto com Margaret.

— Terminei de resolver meus assuntos antes do previsto.

Ele nunca a vira em roupas de dormir antes. A renda branca que descia pela frente do roupão floral o surpreendeu, parecia muito enfeitada e frívola para Pettypeace. Talvez ela *fosse* uma Pettypeace diferente quando estava sozinha em seu quarto. King se perguntou o que mais nela poderia surpreendê-lo, o que mais poderia instigar o que quer que ele estivesse procurando quando fora visitar Margaret.

Ela levantou o livro.

— Então tenha uma boa noite, Sua Graça.

Pettypeace se preparou para passar por ele.

— Tome uma dose de uísque comigo antes de ir para a cama.

A expressão dela trouxe à mente a imagem de uma lebre que acabava de se dar conta de que havia sido vista por uma cobra. Enquanto King tentava decidir se cabia um pedido de desculpas ou se era melhor apenas rir do convite inapropriado — um duque não bebia com seus empregados ou mencionava qualquer atividade antes de "ir para a cama" —, os lábios dele se curvaram ligeiramente em um sorriso.

— Na verdade, prefiro conhaque.

O alívio que o invadiu porque teria mais alguns minutos em sua companhia e porque acabara de descobrir outra pequena informação pessoal sobre ela foi desconcertante.

— Conhaque, então. Acomode-se em algum lugar confortável enquanto sirvo as bebidas.

Ao se dirigir ao aparador, onde as garrafas estavam enfileiradas como soldados obedientes, King decidiu que abandonaria o uísque naquela noite e a acompanharia no conhaque. Ele ficara parado na porta, observando, enquanto Pettypeace passava os dedos pelas lombadas, e se viu desejando que ela fizesse o mesmo na pele dele — ao longo do maxilar, com a barba por fazer, no peito... mais abaixo. Mesmo sem tê-la nos braços, ele se viu dominado por um anseio intenso, que não havia sentido com Margaret. Um desejo que nenhuma mulher despertava nele já havia um bom tempo. A força daquilo quase o deixou de joelhos, e King era um homem que nunca se ajoelhava, por ninguém.

Ele serviu uma dose de conhaque em cada copo, então se virou e não se surpreendeu ao ver que Pettypeace havia aberto as cortinas e se acomodado em uma poltrona marrom-escura macia e funda, perto da janela, com vista para o jardim iluminado pelo luar. Em mais de uma ocasião, enquanto trabalhava até altas horas, King havia erguido os olhos da mesa e a vira passeando do lado de fora. Pettypeace nunca lhe parecera uma figura solitária, mas sim alguém que encontrava conforto no caminho que percorria. Muito do que ele sabia sobre a assistente era baseado apenas em observações, o que deixava a maior parte dela como um mistério a ser revelado... e, subitamente, King estava disposto a tentar descobrir mais.

Caminhou até a área de estar e entregou um dos copos a ela. Pettypeace aceitou a bebida e sorriu para ele. Era desconcertante perceber como ficava contente em ser o objeto daquela satisfação. Ele se acomodou em frente a ela, que envolvera o copo entre as mãos.

— Gosto de aquecê-lo um pouco.

Ele era um canalha por subitamente se pegar imaginando-a aquecendo partes do corpo dele da mesma maneira. Em reação, King tomou um grande gole do conhaque e percebeu que não havia colocado o bastante para o tempo que desejava permanecer na companhia dela.

— O que você achou do Dodger?

— Fiquei decepcionada por não conseguir ver as partes mais interessantes.

— Sei que existe um clube de apostas para damas. O Elysium.

O clube era de propriedade de Aiden Trewlove, um homem com um começo de vida um tanto desonroso que havia se tornado tão bem-sucedido a ponto de se casar com uma duquesa viúva. Eles sem dúvida receberiam um convite para o baile onde King anunciaria seu noivado.

Pettypeace olhou pela janela.

— Eu não sou uma dama.

King não usara o termo como referência a uma posição aristocrática, mas Pettypeace obviamente entendera assim.

— Tive a impressão de que um berço nobre não era requisito essencial para ser membra.

O olhar dela voltou-se para o dele, que gostou de tê-lo ali, concentrado nele.

— Não acho que apreciaria de verdade jogos de aposta. Trabalho muito duro para arriscar perder até mesmo um centavo do meu dinheiro na virada de uma carta.

— Você faz soar como se o seu empregador fosse um monstro.

A risada leve de Pettypeace alcançou King e envolveu sua alma, causando estragos ali.

— Ele tem boas qualidades — falou ela.

E ruins também. King tinha plena consciência de que não era o homem mais fácil de se conviver, tinha padrões muito exigentes e esperava que os outros estivessem à altura deles. E Pettypeace se superava nesse aspecto. Ainda assim, King ficava surpreso por ela estar havia tanto tempo com ele.

— Como vai a caça à minha duquesa?

Pettypeace deu uma risadinha zombeteira.

— O senhor faz parecer que ela será sua presa.

— Dificilmente.

— Ainda assim, *duquesa* soa tão impessoal. Não seria melhor estar procurando uma esposa, uma companheira... uma alma gêmea?

— Você consegue imaginar como seria uma mulher cuja alma espelhasse a minha?

Fria, altiva, insuportável.

— Uma das damas alegou ser mestre em esgrima, mas temo que o senhor se veja alvo das habilidades dela com a espada.

King deixou escapar uma risada melancólica.

— Então você me acha difícil.

Depois de tomar um gole longo e lento do conhaque, Pettypeace respondeu:

— Os criados têm pavor de aborrecê-lo.

— É mesmo? — Ele sabia que era um patrão severo, tinha pouca paciência para erros. Mas *pavor* parecia um pouco exagerado. — Não é como se eu os açoitasse.

Ela ergueu um ombro delicado.

— O senhor é um duque. Isso por si só já é motivo para deixar algumas pessoas nervosas.

— Você não tem medo de mim.

Pettypeace sustentou o olhar dele, e King reconheceu um toque de ousadia naqueles olhos verdes.

— Não, mas não vamos esquecer que eu consegui alcançar uma posição financeira em que posso ir embora quando quiser, sem olhar para trás, sem me preocupar, caso me veja mais do que ocasionalmente irritada com o senhor ou ache que estou sendo maltratada.

Algo no tom dela, uma leveza forçada com uma advertência subentendida, fez as entranhas dele se revirarem com desconforto. Pettypeace já tinha se visto forçada a fugir, a se esconder? Teria sido por isso que os homens que ele contratara para investigá-la foram incapazes de encontrar qualquer evidência da existência de Pettypeace antes que ela entrasse em seu escritório? Depois que decidira que não se importava com o passado dela, King nunca mais se preocupara com a vida pessoal da assistente nem perguntara mais nada além do que ela dividira com ele durante a entrevista de emprego. Havia preferido restringir o relacionamento deles apenas aos negócios. Em sua obsessão por acumular fortuna, por garantir condições de sustentar a família e as propriedades que tinha, ele talvez tivesse sido negligente em dedicar a devida atenção à assistente. King inclinou o corpo para a frente, com uma expressão sincera no rosto.

— Antes de trabalhar para mim, você passou por alguma situação profissional em que não tinha como ir embora?

Pettypeace voltou a olhar pela janela, e King se perguntou se ela estava pensando em fugir naquele momento. *Conte-me, conte-me quem você era antes de ser minha assistente.* De repente parecia vital saber.

— Não acha que todos passam por momentos como esse? — A atenção dela se voltou para King com tanta intensidade que ele a sentiu como um golpe. — Até mesmo o senhor. Certamente as atribuições do ducado muitas vezes devem parecer uma mortalha em vez de um manto tecido com fios de seda.

Às vezes parecia uma malha de ferro que o arrastava pela lama. Não que ele fosse admitir uma coisa daquelas. King admirou a capacidade de Pettypeace de se desviar do assunto, se recostou no assento e decidiu insistir com mais sutileza no que buscava saber.

— De que parte de Kent você é?

Ela havia dito a ele pelo menos seu condado de nascimento durante a entrevista de emprego.

— De um pequeno vilarejo do qual o senhor certamente nunca ouviu falar.

— Onde o seu pai é o vigário.

Os cantos dos lábios dela se ergueram em uma expressão provocadora. King gostava daquela versão de Pettypeace, a versão tarde da noite tomando conhaque em vez de trabalhando.

— O senhor percebeu que era mentira.

— Sim.

— Mas me contratou mesmo assim.

— Se algum dia eu precisasse que mentisse por mim, já sabia que você tinha talento para isso. A maior parte das pessoas teria sido enganada por sua resposta objetiva, mas tendo a não confiar apenas na superfície das coisas, gosto de olhar um pouco mais fundo. Qual era a ocupação do seu pai?

— Nasci em Kent, mas nos mudamos para Londres quando eu era bem pequena.

Pelo visto, ela não queria falar sobre o pai. Ele mesmo raramente falava do próprio pai, mas desconfiava que evitavam o assunto por motivos diferentes.

— Você sabe que pode confiar seus segredos a mim, Pettypeace.

— Uma vez contado, não é mais um segredo.

King não tinha como argumentar contra aquilo.

— Então você realmente guarda um segredo.

— Todos têm segredos. Imagino que até o senhor tenha um ou dois. Também pode confiar os seus a mim.

Não era uma questão de confiança, mas sim de vergonha. Ele se perguntou se o mesmo poderia ser dito em relação a ela, mas não iria pressioná-la.

— Isso me lembra de uma brincadeira com a filha do chefe dos cavalariços quando eu tinha 14 anos: me mostre o seu e eu lhe mostro o meu.

Mesmo àquela distância, com a biblioteca tão pouco iluminada, King percebeu o rubor que coloriu o rosto dela, que deixava claro que Pettypeace havia compreendido a insinuação. Claro que havia. Muitas vezes ele não precisava terminar uma frase e ela já sabia o que ele pretendia dizer. Com bastante frequência, os dois tinham a mesma opinião.

— Vossa Graça é muito malicioso. Malícia é um dos seus requisitos para uma esposa?

O tom dela era ligeiramente zombeteiro, mas, em relação àquele assunto, King precisava ser honesto.

— Eu preciso de uma mulher que não venha a me amar.

Pettypeace enrijeceu o corpo visivelmente.

— Antes, o senhor alegou não ter coração. Não quer que a sua esposa o ame porque será incapaz de amá-la de volta?

— Porque me amar lhe acabará trazendo apenas mágoa.

— O senhor não é um tipo particularmente alegre, mas acho que talvez se julgue com excessiva dureza.

— Acredite, Pettypeace, não é o caso.

— Acho difícil acreditar que a magoaria intencionalmente.

— Não seria intencional, mas...

O eco inesperado de passos chamou a atenção dele para a porta. Os criados costumavam se mover em um silêncio discreto. Quando King voltara para casa, havia dispensado o mordomo e qualquer criado que ainda estivesse de pé, por isso ficou surpreso ao se ver diante da possibilidade de receber convidados àquela altura, principalmente porque sabia que a mansão estava trancada.

O irmão dele entrou na biblioteca, parecendo bastante desgrenhado, com um brutamontes de cada lado. King não gostou da aparência dos dois sujeitos desconhecidos. Eles pareciam significar problema, e King torceu para não se arrepender de ter dado uma chave ao irmão para que ele pudesse entrar e sair da casa quando quisesse. Deixou o copo de conhaque de lado e ficou de pé, externamente calmo, mesmo quando todos os seus sentidos estavam em alerta total. Pettypeace também se levantou, e King não conseguiu evitar se colocar à sua frente, garantindo uma barreira entre ela e o trio que atravessava a sala em direção a eles.

— Saia pelas portas que dão para o terraço — ordenou King a Pettypeace em um tom baixo.

— Não. — King precisou de todo o seu autocontrole para não grunhir para a mulher teimosa. — Além do mais, outros podem estar esperando no jardim. Eles parecem do tipo que anda em bando. Eu me sinto bem mais segura ficando onde estou.

Então ele não era o único que reconhecia malfeitores quando os via. E Pettypeace tinha razão sobre a possibilidade de outros estarem à espreita, mas King ainda não gostava da ideia de tê-la ali, odiava pensar na possibilidade de que ela acabasse ferida. Ele preferia morrer primeiro.

Os convidados indesejados pararam a uma curta distância, perto o bastante para que King visse que o lábio do irmão estava inchado e sangrando. Ele poderia apostar que o rapaz também teria um olho roxo feio pela manhã.

— Lawrence.

— Estou com problemas — disse o irmão, no que era sua maneira educada de informar a King que precisava de dinheiro. — Permita--me apresentar o sr. Quinta-Feira desse lado — Lawrence inclinou a cabeça para a direita, indicando o homem maior e mais robusto —, e o sr. Terça-Feira.

Terça-Feira era mais feio, parecia um roedor, e seus olhos ferozes se estreitaram, indicando que também era o mais cruel.

— Como posso ser útil? — perguntou King.

— Bem, o senhor entende, milorde... — começou Quinta-Feira, obviamente o líder da dupla.

— Sua Graça — murmurou Lawrence, irritado.

— O quê?

— Meu irmão é um duque. Você deve se dirigir a ele como "Sua Graça".

— Bem, então, *Sua Graça*, estou aqui para receber as duas mil libras que esse maldito aqui deve ao meu chefe.

Lawrence abaixou os olhos para as botas, com uma careta, a aparência desalinhada sem dúvida resultado da surra que obviamente ocorrera como forma de persuasão, sinalizando que era mesmo hora de pagar. Por que o irmão não o procurara se precisava de dinheiro? Como ele sequer havia encontrado o que King, a julgar pela brutalidade daqueles sujeitos, tinha certeza de que era um agiota de má reputação?

— Entendo. Mandarei entregar a soma devida amanhã.

Quinta-Feira estalou a língua.

— Sinto muito, mas isso não vai bastar. Tem que ser hoje à noite, ou Sua Senhoria aqui pode acabar encontrando a ponta de uma faca.

Cristo.

— A dama e eu teremos prazer em buscar os fundos.

Ele tinha um cofre escondido atrás de um quadro, na parede atrás da escrivaninha, mas não estava disposto a revelá-lo. Havia outro cofre escondido no escritório de Pettypeace, e ele lhe dera a chave da fechadura à prova de arrombamento.

A lascívia na expressão do canalha quando ele deixou os olhos percorrerem o corpo de Pettypeace fez King cerrar os punhos.

— A dama fica. Isso me dá mais poder de negociação, garante que o senhor não vá fazer algo que não deveria.

Ele fez um gesto com a cabeça para o lado, e o roedor deu um passo na direção de Pettypeace.

— Se tocar nela — disse King com uma calma letal que fez o homem estacar —, você sairá daqui sem a mão.

— Tenho que segurá-la para que ela não fuja.

— Eu não vou fugir — disse Pettypeace, o tom objetivo, mas frio.

O patife estalou os nós dos dedos e curvou o lábio superior em um sorriso de escárnio.

— Porque está com medo.

— De você? Não seja absurdo. Você não me assusta com essas roupas esfarrapadas, esse cabelo ensebado e essas roupas sujas. Mas vai precisar ficar fora do alcance dos meus sentidos olfativos.

— Dos seus o quê?

— Do meu nariz, senhor. Eu me recuso a tolerar o seu fedor. Se quer que eu fique aqui, recue. Caso contrário, acompanharei Sua Graça quando ele for buscar o dinheiro.

— Você acha que não iríamos impedir? — perguntou Quinta-Feira.

Pettypeace fuzilou o homem com um olhar.

— Eu gostaria de vê-lo tentar.

A confiança, o desafio, a certeza absoluta de que as coisas sairiam à maneira dela... Todo o metro e meio do corpo de Pettypeace estava enfrentando aqueles homens como se ela se elevasse acima deles. Se King tivesse um coração, teria se apaixonado um pouco por ela naquele momento. E, mesmo assim, não tinha certeza absoluta de que não tinha acontecido.

Quinta-Feira balançou a cabeça mais uma vez.

— Volte para cá, Terça-Feira. Não queremos problemas. Viemos apenas pelo que nos é devido.

— A dama pode ir buscar o dinheiro — sugeriu King —, e eu permanecerei como sua garantia de que ela não arriscará nada.

— Eu tenho cara de idiota? — perguntou Quinta-Feira. King se absteve de declarar que, na verdade, tinha, sim. — Assim que ela sair daqui, você não vai hesitar em partir para cima de mim. Vá você. E seja rápido. A minha paciência está se esgotando.

King olhou para Pettypeace, que assentiu brevemente. Como era possível que não estivesse apavorada? A maioria das mulheres já teria desmaiado àquela altura.

— Voltarei o mais rápido possível.

Para dar a impressão de que permanecia no controle, King saiu da sala a um passo lento. Ele considerou a possibilidade de fazer um desvio pela sala de bilhar para recuperar uma espada larga que um de seus ancestrais empunhara em batalha e que agora estava exposta em uma parede. Em vez disso, quando não estava mais à vista dos brutamontes, preferiu correr em disparada para o escritório de Pettypeace.

Penelope tinha absoluta fé na capacidade de Kingsland de lidar com aquele assunto desafiador, por isso sustentou o olhar de Lawrence e tentou lhe transmitir a impressão de que tudo acabaria bem no final, mesmo que no momento a situação parecesse bastante desafiadora. Ela já tivera encontros suficientes com valentões como aqueles para reconhecê-los à primeira vista. Eles podiam ter usado os punhos em Lawrence, mas o perigo que representavam era facilmente combatido com um tom que deixasse claro quem estava realmente no comando. Ela era uma coisinha pequena quando era mais nova, tão pequena que as outras crianças muitas vezes se divertiam atormentando-a.

— Quando enfrentá-los, nunca pisque, jamais recue — lhe dissera o pai. — Se detectarem fraqueza, você estará à mercê deles.

Como uma gazela ferida à mercê de um leão.

— Sinto muito — disse Lawrence, o tom profundamente contrito. — Eu sabia que King costuma passar as noites aqui quando está em casa. Simplesmente não esperava encontrá-la.

— Está perdoado.

A conversa com Kingsland estava se tornando um pouco pessoal demais pouco antes de o irmão dele chegar, e Penelope se vira perto de confessar tudo — o que teria feito com que fosse dispensada do cargo. Ela dissera a verdade ao duque. Realmente tinha meios para sobreviver sem o emprego, mas sua posição ali dava um propósito à sua vida, e relutava em desistir daquilo.

Lawrence suspirou.

— Vocês não se importariam se eu me servisse de um uísque, não é mesmo?

— Fique exatamente onde está — disse Quinta-Feira — até conseguirmos o nosso dinheiro. Então vai poder beber até cair.

— Meu irmão é um camarada honesto. Ele disse que foi buscar o dinheiro, e é isso que está fazendo.

— Seu irmão é um almofadinha. Não confio em almofadinhas. Preciso de você por perto para o caso de eu ter que dar a ele um motivo para se arrepender.

Pelo canto do olho, Penelope viu Terça-Feira estender a mão para pegar um navio aninhado dentro de uma garrafa, que estava apoiada em um suporte de madeira.

— Não toque nisso — repreendeu ela.

— O quê? Não vou roubar. Só quero ver melhor. Não sou ladrão.

O sujeito que dava surras nos outros para ganhar a vida agora estava ofendido. Penelope quase riu.

— Suponho que Terça-Feira não seja o seu nome verdadeiro.

— Não, o chefe chama os camaradas que trabalham para ele por dias da semana, para que a gente se lembre de qual é o nosso dia de distribuir os castigos.

— Vocês fazem muito isso, não é? Distribuir castigos?

Ele deu de ombros.

— Muitos pegam dinheiro emprestado com o chefe. Depois esquecem de pagar. Como colocaram aquele barquinho dentro da garrafa?

— Com muito cuidado, imagino.

— Nunca vi nada igual.

Penelope cedeu.

— Pode pegá-lo para examinar, mas, se quebrá-lo, a dívida de lorde Lawrence estará integralmente paga.

— Não faça isso, Terça-Feira. Quando voltarmos ao chefe, já será o dia do Sexta-Feira, e você conhece o Sexta-Feira. Vai bater em você sem pena, e o chefe vai deixar, porque vai ficar bravo por você não ter levado o dinheiro. — Quinta-Feira lançou um olhar penetrante para Lawrence. — Tem sorte por termos pego você hoje. Sexta-Feira teria arrebentado o seu maxilar, não o seu lábio. O homem tem um soco poderoso.

— O senhor já considerou a possibilidade de ter outra ocupação? — perguntou Penelope.

— O que mais eu poderia fazer? Não sei ler. Não sei escrever. Além do mais, ganho um bom dinheiro cobrando dívidas.

— Peguem aqui. — Kingsland entrou na sala e estendeu um pacote.

Penelope nunca ficara tão aliviada ao vê-lo, pois temera que ele pudesse tentar conseguir uma arma para enfrentar sozinho aqueles dois.

Quinta-Feira abriu o pacote e contou rapidamente o dinheiro.

— Tudo certo, então. Vamos, Terça-Feira.

— Lawrence, leve-os até a porta. Então, quero você de volta aqui imediatamente — ordenou Kingsland.

O irmão assentiu, com um suspiro sofrido.

— É claro. Suponho que será necessário um acerto de contas.

Assim que os três homens saíram da sala, Kingsland postou diante de Penelope e pousou uma mão tranquilizadora em seu ombro, enquanto seu olhar percorria com determinação o rosto dela, como se estivesse mapeando cada curva, cada vinco, cada plano.

— Não lhe fizeram nenhum mal?

O polegar de King acariciava o ombro dela em um movimento circular, o que dificultava o raciocínio de Penelope.

— Não.

— Você foi absurdamente corajosa.

— Na verdade, eu estava com raiva. Tenho pouca paciência para valentões.

— Lembre-me de nunca ficar contra você. Acho que aterrorizou aquele sujeito, o Terça-Feira.

— Eu não acredito que eles pretendiam nos fazer qualquer mal de verdade.

— Se ele a tivesse tocado, eu o teria matado.

A veemência das próprias palavras pareceu surpreendê-lo. King soltou-a e recuou um passo. Ou talvez tenha sido o eco dos passos de Lawrence que o fez colocar distância entre eles. O contato não cairia bem quando o irmão entrasse.

E foi o que aconteceu, naquele exato momento. Lawrence foi direto para o aparador onde ficavam as bebidas.

— Eu sei que você está aborrecido, e posso explicar.

A julgar pelo maxilar cerrado de Kingsland, as coisas estavam prestes a ficar desagradáveis entre os irmãos.

King amava o irmão desde o momento em que Lawrence viera ao mundo, quatro anos depois dele. O segundo filho, o reserva, aquele que herdaria os títulos se alguma coisa acontecesse antes de King providenciar um herdeiro. Mas a fúria que o dominou por Lawrence ter colocado a todos em perigo quase levou King a fazer algo imprudente e infeliz — como dar um soco no outro lado da boca já ferida do irmão.

Se algum mal tivesse acontecido a Pettypeace, ele teria enlouquecido de raiva, como seus ancestrais, e destruído os responsáveis. Teria deixado de lado qualquer fachada de homem civilizado, se tornaria um bárbaro. Dar-se conta daquilo foi horrível e aterrorizante, porque ele era um homem que sempre mantinha o autocontrole em relação às suas ações e aos seus pensamentos. Não estava acostumado a ficar encurralado, a ter... sentimentos.

— Posso pegar o seu lenço emprestado?

King não sabia bem o que suas feições refletiam, mas o tom de Pettypeace ecoava uma calma tranquilizadora semelhante à que ele mesmo usava quando se aproximava de um cavalo nervoso. Ela agora atraiu toda a sua atenção. O cenho levemente franzido. A preocupação em seus olhos. Será que Pettypeace conseguia sentir que ele estava tendo dificuldade em manter a fúria sob controle? Sem dizer uma palavra, porque ainda não conseguira relaxar o maxilar, King entregou o que ela havia pedido e ficou olhando enquanto Pettypeace ia até Lawrence, que agora estava encostado na parede, perto das garrafas, os olhos pousados no tapete Aubusson. Ela derramou um pouco de uísque no linho de um branco imaculado do lenço de King, virou-se para Lawrence e pressionou o tecido com toda gentileza no lábio ferido, que sem dúvida ganharia uma cicatriz. O irmão era completamente indigno da bondade e da consideração de Pettypeace, e King ficou bastante irritado por ela estar tratando Lawrence com tanta ternura.

— Há alguma chance de haver mais daqueles desgraçados por aqui?

— Não, apenas dois me abordaram. Eu tranquei a porta depois que entramos e também depois que eles saíram.

Pelo menos Lawrence não tinha sido completamente irresponsável.

— A quem você deve o dinheiro? — perguntou King, irritado.

Pettypeace abaixou a mão.

— Vou me despedir de vocês agora.

— Você deveria ouvir o que ele tem a dizer — afirmou King. — As ações de Lawrence a colocaram em perigo.

Lawrence se afastou de Pettypeace e serviu-se de mais uísque. Ele virou o copo de uma vez e serviu outra dose.

— As mesas de carteado não têm sido gentis comigo ultimamente, então apelei para um empréstimo.

— Presumo que não seja legítimo.

Lawrence balançou a cabeça.

— Achei que assim seria menos provável que você viesse a saber das circunstâncias em que eu me encontrava.

— Seu clube não lhe daria crédito?

Mais um balançar de cabeça.

— Lamento dizer que a minha dívida lá também já é considerável. E minha reputação me precede, o que torna impossível conseguir dinheiro em outro lugar por meios mais respeitáveis.

— Por que você não veio a mim?

— Tive a esperança de que a minha sorte logo mudaria, e você nunca viria a saber da situação. Além disso, não estava com disposição para aguentar um sermão sobre os meus hábitos de jogo.

— E eu não estou com disposição para ver a minha casa ser invadida por gente como aqueles dois patifes. Sem mencionar que as suas ações colocaram Pettypeace em perigo. Você deve a ela um pedido de desculpas.

— Já fiz isso enquanto você estava pegando o dinheiro. — Ainda assim, Lawrence voltou a se dirigir a Pettypeace: — Eu realmente sinto muito, srta. Pettypeace.

— Nenhum mal foi feito, mas não posso culpar seu irmão por estar aborrecido com o jeito como você lidou com esse assunto. O que é um sermão quando comparado com o que seu rosto sofreu?

Lawrence deixou escapar um suspiro e se virou para King.

— Eles ameaçaram quebrar o meu braço. Se não fosse por isso, eu não teria perturbado a sua noite.

As palavras do irmão estavam apenas aumentando a frustração de King.

— O que me incomoda não é a perturbação da minha noite, Lawrence, mas o fato de você estar seguindo por esse caminho perigoso. E se eu não tivesse o dinheiro?

— Isso nem passou pela minha cabeça. Desde a morte do papai, desde que nos demos conta da terrível situação em que ele nos deixou, da despensa vazia, por assim dizer, você ficou obcecado em encher os cofres.

Porque o pai lhes deixara com quase nada, e King nunca mais queria voltar a sentir aquele medo de não saber como iriam sobreviver. Os comerciantes jamais hesitaram em permitir que a aristocracia comprasse a crédito, muitas vezes pediam apenas o pagamento no final do ano, mas o volume das dívidas que King descobriu quando assumiu as rédeas do ducado poderia ter levado à falência uma pequena nação. Ele deixara de lado o que restava da sua juventude, junto a qualquer coisa que considerasse frívola, a fim de garantir que a família nunca passasse necessidade.

— Me dê a sua palavra de que não procurará agiotas no futuro.

Depois de assentir, Lawrence bebeu o uísque e se serviu de mais uma dose.

— Posso passar a noite aqui?

— Há sempre um quarto à sua disposição.

King pagava o aluguel de uma pequena casa para o irmão, para que ele pudesse desfrutar de certa independência, mas desconfiava que o encontro de Lawrence com os brutamontes o havia deixado um pouco mais abalado do que gostaria de admitir.

— Vou recompensá-lo — insistiu Lawrence.

King não tinha dúvida de que o irmão tentaria. Também tinha certeza de que Lawrence estava a caminho de ficar bêbado, já que voltara a encher copo de uísque, e até a borda daquela vez.

— Vou me deitar agora — disse Pettypeace. — Boa noite, lorde Lawrence.

Ele fitou-a com um sorriso profundamente arrependido.

— Senhorita Pettypeace, tenha bons sonhos — falou.

— Vou acompanhá-la.

O que era uma coisa absurda de sugerir, já que sabiam que não havia qualquer marginal à espreita nos corredores. Ainda assim, King queria se assegurar de que ela não teria o oposto do que Lawrence havia desejado: sonhos aterrorizantes.

Quando já estavam no corredor, King cruzou as mãos atrás das costas para se impedir de tocá-la enquanto caminhava ao seu lado em direção ao corredor que levava às escadas para os aposentos dos criados, no andar de baixo.

— Acho que seu irmão está se sentindo bastante envergonhado por todo o episódio — comentou Pettypeace. — Ele me disse que não teria trazido aqueles homens aqui se soubesse que eu estaria na biblioteca.

— Lawrence não deveria ter se colocado em posição de ser ameaçado. Ele sabe muito bem disso. Só espero que você não tenha pesadelos.

— O drama dessa noite não foi do tipo que me causa pesadelos.

As palavras foram ditas casualmente, e ainda assim ecoavam a verdade absoluta. King também ouviu nelas a admissão de que algo havia acontecido na vida da assistente, algo pior do que se ver diante dos dois cobradores de dívidas ou de ter sido ameaçada por eles. Como duvidava que Pettypeace fosse compartilhar os detalhes, ele se absteve de perguntar. Além disso, não era hora de trazer à tona lembranças que poderiam dificultar o sono. Naquela noite, King havia recolhido novas informações sobre Pettypeace, mas, quanto mais descobria a respeito dela, mais curioso ficava. Estava desesperado para saber tudo. Ela sempre fora uma parte importante do lado profissional da vida dele, mas King tinha a impressão de que, em algum momento daquela noite, uma mudança havia ocorrido em seu mundo, e ele não podia mais relegar Pettypeace a apenas uma parte da sua vida.

— Eu estava com medo de que o senhor entrasse de volta na biblioteca brandindo a espada que está pendurada na sala de bilhar — comentou Pettypeace, em tom leve.

King deu uma risada sem humor.

— Sem dúvida considerei a hipótese. A sua calma durante um momento tão difícil foi bastante impressionante. Eu me pego imaginando o que a transformou na pessoa que você é.

Eles chegaram à porta. Pettypeace pousou a mão no trinco e o fitou com um sorriso triste.

— É melhor não saber.

— Pettypeace…

— Boa noite, Sua Graça. Durma bem.

Ela escapou rapidamente para os domínios da criadagem, antes que King pudesse perguntar mais alguma coisa. Mas ele sabia que não dormiria bem naquela noite, que ficaria se lembrando das palavras enigmáticas dela.

Quando King voltou para a biblioteca, Lawrence não estava mais lá — nem a garrafa de uísque. King serviu-se de conhaque, foi até a janela e ficou olhando para fora. Sua atenção deveria estar concentrada no irmão, mas os pensamentos se voltaram para Pettypeace.

Ele se lembrou da primeira vez que a vira, quando ela entrara naquele mesmo cômodo. Por mais que tivesse escritórios na Fleet Street, King havia decidido realizar as entrevistas para o cargo ali, porque a grandeza da casa poderia intimidar alguns, impressionar outros, e ele acreditava que a reação das pessoas lhe garantiria uma noção inicial do que valorizavam, de como se adaptavam a ambientes desconhecidos. Pettypeace havia entrado na biblioteca com o passo firme, como se fosse a dona do lugar, a dona dele.

King tinha 26 anos na época, com coisas demais para manter sob controle. Com sua capacidade de organização, Pettypeace rapidamente se tornara indispensável. E, ao fazer isso, dera liberdade a ele para viajar, para procurar por toda parte outras oportunidades de investimento, para esquadrinhar o mundo. Mas, de repente, King se pegava mais interessado no que estava mais perto de casa. Em desvendar o mistério de Pettypeace.

Capítulo 5

Penelope não dormiu. O motivo não foram pesadelos, mas sim o prazer que sentira quando estava sentada na biblioteca com Kingsland, sem nenhum assunto de trabalho pairando entre eles para interferir. Então, quando os cobradores de dívidas se juntaram a eles... A forma como King a defendera, o grunhido feroz que escapara de sua garganta quando ele ameaçou o homem imundo que havia se aproximado dela. Penelope nunca pudera contar com um protetor antes. Passara tanto tempo sozinha que a defesa ardente de Kingsland quase a deixou com lágrimas nos olhos.

O duque representava um perigo muito maior do que aqueles valentões haviam sido. Amá-lo quando ele não sentia nada por ela era relativamente inofensivo, mas quando Kingsland, mesmo que involuntariamente, lhe dava esperança de que poderia haver mais entre eles, que ele poderia retribuir o afeto...

Obviamente ele não poderia. Kingsland deixara aquilo bem claro. Na noite anterior, ele apenas defendera sua casa e as pessoas que estavam dentro dela. Não Penelope, especificamente. Ele teria reagido da mesma forma se fosse Lucy na biblioteca, e não ela. Não teria?

No instante em que ela entrou no salão de café da manhã, já tinha se convencido de que, mesmo se fosse o mordomo a fazer companhia ao duque na biblioteca, Kingsland teria reagido com igual ferocidade.

Em uma rara ocorrência, ele chegara à mesa antes dela. E logo deixou o jornal de lado e se levantou.

— Pettypeace.

Kingsland parecia cansado, abatido, como se também não tivesse dormido, embora Penelope desconfiasse que motivos muito diferentes o mantiveram acordado.

— Bom dia, Sua Graça.

Depois de se servir de comidas leves no aparador, ela se juntou a ele à mesa, acomodando-se em seu lugar habitual, à direita do duque. Ele voltou a se sentar. Penelope se serviu de um pouco de chá e, sem pensar, tornou a encher a xícara dele. Era um gesto muito doméstico e, ainda assim, parecia bastante natural: tomar nota do que lhe faltava e cuidar para que as necessidades dele fossem atendidas.

— Andei pensando um pouco sobre a noite passada.

— Qual parte?

O tom dele carregava uma energia secreta e íntima, e Penelope se sentiu tentada a responder com a verdade: sobre toda a noite. Mas com certeza Kingsland não havia se dedicado a pensar no que havia acontecido entre eles antes que os brutamontes chegassem.

— A última parte, depois que fomos interrompidos.

— Eu jamais permitiria que fizessem mal a você.

Penelope balançou brevemente a cabeça.

— Sei disso. — E sabia mesmo. Com cada fibra do seu ser. — Eu não estava pensando nos patifes, mas sim em lorde Lawrence.

— Parece que ele tem sido um patife.

Kingsland não parecia muito satisfeito, era evidente que os problemas do irmão ainda pesavam sobre ele. Como Penelope cuidava dos livros contábeis, sabia que o duque era incrivelmente generoso, que destinava ao irmão uma renda anual que muitos invejariam.

— Acho que ele não tem propósito na vida.

— O propósito do meu irmão é me substituir se eu morrer.

Ninguém seria capaz de substituí-lo. Aquelas palavras chegaram à ponta da língua de Penelope, desesperadas para serem pronunciadas, inapropriadas para serem ditas com a convicção sincera que ela sentia.

— Mas é exatamente isso, não vê? Lorde Lawrence deve se sentir um pouco perdido. Ele tem o quê? Trinta anos? Vossa Graça é forte e saudável. Em breve vai se casar — *e não tenho certeza se terei coragem de permanecer aqui e assistir a isso* — e ter um herdeiro. E depois? Hoje, o senhor garante tudo a lorde Lawrence. Ele precisa se responsabilizar pelo próprio sustento. Acho que por isso foi procurar o agiota. Estava tentando ser independente, mas... bem, infelizmente, as coisas não correram bem.

King mexeu o chá, sem desviar os olhos dela, então tomou um gole.

— Você está subestimando o que aconteceu. Foi um desastre.

— Da próxima vez, pode muito bem vir a ser. Muitos segundos filhos têm ocupações. Talvez o senhor devesse encorajá-lo, orientá--lo, até mesmo encontrar algo concreto em que lorde Lawrence possa ajudá-lo. Só não deve parecer caridade ou indulgência.

— É culpa, sabe? O motivo para eu mimá-lo tanto, para exigir tão pouco dele.

Ela não sabia, não soubera até ali, assim como também não sabia que Kingsland havia reconstruído o que o pai quase destruíra. Mas Penelope não disse nada. Apenas esperou, porque sentiu que o que estava por vir não era fácil para ele dizer.

— Quando eu decepcionava o meu pai... e eu o decepcionei em várias ocasiões, o que sei que é bem difícil de acreditar... ele punia Lawrence. Às vezes, eu ficava tão furioso com a atitude dominadora do meu pai que me rebelava e me comportava de forma ainda pior, e Lawrence sofria por causa disso. Suponho que eu o mime agora como uma tentativa de compensá-lo. E a minha atitude talvez só tenha servido para causar mais danos.

Penelope sentia o coração apertado por Kingsland e pelo irmão dele.

— Acho que eu não teria gostado muito do duque anterior.

— Você o teria achado encantador. Todo mundo achava. Esta é a questão em relação aos monstros, Pettypeace. Eles são monstros porque conseguem iludir as pessoas e fazê-las acreditar no contrário.

Ela sabia uma coisa ou outra sobre monstros, mas estavam falando do passado dele, dos problemas dele, não dos dela, e não era hora de revelar as dificuldades pelas quais havia passado. Além disso, Penelope não precisava de simpatia nem de compreensão, porque havia escapado dos próprios monstros, e era improvável que eles voltassem a incomodá-la. Ela estava tomando todas as medidas possíveis para garantir aquilo. Kingsland não tinha a mesma sorte. Os resquícios do sofrimento permaneceram para assombrá-lo, a ele e ao irmão.

— Mas você talvez esteja certa. Lawrence está perdido. Ao mimá-lo, eu lhe fiz um desserviço.

Observando a testa franzida dele, o olhar distante, Penelope conseguiu ver que o duque estava buscando uma solução. Logo que o conheceu, ela havia percebido que, quando Kingsland precisava refletir sobre uma situação, conseguia se alienar do que estava ao redor, até que restassem apenas ele e seus pensamentos. Ela esperava que a duquesa não o incomodasse durante esses momentos. Talvez precisasse dar algumas aulas à futura esposa de Kingsland, para garantir que o casal se desse bem.

— Keating — anunciou ele, de repente, e o mordomo deu um passo à frente do lugar onde estava à espera. — Peça para que lorde Lawrence seja despertado imediatamente, banhado e preparado para o dia. Ele deve me encontrar na biblioteca dentro de uma hora.

— Sim, Sua Graça.

O olhar do duque encontrou Penelope.

— Vou precisar de você lá também, Pettypeace.

Ela não iria demonstrar a imensa alegria que sentia cada vez que Kingsland dizia que precisava dela.

King estava diante da janela ao lado da área de estar da biblioteca, onde apreciara a conversa com Pettypeace na noite da véspera, antes de dar tudo errado. Ainda não se sentia recomposto. Se tivesse retomado completamente o controle de si mesmo, não teria feito todas aquelas revelações pessoais durante o café da manhã. Ele nunca contara a ninguém como o duque o controlara punindo Lawrence. King assumia um comportamento desafiador sempre que o pai tentava controlá-lo, ou manipulá-lo, e por isso o duque se esforçara ainda mais para dobrá-lo à sua vontade. E fizera isso infligindo uma dura disciplina ao filho mais novo para, assim, punir de forma mais eficaz o mais velho e deixá-lo de joelhos. King sempre se envergonhava da própria incapacidade de proteger o irmão.

Algumas vezes, ele julgara mal o que o pai veria como um comportamento que precisava ser corrigido. Se tornar amigo de um rapaz cujo pai menosprezara o duque, por exemplo. Dançar com uma moça que o pai não achava bonita o bastante. Ler um livro questionável. Receber notas menos que perfeitas na escola. Perder uma briga com outro menino... Perder nunca fora tolerado. Por isso, King concentrara tudo o que tinha em si em vencer, até que nada mais importasse. E aprendera a não demonstrar nenhuma emoção quando Lawrence era o alvo das punições do pai — porque se encolher, demonstrar raiva, revelar qualquer reação só serviria para aumentar o número de chicotadas, como se o duque sentisse prazer em provocar angústia na mesma medida em que causava dor física. King às vezes se perguntava se o pai era um pouco louco.

Até onde King sabia, a mãe não tinha consciência de como o pai o disciplinara. Era um segredo que apenas ele e Lawrence compartilhavam. E agora Pettypeace também sabia. Ele deveria estar se sentindo vulnerável; em vez disso, não se sentia mais tão sozinho. Mas havia perigo naquilo: ele corria o risco de se tornar dependente demais dela, de querer confessar tudo, de buscar absolvição em seus olhos, a confirmação de que ele não era de fato um monstro como o pai.

A verdade, porém, era que ele era muito pior, e não poderia se arriscar a ceder àquele desejo voraz de desnudar a alma para Pettypeace. O muro que havia construído entre eles ameaçara desmoronar na noite anterior, e King precisava escorá-lo novamente. Antes que fizesse algo completamente idiota e confiasse tudo a ela. O peso de seus pecados era dele e apenas dele para suportar. E ele os suportaria.

Ao ouvir o eco de passos, King se virou. Pettypeace estava sentada na cadeira perto da escrivaninha dele, o lugar que ela normalmente ocupava durante as reuniões, enquanto tomava notas. O olhar dela estava nele e, por mais que King quisesse devolver o olhar com um sorriso, voltou a atenção para a porta. Lawrence entrou, parecendo um pouco mais arrumado do que na noite anterior, e sem qualquer consequência visível da embriaguez. Talvez ele não tivesse acabado com a garrafa inteira de uísque. Embora também fosse verdade que Lawrence tinha um talento todo especial para se recuperar rapidamente de qualquer excesso. Mas King estivera certo sobre o olho do irmão — que ostentava um hematoma muito escuro —, e o lábio não parecia muito melhor. Ele não beijaria ninguém tão cedo.

— Suponho que decidiu comprar uma patente no Exército para mim — murmurou Lawrence, o tom mal-humorado, enquanto se dirigia direto para as garrafas.

— Não, eu não fiz isso.

— Como alguém que gosta muito de pecar, não sou adequado para o clero.

O irmão ergueu uma garrafa de cristal.

— Solte isso.

Lawrence olhou para trás.

— Me faria bem uma dose de uísque, se vou ter que aguentar um sermão.

— É cedo demais, e você vai precisar estar no controle de suas faculdades mentais.

O irmão o observou por um instante, antes de finalmente abaixar a garrafa.

— Estou surpreso que, depois do que fiz ontem à noite, você ainda confie em minhas faculdades mentais.

— Não vejo vantagem em continuar a falar da noite passada. Passou. É hora de seguir em frente. — King foi até a escrivaninha, pegou um pacote e o estendeu a Lawrence. — Preciso de sua ajuda com um assunto.

Lawrence se aproximou cautelosamente, como se King estivesse lhe estendendo uma víbora.

— O que é isso?

— Um homem veio me ver ontem — *Santo Deus, fazia mesmo tão pouco tempo?* —, para falar sobre um relógio despertador que ele inventou.

— Um relógio despertador?

— Sim, você gira alguns botões e, em um determinado momento, o relógio faz um barulho atroz para acordá-lo.

— Por que em nome de Deus alguém iria querer isso?

— Nem todo mundo pode se dar ao luxo de dormir até tarde. As pessoas precisam chegar ao seu local de trabalho, de preferência em uma hora determinada. Preciso que você determine a viabilidade da proposta como um investimento.

— Por que eu? Isso não é algo que Pettypeace pesquisaria?

— Prefiro que Pettypeace gaste o tempo dela encontrando uma duquesa para mim.

Lawrence pegou o pacote, hesitante. King continuou:

— Essas são todas as anotações que ela fez durante a nossa reunião com o camarada. É bom que você as examine para, em seguida, determinar os custos, as vantagens e desvantagens de se envolver no empreendimento. Pettypeace pode ajudá-lo com isso. — Ele estendeu uma chave ao irmão. — Pode usar o meu escritório na Fleet Street como sua base. Quando estiver pronto, nós três conversaremos sobre suas conclusões, e então podemos marcar uma reunião com o sr. Lancaster, para informá-lo da nossa decisão com base na sua recomendação.

Lawrence passou a mão pelo cabelo perfeitamente escovado, desarrumando-o todo.

— E se eu fracassar?

King apoiou o quadril na escrivaninha e cruzou os braços.

— Por que você fracassaria?

— Nunca fiz nada parecido antes.

— É isso, o Exército ou o clero.

O irmão deixou escapar uma risada sem humor.

— Você está louco colocando isso nas minhas mãos.

— O senhor gosta de apostar, não é mesmo? — perguntou Pettypeace. — Não é tão diferente. Basta pegar as informações que tem e determinar as chances de sucesso.

— Como você pôde constatar ontem à noite, sou um idiota no que diz respeito a apostas.

Pettypeace se levantou e fitou Lawrence com o mesmo sorriso encorajador que havia dirigido a Lancaster.

— Tudo tem um elemento de risco. Quanto mais informações recolher, mais capacitado estará para avaliar a probabilidade de sucesso. Como o duque lembrou, o senhor não vai tomar a decisão sozinho. Ele tem a experiência necessária para pegar as informações que o senhor fornecer e orientá-lo na direção correta. Tenho certeza de que o duque cometeu erros no começo, mas esses erros não o destruíram, não é mesmo?

Aquilo doeu. O fato de Pettypeace achar que ele nem sempre julgara corretamente. Era verdade, mas, ainda assim, ele teria preferido que ela o considerasse infalível.

— Nem sei por onde começar.

— Fiz algumas sugestões — tranquilizou-o Pettypeace. — Seu irmão pode lhe oferecer outras.

— Muito bem, então. — Ele encontrou o olhar de King. — Você não vai se arrepender por confiar isso a mim.

— Essa possibilidade nunca me ocorreu. Agora, vamos passar a um assunto menos agradável. Quero que me entregue uma lista de suas dívidas para que possamos quitá-las e elas não continuem pairando sobre sua cabeça.

Pettypeace se sentou na cadeira e começou a anotar os nomes dos lugares que Lawrence — um tanto envergonhado, felizmente — ditava para ela. King percebeu que deveria ter prestado mais atenção em como o irmão estava passando seu tempo. Quando se tornara duque, aos 19 anos, e começara a se dedicar a resolver a confusão em que o pai tinha deixado tudo, Lawrence tinha apenas 15 anos. Na época, ele se empenhara para que o irmão caçula tivesse uma vida muito mais fácil, assim como se empenhara para que a mãe não tivesse nenhuma preocupação no mundo. Mas agora via que um jovem precisava de um propósito diferente além de se divertir.

King também reparou na gentileza com que Pettypeace havia assegurado várias vezes a Lawrence que ele não havia estragado nada que não pudesse ser consertado. E se perguntou por que nunca notara em como ela era capaz de ser suave. Com ele, seu patrão, Pettypeace era precisa, profissional e eficiente. King valorizava aquele aspecto da assistente. Mas a gentileza nela... ele também ansiava por aquilo.

King tinha negócios a tratar e, ainda assim, estava achando quase impossível desviar os olhos de Pettypeace; não parava de desejar que ela tirasse os óculos, para que alguns fios de cabelo escapassem novamente do penteado. Ele se imaginou retirando os grampos, até que todas as mechas caíssem sobre os ombros e pelas costas dela.

O que havia de errado com ele para se sentir tão atraído por ela ultimamente? Pettypeace não era uma grande beldade, mas havia uma beleza nela que começava em seu íntimo e fluía até a superfície. Aquilo fazia os olhos de Pettypeace cintilarem e deixava seu sorriso alegre. E aquele sorriso tornava os lábios dela os mais sedutores com que King já havia se deparado.

Que erro seria... beijá-la. Dar qualquer indicação de que a desejava. Aquilo tornaria as coisas embaraçosas entre os dois, e Pettypeace talvez decidisse que não queria mais permanecer a serviço dele. E King não conseguia nem imaginar a desolação de um dia sem ela.

Capítulo 6

A vantagem de ser funcionária do duque de Kingsland era que Penelope tinha acesso a todos os contatos dele, incluindo detetives e espiões. Por isso, conseguiu encontrar com muita facilidade a localização do clube conhecido como Reduto dos Preteridos. Naquele momento, ela estava do outro lado da rua, tentando reunir a coragem necessária para entrar.

Ao longo dos últimos três dias, desde aquela manhã na biblioteca, em que entregara uma tarefa nas mãos do irmão, Kingsland vinha se mostrando distante. Passava boa parte do tempo cuidando de um assunto ou outro, e saía todas as noites para jantar. O duque estava estranhamente reservado, e não se dera ao trabalho de informar seus planos a ela. Por mais que Penelope tivesse feito uma visita à biblioteca dele durante a madrugada — esperando que seus caminhos voltassem a se cruzar e ele mais uma vez a convidasse para tomarem um conhaque juntos —, suas esperanças foram frustradas, já que ele não apareceu. Se ela não soubesse que não era o caso, teria achado que Kingsland estava dormindo em outro lugar.

Mas, apesar de ele ainda estar presente todo dia no salão de café da manhã, de ainda passar a Penelope o que precisava que ela fizesse naquele dia, algo havia mudado. Kingsland parecia muito tenso. Nem um único sorriso, ou uma risada, ou mesmo uma pergunta sobre como ela estava. Embora Penelope compreendesse perfeitamente que um empregado não se tornava amigo do patrão, que uma pessoa de origem plebeia não se tornava amiga de um aristocrata, havia se permitido acreditar que os dois compartilhavam algum tipo de vínculo pessoal que aprofundava seu relacionamento e que a tornava um pouquinho mais do que uma empregada. O que era uma grande tolice.

Ora, nunca fora de sentir pena de si mesma. Estava no comando do próprio destino e, se Kingsland podia procurar companhia, ela também podia.

Penelope respirou fundo, atravessou a rua e subiu os degraus até chegar diante do homem enorme que estava à porta.

— Olá, estou aqui para saber sobre como me tornar membra do clube.

Muito sério, ele a cumprimentou com um aceno de cabeça e abriu a porta.

— Primeira sala à direita.

Aquilo estava sendo mais fácil do que ela esperara. Quando entrou na sala, Penelope ouviu uma cacofonia de risadas, e o som alto de vozes vindo do corredor e do alto das escadas. O primeiro cômodo à direita parecia uma sala de estar. Por mais que houvesse algumas cadeiras ali, não havia ninguém as ocupando. Um homem estava sentado diante de uma mesinha no canto, perto da janela, mas Penelope optou por se aproximar da mulher diante da mesa maior, no centro da sala.

— Boa noite. Eu gostaria de me tornar membra.

— Nome?

— Penelope Pettypeace.

A mulher começou a checar uma pequena pilha de cartões. Uma vez. Duas. Então, olhou para Penelope. Checou novamente os cartões. Deixou-os de lado.

— Não estou encontrando a sua referência.

— Referência?

— Alguém precisa indicá-la para que possamos lhe conceder o título de membra. Sem indicação, lamento, mas a senhorita terá que se retirar rapidamente.

— Uma indicação não é um meio muito prático para conseguir membros.

— O título só é conferido àqueles com um conhecido que possa atestar que não estão apenas atrás de fofocas.

— Eu atesto que não estou atrás de fofocas.

— Outra pessoa precisa fazer isso.

Que conversa-fiada! Penelope nunca tinha ouvido nada parecido. Por que o detetive não lhe passara aquela informação importante?

— Tenho certeza de que é possível abrir uma exceção.

— Receio que não.

— Isso é um absurdo.

— Terá que encontrar alguém que a indique.

— Mas a filiação é secreta. Como eu poderia sequer saber a quem perguntar?

A mulher irritante apenas deu de ombros.

— Eu a indicarei, Gertie.

Penelope se virou e encontrou Lawrence com um largo sorriso.

— Milorde.

— Senhorita Pettypeace, eu com certeza jamais imaginei encontrá-la aqui.

— Nem eu ao senhor.

Ele deu de ombros.

— Este lugar foi criado por um segundo filho, para segundos filhos. — Lawrence se aproximou mais da mesa. — Eu a indicarei. A nossa srta. Pettypeace não está atrás de fofocas.

Penelope ficou surpresa por ele ficar esperando pacientemente enquanto ela preenchia o formulário de adesão, entregava uma bolsa de dinheiro para pagar a anuidade e aguardava o jovem na mesinha desenhar seu retrato no cartão de membro.

— Basta mostrar isso para o homem na porta da próxima vez que vier — explicou o artista habilidoso.

O homem na porta, o sujeito que ela tinha certeza de que poderia quebrar o pescoço de qualquer um sem derramar uma gota de suor.

— Posso convidá-la para beber alguma coisa comigo? — perguntou lorde Lawrence.

— Seria um prazer, obrigada.

Mas seria apenas uma bebida. Ela certamente não procuraria companhia com o irmão do duque. Lorde Lawrence a guiou pelo corredor até uma sala cheia de pessoas bebendo e conversando. Havia um homem atrás de um balcão comprido, enchendo copos com bebidas variadas. Depois de pegar vinho tinto para os dois, Lawrence levou Penelope até uma pequena mesa com duas cadeiras. Ao se sentar, ela notou que a maioria das pessoas estava de pé, sem dúvida porque aquilo facilitaria passar de uma pessoa para a outra até que alguém despertasse o interesse, a conversa começasse e surgissem pontos em comum, ou pelo menos o desejo de explorar onde a conversa poderia levar.

— Foi ideia sua, não foi.

Penelope voltou a atenção rapidamente para lorde Lawrence. Ele não havia feito uma pergunta, mas sim uma afirmação. Lorde Lawrence tinha os mesmos olhos e cabelo escuros do irmão, mas não a mesma sisudez. Seus fardos não eram tão pesados.

— Como?

— A ideia de me passar uma tarefa. Foi sua.

Penelope tomou um gole do excelente vinho.

— Eu talvez tenha sugerido que lhe faltava um propósito.

Ele riu com vontade.

— Não considera o jogo um propósito?

— Não exatamente. E o senhor não parece ser muito bom nisso.

Lorde Lawrence deu outra risada, mas logo ficou sério.

— Ele sabe que a senhorita está aqui?

Penelope balançou a cabeça em resposta e voltou a olhar para as pessoas ao redor. Poucos grupos eram formados por mais de duas pessoas, mas não havia permanência naqueles encontros, e as pessoas logo seguiam adiante tranquilamente.

— Duvido que o duque fosse se importar.

— Desconfio que ele se importaria muito.

Penelope não tinha esperança de que ele estivesse falando a verdade. O duque logo estaria completamente perdido para ela. Por isso, lançou um olhar desafiador a lorde Lawrence.

— O que os empregados do duque fazem quando o sol se põe não é da conta dele.

— Você acredita que é apenas uma empregada para King?

— É claro que sou. Sou a assistente dele, nada mais.

— Ah, srta. Pettypeace, sempre a considerei a mais inteligente entre nós.

— Acredito que o duque me estime, é claro, mas apenas na medida em que diminuo a quantidade de deveres dele ao lidar com as tarefas mais chatas.

— King convida todos os criados para beber com ele?

— Aquilo foi um acaso. E o duque com certeza não voltou a repetir o convite. Na verdade, ele mal aparece em casa ultimamente. Algo... ou alguém... está ocupando suas noites.

— O que a deixou livre para procurar companhia esta noite.

— Tenho 28 anos, milorde. Sem família a quem dar satisfações. Por que seria errado desfrutar da companhia de um cavalheiro por algumas horas, quando é perfeitamente aceitável que um homem passe algum tempo na companhia de uma mulher com quem não tem a menor intenção de se casar?

— Eu não disse que era errado. Apenas inesperado. Mas a senhorita está certa — lorde Lawrence olhou ao redor —, e não é a única a pensar assim. É um desafio maior para as mulheres marcar encontros com homens, acredito, e essa é uma das razões por que esse clube está tendo tanto sucesso. — Ele terminou seu vinho e piscou para ela. — Aproveite a caça, srta. Pettypeace.

— O senhor também, milorde.

Depois que ele a deixou, Penelope permaneceu sentada por vários minutos, saboreando o vinho, perguntando-se que diabo estava realmente fazendo ali. Se ao menos o duque não a tivesse convidado para tomar aquele conhaque na biblioteca, talvez ela nunca tivesse se dado conta de como suas noites eram extremamente vazias. Ah, costumava passar algum tempo com Lucy e com um ou dois outros criados, mas não era tão gratificante quanto passar o tempo na companhia de um homem a quem admirava. Depois que o trabalho estava feito, quando estavam livres para mergulhar em segredos. Não que qualquer um dos dois tivesse revelado algum segredo, mas, ainda assim, o potencial para que isso viesse a acontecer estivera no ar. Assim como um olhar ardente ocasional e a possibilidade do *e se*. E se ele não fosse duque?

E se ela não fosse responsável por encontrar uma esposa para ele? E se ela o intrigasse tanto quanto ele a ela?

E se vacas voassem... Ela provavelmente aprenderia a montar em uma, não é? Estar ali naquela noite era tão desafiador quanto, porque Penelope nunca flertara com um cavalheiro até então. Antes, ela havia evitado chamar a atenção de um, porque sempre se preocupava com a possibilidade de que suas ações do passado pudessem vir à tona e arruinar tudo. Mas muitos anos já a separavam daquelas ações, então com certeza estava segura.

Depois de se levantar e entregar a taça vazia a um criado que passava, Penelope se sentiu tentada a pedir outra, mas precisava estar no controle de suas ações enquanto caminhava pelo salão. Um sorriso aqui, um aceno de cabeça acolá, Penelope se perguntou como alguém percebia quem o atraía.

Nenhum cavalheiro era tão belo quanto o duque, mas ela nunca se deixara influenciar por feições atraentes. Era a inteligência, a astúcia e a força interior que a atraíam. E a bondade, mesmo que às vezes mascarada de aspereza, para disfarçar a própria existência. Penelope estava quase na porta quando um homem entrou na sua frente.

— Acho que nunca a vi por aqui.

Era um sujeito de aparência bastante agradável, o cabelo loiro bem penteado, os olhos azuis alertas. Ele falava polidamente, mas Penelope percebeu um traço da forma de falar das ruas.

— Acabei de me tornar membra.

— Que sorte a minha.

Ela franziu o cenho.

— Por quê?

— Me deu a oportunidade de conhecê-la.

— Mas como acabou de me conhecer, está sendo um pouco precipitado em sua avaliação. Pode não ser nada afortunado.

Ele piscou e sorriu.

— Isso é verdade. No entanto, estou inclinado ao otimismo. Permita que eu me apresente. George Grenville, às ordens.

— Que tipo de ordens?

Ele riu.

— A senhorita é bem literal.

— Sou sim.

Penelope estava fora de sua zona de conforto. A vida não lhe permitira momentos como aquele, em que devia se esforçar para parecer interessante, para conversar com alguém sobre outra coisa além de negócios, alguém a quem desejasse conhecer melhor.

— E a senhorita é? — perguntou ele.

— Ah. Penelope Pettypeace.

Ela estendeu a mão enluvada, que Grenville pegou e levou aos lábios.

— É um prazer, srta. Pettypeace.

Penelope quase comentou que ele ainda não sabia se era um prazer, mas percebeu que o homem estava apenas sendo educado, fazendo elogios que nada mais eram do que um meio de preencher o silêncio. Ele apertou os olhos como se quisesse vê-la melhor, e ela se perguntou se o cavalheiro na verdade precisava de óculos e era orgulhoso demais para usá-los.

— Mas a senhorita me parece vagamente familiar. Já nos encontramos antes?

Será que ele era capaz de ouvir o coração dela disparando? Não, ele não a reconheceria, não depois de todos aqueles anos. Penelope havia mudado. Sua aparência estava diferente.

— Acho que simplesmente tenho um daqueles rostos que não se distingue muito de todos os outros.

— Duvido que seja isso. Talvez tenhamos nos conhecido em algum baile ou recital?

O coração de Penelope voltou a bater no ritmo normal.

— Por acaso o senhor esteve no baile do duque de Kingsland, na última temporada social?

Aquele tinha sido o único baile que Kingsland dera, e o único a que ela já havia ido. Penelope não se lembrava de ter endereçado um convite ao sr. George Grenville, mas, como enviara mais de duzentos convites, não conseguiria se lembrar de todos os nomes. Se a família de Grenville tivesse recebido um convite, então ele poderia simplesmente tê-los acompanhado.

— Na verdade estive, sim. Passei um bom tempo secando lágrimas ao meu redor depois que ele fez o anúncio. A senhorita foi uma das damas que chorou por não ter sido escolhida?

— Céus, não. Eu nunca sequer estive na lista para que ele me levasse em consideração. Não, sou a assistente do duque e supervisionei todo o evento. Eu estava andando pelo salão de baile, me certificando de que tudo estava correndo como deveria. Talvez o senhor tenha me visto lá.

— Sim, deve ser isso. Quais são suas impressões até agora?

— O senhor me parece bastante agradável.

Ele riu, um som relaxado que ecoou entre eles, e fez algumas cabeças virarem em sua direção.

— Eu estava me referindo à sua opinião sobre o clube.

— Ah, peço desculpas. — Penelope se sentia uma tonta. Estava totalmente deslocada ali e não gostava de se sentir assim. — Não vi muito do clube, mas as pessoas parecem estar se divertindo.

— Seria uma honra acompanhá-la pelas várias salas e possibilidades de entretenimento.

— Não desejo monopolizar a sua noite.

— Bobagem. A senhorita é a mulher mais intrigante que conheci aqui desde que me tornei membro.

Penelope duvidava muito que aquilo fosse verdade — desconfiava que Grenville estivesse simplesmente tentando bajulá-la para conseguir o que queria, mas ela não se deixava seduzir facilmente. Ainda muito jovem, aprendera a ser cautelosa com demônios de fala mansa. Mesmo assim, aceitou o braço oferecido por Grenville e permitiu que ele a conduzisse escada acima.

Grenville levou-a até um pequeno salão de baile, mas Penelope não estava com disposição para uma valsa. Eles passaram algum tempo jogando dardos em outra sala, até que ele se cansou de perder para ela. Penelope parecia ter um talento natural para acertar um projétil pontiagudo bem no centro de uma placa de madeira circular. Quando ela errava o alvo, era apenas por alguns milímetros.

— Tem certeza de que nunca jogou antes? — perguntou Grenville quando eles voltaram para o corredor.

— Absoluta.

Em outro cômodo, ele a ensinou a fumar charuto. Depois, Penelope sentia a garganta um pouco arranhada, mas o aroma ao seu redor a fez lembrar do pai fumando seu cachimbo. Certa vez ele permitira que ela desse uma baforada.

— Que sorriso misterioso... — comentou Grenville, enquanto eles saíam lentamente da sala enevoada.

— Eu me vi dominada por uma lembrança agradável e súbita de meu pai. Isso não costuma acontecer.

— Tive esperança de que estivesse pensando em mim.

Ela deu uma risadinha.

— Receio não ser muito habilidosa nesse jogo de flerte.

— Pelo menos a senhorita é sincera, e um cavalheiro sabe exatamente em que pé está.

Exceto no que se referia a Kingsland. O duque não sabia o que ela realmente sentia por ele. Era melhor manter alguns assuntos para si mesma.

— O senhor é sempre sincero com as mulheres que acompanha pelo clube?

— Tento ser. Nesse momento, gostaria muito de levá-la para o andar acima desse.

A voz de Grenville se tornara baixa e lenta, como se ele estivesse sugerindo mais do que realmente estava dizendo.

— E o que tem lá em cima?

— Cômodos privados... para explorar.

— Explorar um ao outro, presumo.

— De fato. — Ele parecia incrivelmente satisfeito com a resposta dela. — A senhorita gostaria de me acompanhar?

O cabelo dele era do tom errado, os olhos da cor errada, seu maxilar não era definido o bastante. Ele era alguns centímetros mais baixo do que deveria.

— Não o conheço bem o bastante.

— Com privacidade, poderíamos resolver isso rapidamente.

— Simpatizo com o senhor, e achei nosso tempo juntos muito agradável, sr. Grenville. No entanto, peço desculpas se dei a impressão de que estava aqui esta noite para mais do que uma expedição de reconhecimento do terreno.

— Compreendo perfeitamente, srta. Pettypeace. Uma mulher precisa ser cautelosa. Para ser sincero, a minha estima pela senhorita é maior por causa da sua prudência. — Ele pegou a mão dela e levou aos lábios. — Talvez, quando nos conhecermos um pouco melhor, a senhorita perceba que não precisa ser tão cautelosa. Aproveite o resto da sua noite.

Ele a deixou, então, e se aproximou de uma mulher que estava observando um quadro de um casal abraçado. A julgar pelo sorriso que a nova parceira dirigiu a Grenville, Penelope desconfiou que os dois estavam bastante familiarizados um com o outro, e sem dúvida subiriam as escadas juntos.

Alguns outros cavalheiros se apresentaram, mas Penelope não passou muito tempo conversando com eles. Sua cabeça havia começado a doer, sem dúvida por causa do tempo que ficara na sala de fumantes. Não era de admirar que aquela fosse uma câmara separada na maioria das casas. Acostumada a horas de trabalho solitário, ela achava bastante exaustivo passar a noite na companhia de outros, sorrindo o tempo todo e conversando com pessoas que não conhecia, mesmo que as considerasse interessantes e que ansiasse por se tornar mais próxima delas ao longo do tempo. Ainda assim, logo se viu dominada por um cansaço profundo. Quando saiu do clube, pouco antes da meia-noite, Penelope se sentia feliz por ter ido, mas achava que algumas aulas sobre a arte do flerte seriam úteis antes de retornar.

King estava de péssimo humor. Pettypeace não se juntara a ele no café da manhã. Em seu esforço para colocar distância entre os dois, aquela havia se tornado a sua hora favorita do dia, a única hora em que não precisava inventar uma desculpa para vê-la. Era a rotina deles. Embora pudesse chamá-la sempre que quisesse, King havia começado a limitar o número de vezes que puxava a campainha na biblioteca. Mas ele puxou a campainha com tanta força naquele momento que quase arrebentou a corda presa nela.

Ele precisava de uma atualização sobre o sucesso do irmão em reunir informações. Lawrence não havia procurado King em busca de qualquer orientação e, embora admirasse a independência do irmão, também se preocupava que Lawrence pudesse estragar as coisas e deixar uma boa oportunidade escapar das mãos deles.

Além disso, King só queria passar algum tempo na companhia dela. Ele a evitara na véspera, depois do café da manhã, simplesmente para provar para si mesmo que era capaz de passar um dia inteiro sem vê-la nem sofrer por isso. Infelizmente, havia sofrido. Sentira falta dos raros sorrisos de Pettypeace, das raras risadas baixas, de sua voz. Sentira falta do perfume dela. E de como ela o desafiava: Pettypeace o forçava a olhar as coisas de ângulos impossíveis, a considerar o que ele não havia considerado antes.

King estava saindo todas as noites — já que sempre se pegava ansioso para se sentar na biblioteca à noite, na expectativa de que ela aparecesse para pegar um livro, o que lhe daria a chance de convidá-la a beber alguma coisa. Ele tinha ido a clubes com os Enxadristas, fora a um jardim público com Bishop, a uma casa de apostas. E achara tudo tedioso. Terrivelmente tedioso. Cada hora longe de Pettypeace era muito tediosa.

Ela assombrava constantemente seus pensamentos, deixando-o confuso. Quando Pettypeace havia se tornado uma parte tão integral da vida dele além dos negócios? Era a familiaridade que tinha com ela. Além da mãe, King nunca havia tido uma mulher em sua vida por tanto tempo quanto tinha Pettypeace. Era natural que houvesse desenvolvido algum carinho pela assistente.

Também era natural que tivesse passado duas horas com um joalheiro na véspera, se esforçando para encontrar uma pedra preciosa que refletisse o tom dos olhos dela. As esmeraldas eram muito escuras, não tinham o brilho que ele procurava. O presente teria sido impróprio, mas ainda assim ele não queria mais dar penas com ponteira de ouro para Pettypeace. Queria presenteá-la com alguma coisa que demonstrasse sua admiração imensurável. Algo com uma inclinação mais pessoal.

Keating entrou silenciosamente na sala.

— Sua Graça chamou Pettypeace.

— Sim. Já faz algum tempo.

Ela nunca o deixava esperando, e King não admitiria que passasse a deixar. O fato de os dois terem se sentado ali na biblioteca, em um ambiente amistoso, tomando um conhaque juntos — e de ele ansiar por repetir aqueles momentos — não dava permissão a ela para ignorar seu chamado ou para atendê-lo apenas quando quisesse.

— Ela está indisposta.

— Indisposta? Como assim?

Keating recuou um passo. Não que King o culpasse. Afinal, sem que se desse conta, as perguntas haviam saído como um rugido, e ainda ecoavam na biblioteca ampla. O mordomo pigarreou.

— Ela não está se sentindo bem.

King se levantou tão rapidamente da cadeira que ela quase tombou. Não era um homem dado ao pânico, mas, se as batidas aceleradas do coração eram alguma indicação, havia acabado de se tornar.

— O que exatamente você quer dizer com isso?

— Pettypeace me garante que não é nada para se preocupar. Um pouco de febre...

— Febre? Pettypeace não fica doente. — Nenhuma doença teria a ousadia de visitá-la. King já estava andando. — Ela poderia estar em seu leito de morte e responderia ao meu chamado.

No momento em que as palavras saíram de sua boca, ele soube que aquilo não era verdade, mas também sabia que apenas algo muito grave a impediria de atendê-lo. Ele tinha acabado de passar por Keating quando parou de repente e olhou para o homem como se todo aquele mal-estar fosse de alguma forma culpa dele. Especialmente porque King tinha acabado de perceber algo de suma importância.

— Onde diabo fica o quarto dela?

— Por aqui, senhor.

Ele seguiu Keating até as entranhas da área dos empregados, precisando se conter o tempo todo para não empurrar o homem imponente e ordenar que ele andasse mais rápido. O mordomo caminhava como se não houvesse necessidade de pressa — como se não lhe ocorresse que naquele instante mesmo Pettypeace poderia estar dando o último suspiro, sem saber que King estava indo até ela.

Depois de passarem pela cozinha, eles seguiram em direção a um lance de escada. E subiram um degrau de cada vez, quando King queria ir de dois em dois, ou de três em três, o maior número possível para encurtar a distância entre ele e a assistente.

Finalmente chegando ao topo da escada, Keating o conduziu até uma porta e bateu. Mesmo sabendo que seria uma ação irracional, King teve vontade de chutar a porta. Em vez disso, quando não receberam nenhuma resposta, ele afastou o mordomo do caminho e a abriu.

O quarto pequeno e sem janelas o pegou de surpresa, assim como a parca mobília. Uma cama, uma mesa de cabeceira, um guarda-roupa e uma cadeira de madeira de espaldar reto. Era ali que ela lia? Não, Pettypeace provavelmente escolheria ler na cama minúscula com a cabeceira de ferro. A mesma cama onde, naquele momento, ela estava enrodilhada de lado. Perto da cabeça de Pettypeace, um gato lambia a pata e o fitava — e King teve a impressão de que a criatura achava que o duque não tinha muito valor. Como ele não costumava visitar as áreas dos criados, não sabia que o animal vivia ali. Com cuidado para não mexer com o gato, ele se agachou ao lado de Pettypeace e segurou seu rosto entre as mãos.

Pettypeace entreabriu os olhos.

— Sua Graça, me dê um instante para me arrumar.

— Você está com febre.

— Minha garganta está doendo, mas não é nada com que deva se preocupar. Já aconteceu antes. Estarei recuperada em um ou dois dias.

E se fosse alguma coisa mais grave? King afastou as cobertas e a pegou no colo.

— O que está fazendo? — perguntou ela debilmente, e o fato de Pettypeace não estar se debatendo contra ele o aterrorizou ainda mais.

— Vou levá-la para um lugar mais confortável. Keating, mande chamar o meu médico.

King ignorou os olhos arregalados dos criados e os débeis protestos de Pettypeace e a carregou através da casa, até chegar ao corredor onde ficava o quarto dele. Ele entrou no quarto em frente, que já estava com a porta aberta, e acomodou Pettypeace na cama, que era bem mais confortável que a dela.

— Não posso ficar aqui — disse ela.

— Claro que pode. Este quarto é seu agora. Vou mandar trazer suas coisas para cá. — Ele arrumou as cobertas ao redor dela. — Durma até o médico chegar.

Sem mais protestos, Pettypeace fechou os olhos, e nem se mexeu quando o gato saltou na cama e se acomodou no travesseiro.

— Pelo amor de Deus, Pettypeace, por que você não me disse que eu a deixei viver em uma choça?

Se ela o ouviu, não respondeu. Pettypeace parecia muito menor naquela cama grande... menor e mais vulnerável. King deveria ir embora, mas não conseguiu. E não conseguiria até ter certeza de que ela ficaria bem.

Penelope dormia e acordava, e chutava as cobertas para o lado — que Lucy logo se apressava a rearrumar. Durante o dia, a amiga a forçara a tomar chá quente com mel e a gargarejar uma mistura de gosto horrível que o médico receitara.

— É a sua garganta que está causando a febre — confirmou Lucy. — Está inflamada ou algo assim, mas o médico diz que estará curada em alguns dias, novinha em folha.

Quando a noite caía e tudo ficava quieto, Lucy deixava Penelope dormindo, então *ele* chegava. Na primeira noite, parecia em tão mau estado quanto ela. Kingsland se sentou em uma cadeira ao lado da cama e apenas segurou a mão dela. Sempre que Penelope acordava, encontrava os olhos do duque fixos nela, e via os lábios se curvarem em um sorriso. Então, ele dizia o nome dela baixinho, o tom suave.

— Pettypeace. — Uma bênção e uma prece, como se achasse que, caso chamasse o nome dela com frequência o bastante, ela acabaria escapando da febre.

Na segunda noite, Kingsland leu para ela. Mesmo depois que ela dormiu, a voz dele continuou a penetrar em seus sonhos. Ela não tinha certeza de que as palavras sempre vinham do livro, porque às vezes, quando despertava da letargia, ele passava um pano úmido em seu rosto ou pelo pescoço. Mesmo sabendo que era inapropriado que Kingsland estivesse ali com ela, Penelope não queria mais ninguém ao seu lado.

Quando a febre finalmente cedeu, a lareira foi acesa, um banho preparado, e Lucy voltou para ajudá-la. Enquanto Penelope se deleitava com a água morna, Lucy lhe contou tudo o que acontecera enquanto ela estava doente.

— Ele mandou trazer todas as suas coisas para este quarto.

Penelope se lembrou de Kingsland mencionando algo a respeito, mas tudo provavelmente acontecera enquanto ela dormia.

— Ele ficou horrorizado com suas acomodações — continuou Lucy.

— Mas é comum que a criadagem tenha quartos simples.

— Ao que parece, ele não considera sua assistente como *criadagem*, e sim como algo mais.

— Os outros criados não devem estar gostando nada disso.

Lucy deu de ombros e se adiantou para ajudar Penelope a lavar o cabelo.

— Alguns estão falando bobagens, dizendo que *algo mais* são favores sexuais, mas não acredito nisso.

— Embora eu agradeça seu apoio, Lucy, o que os outros acreditam pode causar problemas. Não posso ficar neste quarto.

Não importava quanto fosse grande e bonito. Ou quanto a cama fosse confortável.

— Ele substituiu todas as cadeiras de madeira em nossos quartos por poltronas de veludo. Acabei adormecendo na minha ontem à noite.

Penelope sorriu.

— É mesmo?

— Sim, adormeci. — Lucy se virou até encontrar o olhar de Penelope. — Não acho que você deva desistir deste quarto. Eu não faria isso.

Mas quando Kingsland se casasse... saber que ele e a esposa estavam do outro lado do corredor...

Penelope balançou a cabeça.

— Seria totalmente inapropriado.

— Ele também está mudando seu escritório de lugar.

Penelope se sobressaltou, surpresa.

— Como assim, ele está mudando o meu escritório de lugar?

— Bem, não o seu escritório, mas as coisas que estavam nele. O duque mandou levar tudo para onde antes era a sala matinal da duquesa, aquela saleta perto da biblioteca.

Não deveria me sentir tão satisfeita, ou tão afogueada com essa notícia, pensou Penelope. Era como se a febre tivesse retornado.

— Assim, ficarei mais perto dele.

— Bem mais perto. — Lucy mordeu o lábio inferior, a expressão alegre. — Sinceramente, Penn, você deveria ter visto o estado dele quando chegou no seu quarto. Era como um cavaleiro determinado a resgatá-la das garras de um dragão.

Penelope não conseguiu conter uma risada.

— Lucy, você lê contos de fadas demais.

— Juro que não estou exagerando. Quando o duque saiu com você nos braços... meu coração derreteu. A expressão dele era tão determinada que eu sabia que você não morreria.

— Acho que não cheguei a correr risco de morte. Foi apenas uma inflamação na garganta. Isso me atormenta desde que eu era jovem.

Tinha sido profundamente irritante perceber que a garganta estava inflamando de novo, mesmo depois de tantos anos sem acontecer. E Penelope torcera para que fosse só reação à secura do vinho ou à fumaça do charuto.

Lucy olhou ao redor.

— Eu não daria ouvido às fofocas, Penn. Não desistiria dessas belas acomodações. Além do mais, de qualquer forma, todos já acham isso mesmo.

De repente, Penelope se sentiu mais doente do que quando estava com febre.

— O que você quer dizer?

— As criadas, até mesmo alguns dos criados. Todas as noites em que você fica até mais tarde com o duque, sei que vocês estão trabalhando e digo isso a eles, mas eles continuam achando que você está tendo uma historinha com ele.

Tendo uma historinha? Um caso? Malditas fofocas. Como se aquilo fosse da conta deles. Quem eram aquelas pessoas para julgar sua vida, quando ela não julgava a deles? Penelope imaginou que, se soubessem de sua visita ao Reduto dos Preteridos, estariam juntando gravetos para queimá-la em uma fogueira no jardim. Por que uma mulher não podia viver tão livremente quanto um homem?

Além disso, Kingsland jamais fizera qualquer avanço inconveniente. E aquilo não iria mudar simplesmente porque ela passaria a dormir do outro lado do corredor. O duque não a via daquela maneira, como alguém por quem pudesse se sentir atraído. Penelope não sabia nem se ele tinha consciência de que ela era uma mulher.

— Vou ficar com este quarto — anunciou ela, de repente, em um tom firme, convencida de que merecia e de que ele não se aproveitaria dela.

— Muito bom para você — disse Lucy. — Você trabalha mais duro para ele do que qualquer um. Merece coisas boas em troca.

Capítulo 7

Cinco semanas até o baile de Kingsland

— Um pouco mais perto da lareira — ordenou King aos dois criados que haviam levado a elegante escrivaninha de pau-rosa para a saleta.

Ele não ficaria surpreso se descobrisse que fazia pelo menos uma geração, talvez duas, desde a última vez que qualquer mobília naquela casa havia sido movida um centímetro que fosse. Enquanto Pettypeace estava doente, King mandou levar sofás, cadeiras e mesinhas para outras áreas da casa a fim de dar espaço para a grande escrivaninha — a outra, em que Pettypeace trabalhava no que era quase uma masmorra, era muito pequena — e uma variedade de cadeiras maiores e mais sólidas. Aquela saleta tinha sido o domínio da mãe dele durante grande parte do casamento, mas os móveis eram muito delicados e frágeis. A assistente de King precisava de um lugar que a refletisse mais adequadamente: profissional, prático.

King obviamente deixaria claro que Pettypeace poderia ficar à vontade para mudar o que quisesse, mas tinha quase certeza de que ela ficaria satisfeita com a mobília que ele escolhera e a forma como mandara arrumar tudo.

— Que diabo você está fazendo? — perguntou Lawrence da porta.

King olhou para o irmão por cima do ombro. Não o via desde que lhe passara o projeto do relógio.

— Estou transformando esta sala em um escritório para Pettypeace.

— Onde era o escritório dela até agora?

— Em um lugar mais adequado para ogros.

Quando fora até o escritório dela para acessar o cofre, King não havia percebido como era inadequado. Poderia ter atendido razoavelmente bem a outra pessoa, mas não a Pettypeace.

— Muito bom — comentou, com um aceno de cabeça para os criados.

Com isso, ele os dispensou e começou a andar pela sala, tentando resolver se mais alguma coisa deveria ser acrescida. Naquela tarde, ele mandaria levar para o novo espaço o restante dos itens do escritório de Pettypeace, então tudo estaria pronto. A partir de agora, quando precisasse dela, bastaria uma curta caminhada pelo corredor. No entanto, não fora para sua própria conveniência que King designara aquele cômodo como escritório para Pettypeace, mas para a dela. A assistente merecia o melhor, e ele tinha sido negligente em cuidar do seu conforto, das suas necessidades.

— A propósito, onde ela está? — perguntou Lawrence.

— Recuperando-se de uma doença.

A febre de Pettypeace finalmente havia cedido naquela manhã, mas ele esperava que ela permanecesse descansando por alguns dias.

— Pettypeace está doente?

— Febre, a garganta inflamou. Mas já está se recuperando.

— Achei mesmo que ela não parecia estar se sentindo muito bem no Reduto.

King se virou e viu os olhos do irmão se arregalarem de horror.

— Reduto dos Preteridos?

— Maldição. Esqueça que eu disse qualquer coisa. Não devemos revelar quem vemos lá. Vão suspender a minha filiação, vão...

King interrompeu-o, erguendo a mão no ar.

— Não vou contar a ninguém. Mas o que ela estava fazendo lá?

Lawrence deu de ombros.

— O que nós todos fazemos lá. Nos esforçando para arrumar uma forma de aliviar a solidão, buscando companhia.

— Com que frequência ela vai lá?

— A outra noite foi a primeira vez dela. Eu tive que... — Lawrence balançou a cabeça. — Eu não deveria estar lhe contando nada disso.

King avançou sobre o irmão.

— Você teve que fazer o quê?

Lawrence soltou o ar com tanta força que poderia ter agitado as folhas de uma árvore.

— Indicá-la, para que ela pudesse se tornar membra.

— Indicá-la de que maneira?

— Afirmei que ela era capaz de guardar segredos. O que é irônico, já que obviamente *eu* não sou.

King não queria pensar em Pettypeace se sentindo solitária, buscando a companhia de estranhos. Não queria pensar nela tão desesperada assim por companhia, ansiando tanto por alguém que a fizesse se sentir estimada, que se dispusesse a ir a um lugar onde, antes de mais nada, a pessoa precisava reconhecer que não se achava desejada. E Pettypeace *era* desejada... por um homem que não deveria desejá-la.

Em uma espécie de transe, King caminhou até a janela. O escritório anterior de Pettypeace não tinha janela, mas a dessa nova sala era grande e gloriosa, e lhe garantia vista para os jardins. Ela poderia apreciar o sol, a chuva ou a neve, mesmo quando não estivessem na propriedade do campo. Aliás, como seria o escritório dela lá? Provavelmente tão atroz quanto o outro que ocupava. Por que ele não havia pensado no conforto de Pettypeace, no que ela merecia? Não a valorizara, aquela mulher que era uma parte tão importante dos dias dele, e que começara a assombrar seus sonhos. E se ela conhecesse alguém que lhe mostrasse o apreço que ela merecia, alguém como Bishop, com piscadelas e promessas de mimá-la, alguém que quisesse afastá-la dele? Alguém que Pettypeace desejaria que a levasse embora dali?

— Você não vai contar a ela, não é? — perguntou Lawrence.

Contar o quê? Que, por mais que ele tentasse se manter ocupado, a presença dela invadia cada pensamento seu? Que desejava compartilhar com Pettypeace tudo o que via ou ouvia quando não estava com ela? Que constantemente se pergunta o que ela estaria fazendo?

— Não — respondeu King, balançando a cabeça. Ao ver Lawrence ao lado, King se deu conta de que nem percebera sua aproximação, tão absorto estava nos próprios pensamentos. — Acho que Pettypeace ficou doente porque eu coloquei muito peso nas costas dela, esperei que ela fizesse tudo, que ajudasse a mim e a você. Vamos precisar contratar um assistente para você.

— Tudo bem.

King também contrataria um assistente para Pettypeace, para cuidar das coisas mais cotidianas. Ela era valiosa demais para ser desperdiçada com atividades que não requeriam qualquer raciocínio.

— Por que você está aqui?

— Reuni informações o bastante para acreditar que podemos tomar uma decisão bem embasada sobre a invenção do sr. Lancaster.

— Ótimo. Quando Pettypeace estiver totalmente recuperada...

— Já estou totalmente recuperada.

King se virou tão rápido que teria se desequilibrado se tivesse uma constituição menos robusta. Nunca se sentira tão aliviado ao ver alguém caminhando em sua direção. Apesar da garantia do médico de que ela provavelmente se recuperaria sem qualquer efeito colateral, King havia imaginado os piores cenários. Pettypeace, que sempre via o lado bom das coisas, teria ficado horrorizada com o rumo sombrio dos pensamentos dele. Não conseguia imaginar uma vida em que ela não estivesse cuidando de seus negócios. Não, era mais do que isso. Simplesmente não conseguia imaginar um mundo em que um dia começasse sem a presença de Pettypeace. O fato de ela parecer plenamente recuperada, e de até já estar usando o vestido azul-marinho de sempre, foi de pouco consolo. Durante algum tempo, no quarto, Pettypeace parecera assustadoramente fraca.

— Você deveria ter tirado um dia de descanso.

— Não preciso disso, e descobri que me ocupar com tarefas pendentes costuma eliminar quaisquer efeitos persistentes. Prometo não me sobrecarregar.

— Nesse caso... — King deu vários passos na direção dela antes de indicar a saleta com um gesto amplo do braço. — Seja bem-vinda ao seu novo escritório.

Pettypeace olhou ao redor, com a sombra de um sorriso naqueles lábios adoráveis que haviam ressecado com a febre, e nos quais ele aplicara um bálsamo para evitar que acabassem sangrando. Ela estava dormindo quando ele fizera aquilo, não movera nem um cílio, e King se perguntou se a assistente sequer sabia que ele havia lhe dispensado aqueles cuidados.

Pettypeace fitou-o, os olhos verdes cheios de tanta suavidade que King teve a sensação de ter recebido um soco no estômago, mais forte do que qualquer punho seria capaz.

— Obrigada.

— Você não precisa me agradecer por algo que eu deveria ter lhe garantido há muito tempo.

King estava profundamente irritado por ela não ter lhe exigido mais, por ele tê-la encarado quase como um acessório em sua vida, por não a ter valorizado como deveria: achando que Pettypeace sempre estaria lá, e sempre satisfeita. Que ela nunca consideraria a possibilidade de escolher algo melhor, mais gratificante, ou decidisse viver em outro lugar.

— Em relação ao meu quarto...

— Nem pense em voltar para aquele cômodo deprimente onde dormia.

— Devo lembrá-lo que faço parte da criadagem?

— Você não faz parte da criadagem, Pettypeace. É meu braço direito. Se fosse um homem, assim que se tornasse inestimável para mim, teria negociado uma moradia separada como parte de seus ganhos anuais. Como não posso em sã consciência ser responsável por uma mulher morando sozinha, terá que se contentar com um dos quartos luxuosos desta casa. Escolha um em outra ala, caso não se sinta confortável com aquele que determinei.

— Aceito a generosidade da sua oferta. No entanto, os criados vão falar.

— E serão dispensados, caso isso aconteça. Você não merece ser alvo de fofocas lascivas. Conheço poucas damas tão irrepreensíveis quanto você. Nunca tive paciência para mexericos, e esse é o motivo para eu gostar tanto de você, Pettypeace. Você não é fofoqueira.

O motivo? Um dos motivos, com certeza. Mas um dos menores. Não que ele fosse listar todas as coisas que apreciava nela. Coisas que só recentemente havia começado a se dar conta. Seu discurso ardente pareceu deixá-la sem palavras, porque Pettypeace voltou a olhar ao redor da sala, reparando em seus vários aspectos.

— Obviamente você pode ficar à vontade para mudar qualquer coisa aqui, para se adequar ao seu gosto.

— Gosto do jeito que está. — O súbito sorriso dela pareceu iluminar a sala. — Vamos testá-lo logo e ver o que lorde Lawrence tem a contar sobre a invenção do sr. Lancaster?

Kingsland lhe deu uma hora para recolher suas coisas no escritório do andar de baixo, com a ajuda de dois criados, porque ela não deveria se sobrecarregar. Fazia anos que ninguém lhe dava tanta atenção, ou se preocupava tanto com o seu bem-estar. Penelope estava achando aquilo um pouco sufocante. Depois de passar tanto tempo sozinha, independente, ela ainda não sabia muito bem se gostava que alguém se interessasse tanto por ela. Mas aquilo não era parte do motivo de ela ter ido ao clube no outro dia — encontrar alguém que a apreciasse o bastante para querer passar uma noite com ela? Ou várias, aliás?

Penelope tinha acabado de arrumar na escrivaninha todos os pequenos itens que o duque lhe dera ao longo dos anos quando ele e o irmão entraram na sala. Lorde Lawrence chegou com seu passo desafiador de sempre, mas agora os movimentos tinham mais confiança do que insolência. Ela ficou feliz em vê-lo. Quanto ao duque, ele sempre exalava confiança, como se aquilo estivesse entranhado no caráter dele.

Kingsland parou diante da mesa dela, e seus olhos passaram por todos os pequenos presentes que lhe dera. Penelope se sentiu bastante tola por cada um daqueles presentes ocupar um lugar de honra, bem à vista, em vez de terem sido enfiados em uma gaveta. Ela não escondera nem mesmo a régua folheada a ouro que ele lhe dera em um Natal, e que ela havia usado recentemente a fim de criar tabelas para ajudá-la a escolher a esposa dele. Por sinal, o papel pardo em que havia registrado as informações estava enrolado, descansando em um canto. Penelope não queria aquilo cobrindo sua linda escrivaninha de pau-rosa.

O duque ergueu os olhos para encontrar os dela, a expressão séria e intensa. Havia percebido que ela valorizava aqueles pequenos presentes. Penelope sentiu o rosto ruborizar. Ele nunca visitara o escritório dela antes. Quando Penelope começara a trabalhar na casa, fora Keating que a acompanhara até o escritório e o pequeno quarto de dormir. Penelope torceu para que Kingsland atribuísse o rubor de seu rosto à doença recente.

Ele abaixou a cabeça e se acomodou na poltrona aveludada.

— Muito bem, Lawrence, conte-nos o que descobriu.

Penelope abriu o caderno para começar a fazer anotações, mas não precisou, porque lorde Lawrence havia redigido três cópias de tudo que era importante e entregou os maços de papel a ela e ao duque. Ficou impressionada com a atenção que ele dera aos detalhes e feliz ao ver como havia levado a tarefa a sério. Enquanto lorde Lawrence contava a respeito de suas descobertas, ela tomou cuidado para aparentar interesse e lançou um olhar dissimulado para o duque...

Só para descobrir os olhos dele fixos nela. E não era um olhar neutro, como já fora — era como se a doença dela o tivesse feito compreender que poderia perdê-la facilmente. Como se fosse importante para ele não a perder.

Penelope se deu conta do que sentira falta no clube: de um cavalheiro que a olhasse com tanta intensidade que, embora ele pudesse estar concentrado em seu rosto, ela sentisse a força do olhar percorrê-la da raiz do cabelo até a ponta dos pés. De repente, desejou não estar usando aquele vestido azul-marinho triste, mas sim um lindo vestido verde, que deixasse a pele exposta, que fizesse o duque desejar passar a boca sedutora por ali, fazendo todo o corpo dela vibrar.

Estivera febril e se sentindo péssima na noite em que Kingsland fora ao quarto dela, ainda no alojamento dos criados, mas o momento em que ele a carregara nos braços pela casa tinha sido uma das experiências mais emocionantes da vida de Penelope.

— O que acham? — perguntou lorde Lawrence.

O duque desviou os olhos dela.

— Acho que devemos enviar uma mensagem para o sr. Lancaster e pedir que ele nos encontre no seu escritório na segunda-feira.

— Você concorda que devemos investir?

— Eu acho que você construiu um bom argumento para que façamos isso. Também aprovo a recomendação de usarmos uma fábrica já existente, que pode facilmente trocar de equipamentos para manufaturar esse produto. O que acha, Pettypeace?

— Concordo. Serei uma das primeiras a comprar um relógio despertador.

Lorde Lawrence riu.

— Pois terá o primeiro que sair da linha de montagem. Deus, isso é empolgante, King. Obrigado por confiar em mim.

— É só o começo, Lawrence. Agora é que vai começar o trabalho de verdade, mas acredito que você está à altura da tarefa.

— Devíamos celebrar. — Ele olhou ao redor. — Encontrei um defeito nesse escritório. Não há bebidas em lugar algum. Vou buscar algo para nós, já que também queremos brindar às novas acomodações da srta. Pettypeace.

Quando lorde Lawrence saiu da sala, Kingsland se levantou e circundou a escrivaninha até conseguir apoiar o quadril em um dos cantos.

— Essa escrivaninha combina com você.

— Tenho a sensação de que ela vai me engolir, mas gosto de todo esse espaço.

Ele pegou o peso de papel com o provérbio madrugador.

— Você é a única mulher que eu já conheci que não se atrasa.

— Não vejo qualquer vantagem em alguém se atrasar. — Penelope se perguntou se soara como se não soubesse respirar direito.

Kingsland devolveu o bloco de mármore para o exato lugar onde estava. Penelope não ficou surpresa por não precisar acertar a posição do peso de papel, pois sabia muito bem que ambos apreciavam a precisão.

— Por pelo menos uma semana, você não deve se sobrecarregar demais. Decidi que Lawrence precisa ter um assistente. Talvez você possa ajudá-lo com as entrevistas, já que está familiarizada com as habilidades que exigimos e com os deveres do cargo.

— Será um prazer.

— E também deve contratar um assistente para você.

— Sua Graça...

— Não fique com essa expressão de que acabei de esbofeteá-la, Pettypeace. Não vejo qualquer defeito no seu trabalho. É excelente.

E confio muito em você. Mas deveria ter alguém para cuidar dos assuntos mais triviais.

No que dizia respeito ao duque, Penelope achava que tudo era importante, mas seria um alívio ter alguma ajuda.

— Obrigada, Sua Graça. Vou começar imediatamente a procurar alguém.

— Ótimo. — Ele a observou pelo que pareceu uma eternidade. — Fiquei surpreso ao descobrir que você dormia com um gato.

— Sir Purrcival. Como o som de um ronronar.

Ele sorriu.

— Estou presumindo que ele ronrone muito.

— Frequentemente, mas ele não me causa problema. Está comigo desde que era filhote, e é bem independente, na verdade.

— Como você. Estou muito grato por ter se recuperado.

A declaração a aqueceu de maneiras que não deveria, como se tivesse um significado mais profundo, como se guardasse um sentimento mais forte, mesmo sendo impossível.

— Eu também, embora ache que nunca corri perigo de não me recuperar.

— Você é absurdamente importante para mim, Pettypeace.

Se ele tivesse se afastado de repente da escrivaninha e tirado a roupa, Penelope não teria ficado tão surpresa. Surpresa não por Kingsland se sentir assim, mas por ter verbalizado aquilo. Ela mal sabia como responder.

— Não sei se fui particularmente competente em demonstrar a minha consideração por você. Você é insubstituível — continuou o duque.

— O senhor é extremamente gentil em dizer isso.

— Gentileza não tem nada a ver com isso. É um fato.

Mas havia outros fatos também, fatos que não deveriam existir.

— O senhor cuidou de mim enquanto eu estava doente.

— Sim, um pouco.

— O senhor é um duque. E um duque não deve cuidar dos empregados dessa forma.

O sorriso dele foi reticente quando respondeu:

— Um duque pode fazer o que quiser.

Penelope soltou uma risada. Os olhares deles permaneceram fixos um no outro, e ela se perguntou se ele seria capaz de ver dentro do seu coração, se ela deveria se expor completamente e permitir que Kingsland visse um relance de todo o amor que sentia por ele. Mas de que adiantaria aquilo? Revelar tudo serviria apenas para tornar as coisas constrangedoras entre eles.

Lentamente, muito lentamente, Kingsland estendeu a mão e colocou uma mecha de cabelo atrás da orelha dela. Ele se inclinou na direção dela.

— Pettypeace...

— Aqui estamos — anunciou lorde Lawrence, voltando com duas taças penduradas entre os dedos de uma das mãos, uma terceira na outra.

Kingsland se afastou da escrivaninha.

— Eu estava explicando a Pettypeace que ela não pode ficar doente novamente.

Era aquilo que ele estava fazendo? Penelope poderia jurar que Kingsland estivera prestes a beijá-la.

— Tem toda razão. — Lorde Lawrence colocou uma taça na frente de Penelope e entregou outra ao duque enquanto ela se levantava lentamente. — Meu irmão ficaria totalmente perdido sem você.

— Farei tudo o que estiver ao meu alcance para permanecer bem de saúde, então — afirmou Penelope.

Kingsland ergueu o copo.

— Ao sucesso do novo empreendimento de Lawrence.

— O empreendimento é nosso — corrigiu lorde Lawrence.

— Você fez o trabalho. É seu.

— Eu não esperava isso. Vai ser necessário dinheiro...

— Eu garantirei os fundos. A juros baixos.

— E se for um fracasso?

— Meus cofres ficarão mais vazios, mas pelo menos não irei atrás de você com o... como ele chamou mesmo? A ponta de uma faca?

Penelope percebeu que o irmão mais novo do duque estava aturdido.

— Muito bem, lorde Lawrence. — Ele voltou a atenção para ela. O pobre homem parecia aterrorizado. — Tenho poucas dúvidas de que terá sucesso. O senhor tem muito do seu irmão, vai se dar bem.

Ele assentiu, mas engoliu em seco visivelmente antes de erguer o copo.

— Ao meu irmão mais velho, que ainda não desistiu de mim.

Não era frequente que Kingsland demonstrasse emoções mais afáveis, por isso, foi com certa surpresa que Penelope viu a suavidade em seus olhos, o toque de constrangimento por sua bondade estar sendo reconhecida e, sim, o amor — visível apenas por uma fração de segundos, mas ainda assim tão profundo e intenso que a deixou sem fôlego. Ela sempre considerara o próprio coração tolo por se apegar a ele, mas, ah, parecia que aquele mesmo coração era muito mais sábio do que ela imaginava, por ter conseguido ver nas profundezas da alma daquele homem tudo o que ele era capaz de oferecer emocionalmente. O mesmo homem que alegava não ter coração faria com que qualquer mulher se considerasse afortunada se tivesse aquele coração voltado na direção dela.

Penelope redobraria os esforços para encontrar uma mulher digna do amor de Kingsland. Aquilo não poderia permanecer guardado dentro dele, precisava ser libertado.

— Que diabo vocês fizeram com a minha saleta?

Penelope se sobressaltou ao ouvir aquilo, olhou além dos dois irmãos e viu a formidável duquesa viúva de Kingsland parada na porta.

Capítulo 8

— Mamãe, eu não a esperava até agosto — disse King, enquanto atravessava a sala para cumprimentar a mulher que o dera à luz.

Naquela altura, o cabelo da duquesa estava mais grisalho do que preto, e ela andava com uma bengala prateada, embora King não tivesse certeza de que o apoio do acessório era realmente necessário. Ele desconfiava que a mãe usava a bengala porque acreditava que lhe dava um ar de realeza adequado à sua posição de viúva.

— Vou sair por algum tempo do país e queria visitá-los antes de partir. Lady Sybil me convidou para passar algum tempo com ela em sua *villa* na Itália. Como eu poderia recusar?

A amiga dela, a irmã solteirona de um duque, sem dúvida surpreenderia o irmão com a própria chegada a Londres. King deu um beijo rápido na face rosada da mãe.

— A senhora definitivamente não poderia.

Quando ele recuou um passo, Lawrence se aproximou e a abraçou. O irmão sempre fora melhor em demonstrar afeto. Ou talvez aquilo se desse porque Lawrence e a mãe tinham uma questão em comum, já que ambos haviam sofrido nas mãos do duque — mesmo que, até onde King sabia, um não estivesse consciente do que o outro havia passado. A duquesa deu uma palmadinha carinhosa no ombro de Lawrence, deu uma piscadinha para ele e olhou além de King.

— Senhorita Pettypeace.

Como sempre fazia na presença da duquesa, a assistente se inclinou em uma reverência graciosa.

— Sua Graça.

A duquesa indicou a sala ao redor com um aceno de mão e fitou King com um olhar incisivo.

— Que mudanças todas foram essas que você fez aqui?

— Converti esta saleta em um escritório para Pettypeace. Como a senhora prefere ficar no campo ou viajar, não achei que sentiria falta dela.

— Está certíssimo, meu caro. Este é um uso muito melhor para o cômodo. E deixa a srta. Pettypeace mais perto de você. Agora, como só estarei aqui até de manhã, vamos jantar todos juntos esta noite?

Parecia uma pergunta, um convite, mas King sabia que era uma ordem. Assim como Lawrence, que logo respondeu:

— Claro, mamãe.

— Estou incluindo-a no convite, srta. Pettypeace.

— É uma honra, Sua Graça, e vou esperar ansiosa.

— Esplêndido. — Ela passou o braço pelo de Lawrence. — Venha dar um passeio pelo jardim comigo. Quero saber tudo o que você tem feito ultimamente.

Depois que eles saíram, Pettypeace se adiantou três passos na direção de King, trazendo junto seu perfume de jasmim.

— Eu deveria dormir nos aposentos da criadagem esta noite.

Ele franziu o cenho, sinceramente perplexo.

— Por quê?

— Ela vai achar que eu me considero acima da minha posição por estar dormindo em um quarto tão luxuoso, tão perto da família.

— Você está acima de sua posição. — Pettypeace entreabriu ligeiramente os lábios e olhou para ele sem entender. — O que estou querendo dizer é que a minha mãe a tem em alta conta. Tanto ela quanto eu a consideramos mais do que uma criada. Ela não ficou nem um pouco aborrecida por seu cômodo favorito ter sido convertido em um escritório para você. Não consigo imaginá-la incomodada por você ter acomodações melhores no andar de cima.

— Este era o cômodo favorito dela — repetiu Pettypeace baixinho, no mesmo tom que se usaria para declarar alguém culpado.

— Ela quase nunca está aqui, Pettypeace.

— Ainda assim. — Ela olhou ao redor. — Talvez eu devesse procurar outra sala.

— Esta combina com você.

Pettypeace desviou os olhos para a janela.

— Eu realmente gosto daqui.

As palavras dela não deveriam lhe agradar tanto, mas foi o que aconteceu.

— Então aproveite.

A ceia foi servida na sala de jantar menor, com Kingsland sentado à cabeceira da mesa, a mãe no outro extremo, e Penelope e lorde Lawrence acomodados entre os dois, de frente um para o outro. Na primeira vez que Penelope fora incluída, seu status entre a criadagem fora elevado, embora ela também tivesse sido vítima de alguns olhares atravessados e narizes empinados. Ser esnobada não a incomodara muito. Causava um leve desconforto, ela não poderia negar, porém sabia como havia trabalhado duro para se tornar indispensável ao duque. O fato de a mãe dele reconhecer isso era uma prova de seus esforços. Penelope desejava que a própria mãe, que no fim se decepcionara e sentira vergonha da filha, pudesse vê-la agora, pudesse ver como ela conseguira ser alguém digna de orgulho.

A conversa fluiu facilmente. A duquesa contou a eles os aspectos mais memoráveis de sua recente viagem para o País de Gales. Lorde Lawrence deleitou a mãe com seus planos para o novo empreendimento. Ele nunca parecera tão animado. Penelope olhou para Kingsland. Ele a brindou com um sorrisinho, discreto e secreto, reconhecendo o papel dela na mudança dos modos do irmão. Aquele reconhecimento fez o coração de Penelope disparar loucamente, e ela temeu que o rubor que a dominava acabasse colorindo todo o seu rosto, tornando-se visível para todos. Penelope torceu para que, se os outros percebessem, atribuíssem o rubor ao vinho. Sentiu-se grata por seus dedos estarem firmes ao envolverem a haste da taça. Ela tomou um bom gole do Bordeaux e não se opôs quando o criado se adiantou e voltou a encher o recipiente.

— Senhorita Pettypeace — começou a duquesa —, Hugh me disse que a encarregou da tarefa de encontrar uma esposa para ele.

— Mamãe...

O olhar aguçado da duquesa interrompeu o duque.

Embora parecesse que ela era capaz de controlar facilmente o filho, Penelope sabia que aquilo só acontecia porque ele permitia. Era um aspecto de King que sempre fazia o coração dela derreter.

— Sim, Sua Graça, estou cuidando da tarefa.

— Como vão as coisas? Você vai dizer o nome da dama que escolheu, ou vai me torturar mantendo segredo até a revelação?

— Eu jamais desejaria atormentá-la, senhora, mas ainda não cheguei a uma conclusão. Reduzi a lista para cerca de uma dúzia. Espero reduzi-la um pouco mais e, então, pretendo entrevistar cada uma das candidatas restantes.

— Por que é necessária uma entrevista? — perguntou Kingsland.

— Receio que as damas tenham incluído apenas suas melhores qualidades nas cartas e, no caso de algumas, não estou conseguindo ter uma noção real de sua personalidade ou caráter. Achei que, se visitasse essas damas em suas casas, elas seriam mais autênticas, por estarem em seu habitat natural.

— Você está colocando muito mais esforço no processo do que eu.

— Sim, bem... — Penelope não viu necessidade de argumentar que talvez o fato de alguns detalhes adicionais não terem sido checados pudesse ter sido um dos motivos para que o duque tivesse falhado de forma tão retumbante. — Quero garantir que a seleção seja feita com sabedoria. Afinal, o senhor passará o resto da vida com a dama escolhida. Prefiro que seus anos não sejam repletos de descontentamento.

— Devo dizer que estou impressionada com a sua dedicação à tarefa, srta. Pettypeace. Consigo entender perfeitamente por que o meu filho a valoriza tanto. No entanto, se deseja observar a minha futura nora em seu *habitat natural*, sugiro que vá a um baile. Estou certa de que terá uma noção mais realista do caráter dela do que se estiver tomando chá em sua sala de visitas.

A duquesa sem dúvida estava certa naquele ponto. Após o anúncio do noivado durante o baile do ano anterior, Penelope vira algumas damas aos prantos, outras com raiva e outras aceitando a notícia de forma graciosa. Em cada carta, as damas mostravam o melhor de si. E é provável que fizessem o mesmo em suas salas de visitas, o que dificultaria uma avaliação precisa do seu caráter.

— Embora eu admita que sua observação é muito válida, dificilmente seria apropriado que eu aparecesse em um baile para o qual não fui convidada.

— Você acompanhará Hugh, naturalmente.

Penelope olhou para o duque, que ergueu a taça de vinho em um movimento rígido, como se quisesse arremessá-la do outro lado do salão.

— Raramente vou a bailes, mamãe.

— E por quê?

— Desconfio que pela mesma razão que a senhora também não vai. Considero bailes eventos entediantes e prefiro me envolver em outras atividades.

— Ficar viúva me concedeu algumas liberdades. Infelizmente, se tornar duque lhe roubou outras, mas a srta. Pettypeace está certa. É imperativo que você evite mais um fiasco ao escolher com quem pretende se casar. Ou as pessoas começarão a pensar que a culpa é sua, e não do seu método... cuja eficácia ainda questiono. Seja como for, acredito que seria benéfico abrir uma exceção e comparecer a um baile, para que a srta. Pettypeace possa espionar um pouco e avaliar melhor quem é a mulher mais adequada para carregar o título de duquesa de Kingsland.

Jantar com ele no clube tinha sido uma coisa, mas fazer com que o duque a acompanhasse a um baile...

— Sua Graça, as pessoas vão falar.

— É o que costumam fazer nos bailes — retrucou a duquesa.

— Não, quero dizer que elas vão fofocar, começar rumores, presumir que existe algo mais do que uma relação de trabalho entre o duque e eu.

— Hugh não faz segredo de como você é crucial para o sucesso dos negócios dele. Não consigo compreender por que alguém poderia considerar impróprio que você o acompanhasse a seja lá onde for, e, se fizerem isso, ora, problema deles.

Penelope sentia o corpo todo vibrando de nervosismo. Ela desejava, muito mais do que deveria, chegar de braços dados com Kingsland em um baile, mesmo que fosse tudo fantasia e tivesse o potencial de partir seu coração quando assistisse ao duque flertando com outras mulheres, brindando-as com a sua atenção, seus sorrisos e suas gargalhadas.

No entanto, Kingsland não tinha a menor vontade de ir a um baile. Penelope voltou a atenção para ele.

— Considero a escolha da sua duquesa a tarefa mais importante de que o senhor já me incumbiu. Cabe a mim ter todas as informações pertinentes de que necessito para que isso seja feito da forma mais adequada.

Penelope pensou em sugerir que lorde Lawrence a acompanhasse, embora a visão deles juntos em um baile certamente fosse provocar rumores entre aqueles que os tinham visto conversando no Reduto dos Preteridos.

Kingsland deixou escapar um suspiro cansado.

— Minha mãe sem dúvida tem razão. Ela normalmente tem. Eu ficaria honrado em acompanhá-la a um baile.

Uma centelha de alegria se acendeu no peito de Penelope quando ela ouviu a palavra *honrado* — até a realidade atingi-la e ela se dar conta de que Kingsland provavelmente usara aquela palavra por hábito, a resposta apropriada incutida nele desde que ainda era um menino de calças curtas.

— Fantástico — anunciou a duquesa. — Agora que o assunto está resolvido, srta. Pettypeace, depois do jantar poderíamos examinar os convites recebidos para escolhermos qual o melhor baile para vocês comparecerem na próxima semana, o que acha?

Embora formulada como uma pergunta, Penelope sabia que era uma ordem, e que não tinha escolha a não ser obedecer.

— Já recusei em nome do duque os convites para todos os bailes que serão realizados na próxima semana.

— Uma simples carta minha remediará isso facilmente. Vou escrevê-la antes de me recolher e mandarei entregar pela manhã. Agora, Hugh, querido, conte-me como estão os seus amigos, os Enxadristas. Os sinos de casamento vão tocar para eles em breve?

Embora Penelope tivesse considerado a poltrona forrada de veludo, que ficava perto da janela, adequada para seus propósitos — compunha bem a decoração do cômodo e ela não imaginava mesmo que passaria muito tempo longe da escrivaninha —, a duquesa havia mandado os criados levarem uma segunda poltrona combinando, com mesinhas ao lado, luminárias e dois copos de xerez. Agora, Penelope estava sentada em frente à duquesa enquanto a mulher mais velha checava rapidamente os convites com gestos experientes. Por sorte, Penelope tinha o hábito de arquivá-los em ordem cronológica, por isso não havia demorado muito para recuperar os que estavam agendados para a semana seguinte.

— Ah, este — disse a duquesa, sorrindo com satisfação e acenando com a carta. — A duquesa de Thornley dará um baile na quarta-feira. Gosto imensamente dela. Não é nem um pouco esnobe, é uma anfitriã maravilhosa e muitas pessoas comparecem aos eventos que organiza. A maior parte movida pela curiosidade de ver a dona da taverna que se casou com um duque. Embora eu desconfie que alguns torçam para a ver cometendo uma gafe, a duquesa de Thornley ainda não lhes deu essa satisfação. E este, minha cara, é o motivo por que acredito que você terá uma noção mais realista do caráter das mulheres que está avaliando se as observar em um baile. Elas são sarcásticas em seus comentários? Fazem intrigas? Passam a noite sorrindo, ou de cenho franzido?

— Agradeço muito o seu conselho sobre esse assunto, Sua Graça.

A duquesa deixou a caixa de convites na mesa ao lado dela, com o escolhido em cima, e pegou o copo de xerez.

— Não acha que estou me intrometendo?

— Não, de jeito nenhum.

— Ótimo, porque eu gostaria de conversar sobre outro assunto com você, e espero que não se ofenda.

Penelope sentiu um frio na barriga diante do tom sério da outra mulher, tomou um gole do próprio xerez e aguardou.

— Você vai precisar de um vestido para usar nesse evento.

Uma onda de alívio percorreu Penelope.

— Eu tenho um vestido.

A duquesa cerrou os lábios e estreitou um pouco os olhos, como se estivesse tentando visualizar o traje.

— Aquele que usou no ano passado? O verde-claro?

— Sim, senhora.

A mulher mais velha balançou ligeiramente a cabeça.

— Não será de bom-tom aparecer usando o mesmo vestido.

— Duvido que alguém tenha reparado em mim no ano passado, ou se isso aconteceu, não devem se lembrar do vestido.

— Está questionando o meu discernimento?

— Ah não, Sua Graça, de forma alguma. A questão é que tenho tão poucas ocasiões para usar um vestido de baile que não teria como justificar a despesa.

A duquesa fez um gesto com a mão, como se estivesse afastando uma mosca que tivesse aparecido de repente para irritá-la.

— Eu cobrirei o custo. Você visitará a minha modista amanhã. Mandarei uma mensagem a ela para que espere por você pela manhã.

— Mas o baile será daqui a poucos dias. — A modista que fizera o vestido verde-claro levara algumas semanas para aprontá-lo.

— Não se preocupe. A minha modista se ajustará às nossas necessidades. Eu a recompensarei muito bem por isso.

Penelope mal sabia o que dizer.

— Sua Graça, embora eu aprecie sua generosidade, simplesmente não posso aceitar. Não vou ao baile para ser notada, mas para obter as informações de que preciso. Tenho certeza de que o meu guarda-roupa atual será suficiente.

— Senhorita Pettypeace, você serve fielmente o meu filho há cerca de oito anos. Considere isso uma demonstração do meu apreço por você diminuir o peso dos fardos que ele carrega.

Penelope ficou um pouco surpresa ao descobrir que a duquesa sabia exatamente quanto tempo fazia que ela trabalhava para Kingsland.

— Não permita que o seu orgulho atrapalhe a minha alegria de presenteá-la com esse vestido — acrescentou a duquesa.

Tamanha seriedade no tom e na expressão da mulher pegou Penelope desprevenida. Como a possibilidade de recusar um presente, que sairia muito caro, poderia fazê-la se sentir tão egoísta? Mas era o que estava acontecendo. E, se fosse sincera, desejava, sim, ter algo um pouco mais ousado do que os trajes que já possuía. Se estivesse usando um belo vestido, capaz de atrair o olhar de Kingsland, será que ele se dignaria a dançar uma valsa com ela, ao menos uma vez? Que presente seria. Penelope guardaria o momento em sua memória até o dia de seu último suspiro.

— Eu ficaria muito honrada em visitar sua modista, Sua Graça, e agradeço o seu desejo de me ver bem-vestida para o evento.

— Muito gracioso da sua parte, srta. Pettypeace. — A duquesa tomou um gole do xerez, se recostou na cadeira e olhou pela janela. — Antes de você, meu filho tinha imensa dificuldade em manter alguém para assessorá-lo pelo mínimo de tempo. Acho que ele tem padrões muito exigentes e os aplica com mais severidade a si mesmo. O pai de Hugh não tolerava erros, entende, por menores que fossem. Meu filho tende a se responsabilizar por assuntos que não são exatamente de sua responsabilidade. O meu bem-estar, por exemplo. Espero que a mulher que você selecionar para ele tenha a capacidade de fazer meu filho ... esquecer suas preocupações... rir alto... dançar na chuva.

Por mais que se esforçasse, Penelope não conseguiria imaginar Kingsland fazendo nenhuma daquelas coisas... Ainda assim, não podia deixar de lhe desejar o mesmo.

— Quero que ele seja feliz, Sua Graça.

— Sei disso, minha cara. Infelizmente, não sei se ele reconheceria a felicidade em potencial mesmo se estivesse bem na frente dele. Temo que Hugh se concentre tanto nos detalhes das árvores que não consiga ver a grandeza da floresta.

King estava parado no terraço, tomando uísque, enquanto Lawrence se despedia da mãe — ele não teria a chance de vê-la pela manhã, antes da partida dela, pois tinha uma reunião marcada com o dono da fábrica que pretendia usar. King não poderia estar mais satisfeito com o entusiasmo e a dedicação do irmão ao projeto.

Quando ouviu a porta que dava para o terraço se abrir e os passos silenciosos que se seguiram, King olhou por cima do ombro.

— O que está pretendendo, mãe?

— A que está se referindo? — perguntou ela, em um tom inocente, enquanto se aproximava do filho.

— Um baile?

— Você discorda do meu raciocínio?

Aquilo era o pior. Ele não tinha como discordar. Evitara eventos sociais por causa dos vários joguinhos, dos flertes fingidos e dos elogios condescendentes. Seria uma excelente oportunidade para Pettypeace conseguir informações mais objetivas sobre as mulheres. Em vez de responder, King apenas tomou um gole do uísque.

— Achei que não — disse a mãe, regozijando-se.

King deixou escapar um som que misturava um bufo com uma risada, inclinou-se e deu um beijo no rosto dela.

— Ah, como eu gostaria de ser tão sábio quanto a senhora.

Eles permaneceram em um silêncio camarada, apenas desfrutando da noite. Depois de algum tempo, a duquesa voltou a falar:

— Não sei se já vi Lawrence tão confiante antes. Ou empolgado. Ele está muito agradecido por você ter lhe confiado esse empreendimento.

— Foi ideia de Pettypeace. Ela achou que Lawrence precisava de algo para ancorá-lo.

— Parece que não sou a única mulher sábia em sua vida. O que ela vai fazer depois que você se casar?

A mãe nunca levantara a mão para ele, mas naquele momento King sentiu como se ela tivesse lhe dado um tapa na cabeça. Que pergunta absurda... mas ainda assim parecia incrivelmente importante. Ele se virou, apoiou o quadril no muro baixo e a fitou mais diretamente.

— Não estou entendendo.

— Imagino que sua esposa não vá ficar satisfeita por ter outra mulher com um papel tão importante em sua vida morando dentro da casa de vocês, ainda mais com o escritório e o quarto tão perto dos seus.

— Pettypeace selecionará uma mulher que não se deixará incomodar por isso.

— Hum.

King não gostou muito do muxoxo da mãe, como se ele não estivesse vendo as coisas pelo ângulo correto.

— Se ela se incomodar, explicarei que não há motivo para isso.

— O que certamente resolverá a questão.

— Seu tom sarcástico deixa claro que não concorda. O que está insinuando?

— Você deve arrumar uma forma de garantir que sua esposa nunca se sinta a segunda mulher mais importante da sua vida.

— Naturalmente ela será a segunda. A senhora ocupa o primeiro lugar.

A duquesa riu e deu uma palmadinha carinhosa no ombro de King.

— Seu bajulador. — Ela o examinou e balançou ligeiramente a cabeça. — Você não está me levando a sério.

— Acho que está se preocupando à toa.

— O casamento traz mudanças, Hugh. Você precisa estar preparado para elas.

Por que as palavras dela provocaram um mal-estar na boca do estômago dele? Obviamente o casamento traria mudanças. Ele estava bem ciente disso. Traria uma esposa e, eventualmente, um herdeiro. Mas Pettypeace organizaria a agenda diária dele para que tivesse algum tempo disponível para dedicar à família.

— Quanto tempo a senhora passará na *villa*? — perguntou King, ansioso para mudar de assunto.

— Voltarei alguns dias antes do seu baile. Mas agora preciso ir me deitar, já que vou sair bem cedo pela manhã. Durma bem, meu filho.

— Bons sonhos, mamãe.

A duquesa saiu, mas suas palavras permaneceram, demorando-se na mente dele. O olhar de King se desviou para a janela, por onde se derramava a luz fraca do novo escritório de Pettypeace. Ela não fora junto quando a mãe se unira a ele e Lawrence na biblioteca. Ainda estaria trabalhando?

Depois de esvaziar o copo de uísque, King pegou na escrivaninha uma carta que havia escrito mais cedo. Ele pretendia mencionar aquilo a Pettypeace no dia seguinte, mas achou melhor tirar logo do caminho. King saiu para o corredor — já era tarde o bastante para que não houvesse nenhum criado por ali. Quando ele chegou ao escritório de Pettypeace, parou na porta e a observou, de pé diante da escrivaninha, lendo o que parecia ser uma carta, para logo fazer uma anotação em um pedaço de papel incrivelmente grande. King desconfiava que nem mesmo um general dava mais atenção ao mapeamento de sua campanha e à determinação da posição de seu exército. O brilho do lampião deixava a figura dela suave e, subitamente, ele teve o desejo de ver Pettypeace banhada pelo luar. Aquilo tornaria seus fios loiros prateados.

Esse era o tipo de pensamento que não poderia mais ter depois que se casasse. Não poderia pensar em convidá-la para tomarem um conhaque. Não poderia ficar sozinho com ela na penumbra depois que todos os outros saíssem.

Mesmo da porta, King conseguia ver o vinco familiar na testa da assistente, indicando profunda concentração. Pela primeira vez, ele teve vontade de pressionar o polegar ali, para alisar o vinco, e assegurar a Pettypeace que o assunto em questão não era tão terrível a ponto de justificar rugas.

— Sabe — começou a dizer King, o que fez com que ela se sobressaltasse ligeiramente e erguesse a cabeça —, essa sala já conta com iluminação a gás, cujo uso sem dúvida facilitaria a sua visão.

Pettypeace endireitou o corpo, tirou os óculos e sorriu.

— Prefiro uma iluminação mais suave... me ajuda a bloquear o resto do mundo e a me concentrar com mais afinco na tarefa que tenho em mãos.

Ele caminhou casualmente até ela.

— E essa tarefa seria...?

— Estou me esforçando para reduzir o número de damas a serem levadas em consideração. Uma dúzia é um número grande demais para espiar discretamente no baile. — Ela colocou os óculos, e King precisou se esforçar para não estender a mão e afastar as mechas de cabelo que caíam em seu rosto. — Se preferir não comparecer ao baile, posso fazer com que a carta que sua mãe escreveu para a duquesa de Thornley não seja entregue.

Quando fora até a biblioteca, a mãe mencionara que baile elas haviam escolhido.

— Eu respeito Thornley e a esposa, gosto da companhia deles. Não será nenhum sacrifício comparecer a esse evento. Minha mãe tem razão. Será melhor que você veja essas mulheres fazendo mais do que tomar chá. Afinal, uma delas se tornará a dona da sua casa.

Por uma fração de segundos, Pettypeace pareceu ter sido esbofeteada.

— A casa não é *minha*, Sua Graça.

Agora foi a vez de King ter a sensação de ter sido esbofeteado. Ele tinha um mordomo e uma governanta que cuidavam da administração da casa, e ainda assim não podia deixar de acreditar que Pettypeace era a razão de tudo correr tão bem quanto corria. E se uma esposa interferisse ou se ressentisse do papel que a assistente tinha em manter a vida dele em ordem? Surgiriam tensões? Pettypeace iria embora? Aquelas eram as mudanças que a mãe havia insinuado? King precisava garantir que aquilo não acontecesse.

— Claro que não. Foi um lapso. Mas você tem um papel vital aqui. É imperativo que escolha alguém com quem se sinta confortável e com quem possa ter um relacionamento amigável.

A risada dela foi suave, mas breve.

— Dificilmente levarei em consideração se a candidata à duquesa se adequa ou não a mim. Não sou eu que vou me casar com ela.

— Você não selecionará uma megera, certamente.

O sorriso de Pettypeace sempre fora tão bonito?

— Acrescentarei a exigência de que ela não seja uma megera à lista.

O sorriso dela se apagou, e King se perguntou se Pettypeace havia sorrido daquela forma para algum dos cavalheiros do Reduto dos Preteridos. Torcia para que não. Na verdade, tinha quase certeza que não. Caso contrário, ela já teria começado a receber flores de admiradores.

— Precisa de alguma coisa de mim? — perguntou Pettypeace.

— Na verdade, sim. Lady Kathryn Lambert vai se casar no sábado. Você cuidaria para que essa carta fosse entregue a ela no dia?

— Sim, claro. — Ela pegou o envelope dele. — Posso perguntar por que a escolheu no ano passado? O que ela escreveu que o atraiu? Saber disso pode me ajudar a restringir minha lista.

King soltou uma risada sem humor.

— Na verdade, lady Kathryn não me enviou uma carta. Um cavalheiro escreveu em seu nome, e imaginei que, se ela havia sido capaz de inspirar tanta devoção nele... — Ele deu de ombros.

— Também conseguiria inspirar devoção no senhor.

— Algo assim. Estou enviando a carta dele a ela. Já que o homem em questão vai se tornar o marido de lady Kathryn, me parece que ela deveria tê-la.

Aquele sorriso de novo, como as chamas de mil velas.

— Vou garantir que seja entregue em mãos.

— Ótimo. — King estava relutante em sair, mas não tinha motivos para ficar. — Vou deixar que volte às suas tarefas. — Então, maldito fosse, mas ele não se controlou, estendeu a mão e colocou os fios soltos atrás da orelha dela, mesmo sabendo que ninguém veria o penteado ligeiramente desalinhado. — Não trabalhe até muito tarde.

— Pode deixar.

— Boa noite, Pettypeace.

— Boa noite, Sua Graça.

Com isso, ele lhe deu as costas e saiu rapidamente do escritório, porque teria preferido soltar o cabelo dela todo.

Capítulo 9

No sábado à tarde, Penelope observou a paisagem rural passando pela janela, enquanto a carruagem voltava para Londres — depois de ter entregado em mãos a carta do duque a lady Kathryn. A mulher estava exultante por ter o marido ao lado. Era óbvio que os dois estavam apaixonados. Penelope queria aquilo para o duque, que a mulher que ela escolhesse como sua esposa o adorasse e o apreciasse abertamente.

No entanto, ver os recém-casados tinha servido para reforçar como seria difícil testemunhar Kingsland mostrando a mesma adoração por sua noiva. Penelope também queria aquilo para ele, que o duque se casasse com uma mulher que pudesse despertar todo o amor que por algum motivo ele havia enterrado fundo dentro de si. Após anos observando-o interagir com a mãe e com o irmão, Penelope sabia que ele era capaz de amar profundamente, apesar de seus protestos em contrário. Vê-lo mostrando afeto por outra mulher seria difícil, para dizer o mínimo, o que significava que ela precisava começar a considerar seriamente que rumo daria à própria vida quando chegasse a hora. Kingsland pretendia se casar antes do fim do ano. Ele não planejava cortejar a escolhida por muito tempo dessa vez, para não correr o risco de ser trocado por outro.

Penelope poderia fazer como a duquesa e viajar, conhecer o mundo todo. Sem dúvida tinha os fundos necessários para isso, mas já se mudara tanto com a família quando era mais nova que agora ansiava por permanência. Nunca antes havia ficado tanto tempo em um lugar como desde que passara a trabalhar para o duque. Mesmo que seu tempo fosse dividido entre as residências de Londres e a do campo, ela mantinha a mesma rotina, pois conhecia bem cada propriedade e se sentia confortável nelas.

Portanto, Penelope pretendia comprar um chalé, e logo começaria a dar mais atenção à seção de classificados do *Times*. Embora ela pudesse colocar um anúncio no jornal descrevendo o que estava procurando, as experiências passadas — antes de trabalhar para o duque — tinham lhe mostrado que havia tantas residências listadas para aluguel e venda que tinha quase certeza de que conseguiria encontrar algo adequado sem precisar se submeter ao incômodo de ter que receber contatos de interessados. Era melhor que fosse ela a fazer o contato.

Também precisava começar a pensar em como preencheria seus dias. Os juros e dividendos que ganhava lhe garantiriam uma renda estável e liberdade para fazer o que quisesse da vida. Por mais que gostasse de trabalhar como assistente do duque, Penelope queria ter o próprio negócio, para orientar mulheres a fazer investimentos seguros. A lei mais recente que regulava a propriedade das mulheres casadas permitia que as esposas mantivessem a propriedade de suas ações. Se gerenciado adequadamente, o investimento poderia dar às esposas certa independência dentro do casamento. Além de também garantir segurança financeira para as mulheres antes do matrimônio ou mesmo se nunca viessem a se casar. Penelope amara os pais, mas descobrira com eles os perigos de depender apenas de um homem para prover até as necessidades mais básicas.

A necessidade de independência financeira havia muito impulsionava suas decisões, e ela desconfiava de que um bom número de mulheres poderia se beneficiar do que aprendera.

A carruagem diminuiu a velocidade ao chegar à área mais populosa de Londres, e Penelope trouxe suas reflexões do futuro para o presente. Havia visitado a modista da duquesa no dia anterior, e a mulher lhe assegurara que o vestido estaria pronto a tempo. Penelope ficara surpresa ao descobrir que, na carta que mandara à modista, a duquesa havia feito uma descrição detalhada do vestido e definira a cor e o tecido a serem usados. Não que Penelope tivesse se ofendido por lhe sobrar tão pouco a opinar. Afinal, a duquesa estava comprando o item e, portanto, sua opinião sobre o assunto deveria ter peso. Com base no que a modista havia dito, seria bastante elegante.

O cocheiro parou o veículo em frente a uma loja que Penelope havia visitado em várias ocasiões. Ela pegou a bolsa antes que o criado abrisse a porta e a ajudasse a descer.

— Não devo precisar de mais de meia hora.

— Muito bem, srta. Pettypeace.

Ela seguiu a diante e sorriu para a placa acima da porta: Taylor & Taylor. As irmãs contratadas para organizar e administrar eventos da alta sociedade. Embora Penelope não tivesse qualquer intenção de entregar as rédeas da organização do baile de Kingsland, havia procurado o conselho das duas damas no ano anterior, quando fora encarregada de administrar seu primeiro evento social. Como o baile do ano corrente surgira inesperadamente e precisava ser organizado em um prazo muito menor, Penelope havia decidido contratar as damas para ajudar nos aspectos mais tediosos da tarefa.

Depois de entrar na loja, ela foi até o balcão atrás do qual estava a irmã mais velha.

— Senhorita Taylor.

A mulher sorriu.

— Senhorita Pettypeace, que bom vê-la. Fizemos progressos consideráveis para conseguir tudo que pediu.

— A orquestra?

— Sim. — A srta. Taylor abriu uma gaveta e tirou um maço de papéis. — Aqui está. Vinte e quatro músicos, conforme solicitado. As condições de pagamento, assim como uma sugestão sobre as músicas a serem tocadas. Se estiver de acordo, basta assinar e cuidarei de tudo.

Penelope leu o contrato. Antes do baile do ano anterior, ela não tinha ideia de como se contratava uma orquestra. As irmãs tinham sido uma ótima fonte de informação.

— Tudo parece maravilhoso. — Ela assinou os contratos e devolveu o documento à srta. Taylor. — E os convites?

— Por aqui. — A mulher saiu de trás do balcão e levou Penelope até uma mesa no canto, onde um cavalheiro com dedos manchados de tinta estava gravando lentamente letras em envelopes e convites.

— Senhorita Pettypeace, permita-me que lhe apresente o sr. Bingham. Ele começou a trabalhar recentemente para nós, mas sua caligrafia é inigualável.

O rapaz se levantou rapidamente e fez uma reverência respeitosa a Penelope.

— Senhorita Pettypeace.

— É um prazer, senhor.

Ele continuou a fitá-la, como se não conseguisse desviar os olhos.

— Já nos vimos antes.

— Acho que não, senhor.

Ele inclinou a cabeça para olhá-la por um ângulo diferente.

— Não, suponho que não. Embora a senhorita me lembre alguém que conheci.

Penelope tinha certeza de que nunca o vira, mas aquilo não significava que ele não a conhecesse. O homem poderia tê-la visto antes, e mais tarde talvez se lembrasse de onde. De repente, Penelope sentiu um forte desejo de terminar logo ali.

— Senhor Bingham, os convites de Kingsland, por favor — apressou-se a dizer a srta. Taylor, obviamente ciente da tensão que o novo funcionário havia criado.

— Sim, senhorita.

O rapaz tirou duas caixas grandes de uma prateleira e as colocou sobre a mesa.

A srta. Taylor abriu uma das caixas e pegou um convite já guardado em um envelope.

— Estão todos endereçados conforme solicitado.

Penelope havia aprovado o modelo do convite antes de fornecer a lista de convidados e os endereços correspondentes.

— A sua letra é muito elegante e legível, senhor.

— Obrigada.

Depois que o convite foi devolvido ao lugar, Penelope pegou as duas caixas. Ela pediria a vários criados para que entregassem os convites mais para o fim da tarde.

— O sr. Bingham pode carregá-las para a senhorita — ofereceu a srta. Taylor.

— Não está tão pesado, posso levar com tranquilidade. — Ela começou a caminhar na direção da porta, com a dona da loja atrás. — Agradeço toda a sua ajuda, srta. Taylor.

— Foi um prazer. Se houver mais alguma coisa que possamos fazer para ajudar, por favor, não hesite em nos procurar.

— Acredito que todo o resto esteja bem encaminhado.

Cuidar dos convites era o aspecto mais demorado do evento, por isso Penelope estava feliz por ter passado aquela tarefa adiante naquele ano. Mesmo que o olhar fixo do sr. Bingham estivesse deixando os pelos da sua nuca arrepiados.

A srta. Taylor abriu a porta para ela, e Penelope cruzou a soleira antes de se voltar para se despedir.

— Lembre-se de mandar um recibo do que é devido por seus serviços.

— Farei isso, e lhe desejo todo o sucesso com o baile.

— Obrigada.

Quando se virou na direção da rua, Penelope quase colidiu com o criado que se adiantara para tirar as caixas dos seus braços. Ela ficou agradecida por ter a carruagem esperando. Quando já estava acomodada e a caminho de casa, respirou fundo para se acalmar e se perguntou se chegaria o dia em que não temeria mais a revelação do seu passado.

King nunca percebera como os dias podiam passar devagar. Ele estava sempre ocupado em revisar empreendimentos, analisar investimentos, buscar novas oportunidades, cuidar de seus deveres na Câmara dos Lordes, debater as mudanças necessárias na lei, trabalhar na elaboração de projetos para levar ao Parlamento, ou se reunir com empresários, entre outras tarefas. À noite, raramente estava livre para fazer o que quisesse. Reuniões sociais, jantares ou uma palestra ocasional ocupavam seu tempo. Quando não havia nada urgente, King visitava seu clube ou passava algum tempo com os Enxadristas. Estava sempre ocupado, e as horas corriam como uma locomotiva.

Assim, não fazia o menor sentido que agora os minutos parecessem se arrastar desde que a mãe dele havia proposto — proposto não, insistido — que ele acompanhasse Pettypeace a um baile. Com os braços cruzados diante do peito, de pé perto da janela do seu escritório na Fleet Street, King a observava tomando notas meticulosamente, enquanto Lawrence e o sr. Lancaster chegavam a um acordo sobre os detalhes necessários para orientar a parceria deles. King havia oferecido algumas sugestões aqui e ali, mas estava determinado a não interferir, a menos que achasse que o irmão estava cometendo algum erro grave. Um pequeno passo em falso não teria maiores consequências, e a experiência garantiria que Lawrence aprendesse melhor a lição. O próprio King havia cometido erros quando começara, e atualmente era melhor por causa deles.

Só torcia para que o mesmo não acontecesse depois de comparecer ao baile dos Thornley. King nunca ansiara nem temera tanto comparecer a um evento, mas não poderia cometer erros no que dizia respeito a Pettypeace. Saber que ela estaria lá fazia com que o baile — o tipo de evento que ele sempre considerara desinteressante — parecesse empolgante. Não que ela fosse permanecer na companhia dele depois que chegassem. Pettypeace logo se afastaria para investigar melhor as potenciais candidatas a duquesa, mas, ainda assim, a possibilidade de ocasionalmente cruzar o caminho dela o deixava aguardando ansioso a chegada do baile. Era a intensidade desconhecida daquela expectativa que o estava deixando tão inquieto.

Ao longo dos dias de King, Pettypeace era parte da rotina — bastava puxar a corda da campainha para chamá-la. De vez em quando, a assistente chegava até a fazer parte da noite dele, quando o trabalho os mantinha juntos até tarde. Não fazia sentido que ele estivesse com tanta dificuldade para afastar da mente o prazer que sentiria por chegar no baile com Pettypeace ao lado.

Como assistente dele. Não como uma mulher que ele estava cortejando ou por quem se interessava. Certamente não como uma mulher que o deixava se perguntando como seria beijá-la.

— Deixamos escapar alguma coisa? — perguntou Lawrence, interrompendo as reflexões de King antes que ele pudesse visualizar por mais tempo aqueles lábios que ainda conseguia sentir sob as pontas dos dedos, uma lembrança muito vívida de quando aplicara o bálsamo neles, quando Penelope estivera doente.

Era como se aquele toque estivesse marcado a ferro nele.

— Não que eu tenha notado.

Mas a verdade era que muito provavelmente ele não teria notado se um vulcão entrasse repentinamente em erupção no escritório. Quando olhava para Pettypeace, King parecia perder a capacidade de se concentrar em mais de uma coisa ao mesmo tempo. Ela estava começando a ocupar toda a sua atenção. Como aquilo acontecera? E por quê?

— Vou passar esses dados ao advogado, então — disse Pettypeace com a concisão habitual. — Devemos ter um contrato para ser assinado dentro de dois dias, sr. Lancaster.

— Muito bem. — Ele se levantou, assim como Lawrence e Pettypeace.

King se afastou da parede, apertou a mão do homem e o viu partir.

— Por favor, me diga que você treme depois de uma reunião intensa como essa — pediu Lawrence.

— Na primeira vez que fechei um negócio, vomitei logo depois — admitiu King. — Assim que a magnitude do que eu havia feito me atingiu, quando percebi o que colocaria a perder se tivesse feito uma avaliação errada. Mas acabei compreendendo que qualquer erro que eu cometesse poderia ser corrigido de uma maneira ou de outra com um investimento diferente ou com outro plano. Aprendi com os meus erros, assim como acontecerá com você. Mas, apesar de a negociação já ter se tornado uma parte bastante comum da minha vida agora, ainda sinto a empolgação de me aventurar em algo novo.

Mesmo contra a vontade, o olhar de King se desviou para Pettypeace. Ela já fora algo novo para ele. Depois de todo o tempo que passara, Pettypeace já deveria ser um elemento tedioso e familiar, mas continuava a parecer cheia de possibilidades. Talvez fosse por isso que se sentisse tão ansioso pelo baile. Não havia dançado com a assistente no baile que ela organizara para ele no ano passado. O evento havia sido o assunto de Londres por semanas. King não se esquecera de valorizar o trabalho duro dela e a recompensara com uma quantia generosa pelo sucesso da ocasião. Ainda assim, Pettypeace ficara distante durante o baile, não fizera realmente parte dele.

As palavras dela de uma vida atrás ecoaram na mente de King: *Os melhores presentes não custam nada*. Ele deveria ter valsado com ela.

— Bem — falou ela erguendo o caderno encadernado em couro —, é melhor eu levar isso para o advogado, para que ele possa começar a trabalhar.

— Eu a deixarei lá.

— Não é necessário.

Era uma mulher independente, a assistente dele, sempre se certificando de que não seria um incômodo para ele. Os cuidados que King lhe dispensara enquanto ela estava doente sem dúvida não haviam agradado a Pettypeace. Ela não queria nem os cuidados da camareira.

— É no meu caminho.

— Na verdade, Sua Graça, tenho um horário marcado com a modista da sua mãe, e preciso passar por lá primeiro.

— É claro.

— Ela insistiu em me comprar um vestido. Tentei convencê-la de que não era necessário.

— É difícil fazer minha mãe mudar de ideia depois que ela se propõe a alguma coisa. Ainda assim, eu a acompanharei.

— Não quero atrasá-lo para cuidar de seus outros assuntos.

— Vamos fazer com que tudo dê certo, Pettypeace. Sempre conseguimos. — Ele deu uma palmadinha no ombro do irmão. — A parte difícil está só começando.

— Acho que estou à altura da tarefa.

— Eu sei que está.

Depois de mais algumas palavras de incentivo para Lawrence, King e Pettypeace foram até os estábulos, onde a carruagem os aguardava. Depois de ajudá-la a subir, ele deu o endereço ao cocheiro e se juntou a ela.

— Você é muito sagaz, Pettypeace. Meu irmão precisava de um propósito.

— Não sou tão sagaz assim. Todos precisamos de um propósito.

— Qual é o seu?

— Cuidar para que suas necessidades sejam atendidas.

As palavras dela foram ditas em um tom leve e inocente, mas ainda assim todas as outras necessidades — mais sombrias, carnais — atingiram King como se Pettypeace tivesse cruzado a curta distância que os separava e sussurrado sedutoramente em seu ouvido, antes de deixar a língua traçar o contorno de sua orelha, o hálito quente cobrindo a pele dele com orvalho. Ele se ajeitou desconfortavelmente no assento — pensar nela como Pettypeace, sua assistente sempre eficiente, não ajudou em nada a aliviar o desejo que estava tornando muito difícil apenas permanecer sentado ali.

— Com certeza você deve ter aspirações maiores do que esta. — A voz dele realmente precisava sair como se um garrote tivesse sido enrolado em seu pescoço, estrangulando-o?

— Não no momento.

— Mas e quando esse momento tiver passado?

King esperava que ela soubesse que ele não estava se referindo ao momento em que estavam, mas a um tempo no futuro. É claro que ela sabia. Ela era Pettypeace. Que com frequência sabia o que seria dito antes mesmo de ele abrir a boca, já garantindo o que seria pedido antes de King sequer se dar conta de que precisava daquilo. Pettypeace olhou pela janela, e ele instigou-a silenciosamente: *Conte-me. Pelo amor de Deus, compartilhe comigo algo pelo qual você anseia.*

— Cotswolds, eu acho. — A voz dela era suave, como se temesse que, se falasse muito alto, pudesse acabar estourando a bolha do seu sonho. — Um chalezinho onde vou dormir até tarde todas as manhãs, como se fosse um eterno Natal, e passear pelo jardim à tarde.

— Com quem você vai morar?

Os lábios de Pettypeace se curvaram em um sorriso melancólico, e seu olhar pousou nele como uma carícia gentil, que não ajudou em nada a diminuir aqueles impulsos que o bombardeavam de repente.

— Com sir Purrcival.

O gato dela?

— Parece bastante solitário.

— Eu me sinto absolutamente satisfeita na minha própria companhia, Sua Graça. Além disso, não quero ser responsável por mais ninguém. Desejo poder fazer o que quiser sem me preocupar em decepcionar ninguém.

Ela teria decepcionado alguém no passado? Certamente nunca fizera aquilo com ele.

— Você trabalha para um tirano, não é, Pettypeace?

O sorriso dela se iluminou.

— Talvez a tirana seja eu, por fazer com que o senhor se sinta na obrigação de me manter ocupada.

King se mantinha ocupado para evitar pensar em assuntos em que preferia não pensar: seu passado, presente e futuro. Um risco que ele assumira aos 19 anos, que ainda o assombrava e muitas vezes ameaçava sua paz de espírito.

— Talvez você esteja certa.

Penelope quase contara a ele sobre a sua ideia de montar um negócio para ajudar mulheres a investir. Ela gostaria de ter a opinião de Kingsland sobre a viabilidade da ideia, mas não queria que ele soubesse que ela havia começado a pensar em romper o relacionamento deles, a deixar o cargo que ocupava. Só serviria para tornar as coisas bastante constrangedoras. Ou talvez Penelope temesse descobrir que King estava disposto a seguir tranquilamente sem ela.

A carruagem parou. Ele estendeu a mão.

— Passe-me as suas anotações. Cuidarei para que sejam entregues a Beckwith.

— Posso fazer isso quando terminar aqui.

— Não tenho mais nada na minha agenda.

Embora Penelope soubesse que Kingsland não tinha outras reuniões na agenda, havia presumido que ele tinha assuntos pessoais para cuidar. No entanto, agradecia a disposição do patrão de visitar Beckwith. Ela estava adiando sua busca por uma assistente para depois do baile — já estava com tarefas demais no momento, mas nada que estivesse disposta a entregar aos cuidados de outra pessoa. Penelope pegou o caderno do bolso.

— A fita marca a folha onde a reunião de hoje começou.

— Claro que sim.

— Está zombando de mim?

O sorriso dele era quase terno.

— Não. Eu não esperaria nada menos da minha eficiente Pettypeace.

Minha eficiente Pettypeace. Kingsland não a via realmente como sua, não da mesma forma que veria a esposa, sua duquesa... ou os filhos deles.

— Obrigada por cuidar disso.

Ele abriu a porta, saiu e a ajudou a descer.

— Voltarei para buscá-la quando terminar com Beckwith.

— Posso pegar um coche de aluguel.

— Não há necessidade, já que passaremos mesmo por aqui no caminho de volta para casa.

— Não vou demorar.

— Não há problema algum em deixar um homem esperando por você, Pettypeace.

Ele estava errado. Ela já tivera um grande problema por deixar um homem esperando — e jurara ser sempre pontual depois do ocorrido. Mas não podia contar aquilo a Kingsland, não iria contar. Por isso, apenas assentiu e seguiu em direção ao ateliê da modista, muito consciente de que Kingsland acompanhava seus movimentos com os olhos.

Capítulo 10

Na quarta-feira à noite, diante do espelho de corpo inteiro, Penelope se viu obrigada a concluir que o vestido rosa, com um decote que deixava entrever um relance do colo, era o traje mais elegante que ela já usara. As luvas brancas se estendiam apenas até acima dos pulsos, deixando os braços nus. Lucy havia prendido o cabelo dela nas laterais, mas deixara os cachos descerem em cascata pelas costas.

— Santo Deus, Penn, você está parecendo uma dama da sociedade.

Ela se sentia mesmo como uma, o que era um perigo. Não podia esquecer seu lugar. Penelope enfiou a mão no bolso que havia insistido para ser incorporado ao vestido, habilmente escondido por uma faixa aplicada no ângulo certo, e segurou o caderninho de couro tão familiar. Tê-lo ali servia para lembrá-la da razão por trás da sua ida ao evento daquela noite.

— O baile é só mais um trabalho, Lucy.

— E se você conquistar a atenção de algum lorde?

— É improvável, mas, caso isso aconteça, ele perderá o interesse assim que se der conta de que não sou de fato uma dama, e sim apenas uma secretária. — Ela se virou e encarou a amiga. — Acredito que já conversamos sobre isso, ou algo semelhante, em outra ocasião.

— Uma moça sempre pode sonhar. Acabei de ler uma história sobre uma jovem que recolhia o borralho e se casou com um príncipe. Pode acontecer.

— Com seu amor por contos de fadas, espero sinceramente que não saia por aí beijando sapos.

— Eu beijei Harry, o criado.

Penelope ficou encantada com a expressão travessa da amiga e perguntou:

— Quando?

Lucy abriu um sorriso cintilante.

— Na outra noite, quando você estava doente. Depois de cuidar de você, eu estava voltando para o meu quarto, e lá estava ele, na cozinha, preparando chá. Harry me convidou para tomar uma xícara com ele, mas comecei a chorar de preocupação com você. Quando dei por mim, Harry estava me dizendo para não chorar e me beijou. Com gentileza.

— Você o ama?

— Não sei. Além disso, criados não se casam, não é mesmo?

Não se quisessem continuar a trabalhar no mesmo lugar. Ora, Penelope supunha que em raras ocasiões um empregador poderia acomodar um casal que se apaixonara, mas com frequência enfrentavam desafios.

— Não, nós não nos casamos.

— Você não é uma criada, Penn.

— Faço parte da criadagem da casa.

— Criados não vão a bailes. E, ao fazer isso, você não está sendo muito bem-vista por alguns criados.

Penelope estivera tão preocupada com o que a nobreza pensaria dela por estar acompanhando Kingsland ao baile que nem pensara em como os criados veriam a situação.

— Eles já pensam o pior de mim. Não posso me incomodar com fofocas de desocupados. Além disso, essas mesmas pessoas apreciarão meus esforços em nome delas quando eu tiver todas as informações necessárias para selecionar uma duquesa que eles terão orgulho de servir.

— Eu não tinha pensado nisso. Você está fazendo isso por eles. — Lucy endireitou os ombros e cerrou os lábios em uma expressão rebelde. — Vou começar a lembrar esses ingratos disso.

Penelope não sabia se já havia tido uma amiga mais leal. Aliás, mal tivera qualquer amigo depois que seu mundo virara de cabeça para baixo quando era bem jovem.

— Bem, eles provavelmente vão ter que ver para crer, como dizem. — Penelope checou o relógio na cornija da lareira e soltou um gritinho. Eles deveriam sair às oito e meia da noite e já estavam atrasados quatro minutos. — Estou atrasada.

Ela saiu apressada na direção da porta, mas logo parou. Não adiantava nada se apressar agora. Na verdade, uma entrada serena e elegante poderia ser melhor para ela. O fato de ser apenas assistente de Kingsland não significava que ela não pudesse exibir toda a graça de uma dama.

Lucy a acompanhou, dando-lhe um abraço rápido antes de seguir para a escada dos criados. Penelope foi na direção oposta, para a grande escadaria. Ainda lhe parecia estranho subir e descer por ali. Ela ousou olhar por cima do corrimão e quase tropeçou quando o viu no vestíbulo, esperando. Maldito fosse aquele seu coração impertinente. Por que sempre disparava de alegria quando o olhar dela pousava em Kingsland? Por que ansiava pelo que nunca poderia ter?

Ele olhou para cima — o olhar tão penetrante que era quase como se a estivesse tocando. Penelope tentou não imaginar a alegria que seria tê-lo esperando pela presença dela — como mulher, não como assistente.

Kingsland estava diabolicamente belo no traje de noite preto, que lhe caía como uma luva, destacando os ombros largos, a casaca na altura da cintura revelando os quadris estreitos, as pontas da cauda caindo mais longas atrás. Quando Penelope se aproximou da base da escada, viu um dos cantos da linda boca do duque se erguer.

— Quando eu disse que deveria fazer um homem esperar por você, Pettypeace, não quis dizer que esse homem deveria ser eu.

— Peço perdão, Sua Graça. Colocar este vestido foi mais penoso do que eu esperava. — Para não falar de todas as roupas de baixo necessárias para que tudo caísse de maneira adequada e de forma atraente.

— Estou brincando, Pettypeace. É elegante se atrasar.

— Isso não faz sentido. Qual é o propósito de determinar um horário no convite se não é nessa hora que se quer que as pessoas cheguem?

— Desconfio que você vá questionar o propósito de muitas coisas esta noite. — Ele estendeu a mão e pegou a cartola e a bengala que Keating lhe estendeu.

— Se me permite a ousadia, está particularmente encantadora, srta. Pettypeace — declarou o mordomo.

Penelope não teria ficado mais surpresa se o homem tivesse ajoelhado e pedido a mão dela em casamento, e se perguntou se Keating estaria se esforçando para sinalizar seu apoio, para garantir que ela soubesse que ele não acreditava nas fofocas que corriam entre a criadagem.

— Obrigada, sr. Keating.

Penelope saiu pela porta da frente, seguida por Kingsland, e desceu os degraus que levavam à reluzente carruagem preta. Ela nunca precisara recolher tanto tecido com as mãos enquanto o criado a ajudava a entrar. O veículo balançou quando o duque se juntou a ela, acomodando-se ao seu lado. O aroma de bergamota que ele exalava encheu seus sentidos, intoxicando-a. Quando os cavalos partiram trotando, Penelope cruzou as mãos no colo para se impedir de colocar para trás a mecha que teimava em cair na testa dele.

— Keating tem um dom para o eufemismo — comentou Kingsland em voz baixa. — Você está maravilhosa.

Quase sem palavras diante daquele elogio, Penelope demorou um instante para se recompor.

— Obrigada, Sua Graça.

— Não teria sido adequado da minha parte dizer isso diante de outras pessoas.

— É claro que não. — Ele não deveria ter dito aquilo nem mesmo naquele momento.

— Você fica muito bem de rosa.

— Ao que parece, na carta que enviou à modista, sua mãe insistiu nessa cor.

Penelope teria escolhido verde, mas não tinha como negar que o rosa parecia realçar o brilho da sua pele, suavizar as feições.

— A minha mãe pode ser bastante enfática.

— Sou muito grata por todo o esforço que ela fez em meu nome. A modista fez um trabalho notável. Adorei este vestido... ele faz eu me sentir elegante.

— Você não está usando nenhuma joia.

Penelope levou os dedos enluvados ao pescoço.

— Essa é uma despesa que não posso justificar por apenas uma noite.

King enfiou a mão dentro de seu traje, pegou uma caixa de veludo longa e fina e estendeu para ela. Penelope fitou-o apreensiva, como se ele tivesse retirado um frasco de veneno e lhe entregado, e balançou a cabeça.

— Não posso.

— Você nem sabe o que é.

Era verdade. Penelope quase deixou escapar uma risada histérica. Como era tola. Kingsland nunca lhe daria joias. Talvez o estojo guardasse uma daquelas novas penas que conseguiam armazenar tinta. Ela poderia usá-la naquela noite, no lugar do lápis. É claro que era isso. Algo prático e útil. Algo que se dava a uma assistente.

Mas não era uma caneta. Quando Penelope abriu a caixa, encontrou um pingente de esmeralda em forma de lágrima, pendurado em uma corrente de ouro. Ela levantou rapidamente os olhos para encarar Kingsland.

— Não posso aceitar isso, Sua Graça.

— Pettypeace, você está comigo há oito anos. Quando vi todas aquelas pequenas bugigangas espalhadas por sua mesa e reconheci a maior parte como presentes meus, me dei conta de que tenho sido negligente em mostrar meu apreço pelo seu trabalho dedicado. Isso é apenas um pequeno símbolo...

— Não é pequeno.

— Um grande símbolo, então. A maior parte dos assistentes, fosse homem ou mulher, teria deixado o cargo se recebesse a incumbência de selecionar uma esposa para o patrão. Mas você se dedicou a isso, ao mesmo tempo que continua realizando todas as tarefas que lhe passo. Por favor, aceite.

Penelope queria aceitar. O colar era lindo em sua simplicidade. Exatamente o que teria escolhido para si mesma se em algum momento se permitisse ter o que *queria*.

— É bonito demais.

— Ninguém precisa saber que foi um presente meu — sugeriu Kingsland, a voz baixa, enquanto se adiantava para a beira do assento ao lado dela, evitando amassar suas saias ao tirar o colar do estojo de veludo em que estava aninhado.

Penelope mal conseguia respirar enquanto os dedos cálidos dele, sem luvas — Kingsland as havia descalçado antes de tirar o colar do estojo, e ela não havia reparado até então —, roçaram muito delicadamente sua pele para passar a corrente ao redor do pescoço dela, deixando a gota de esmeralda aninhada em seu colo. Então ele se afastou, voltou para seu lugar, já calçando novamente as luvas com eficiência — como se não tivesse acabado de transformar o estômago dela em uma assembleia de borboletas agitadas.

— Quem são as damas da sua lista? — perguntou o duque calmamente, sem demonstrar ter sido afetado pela intimidade do momento que haviam acabado de compartilhar.

Lista, que lista? Penelope tinha a sensação de ter perdido o juízo, a capacidade de raciocinar. Ah, a lista de duquesas em potencial. Eles estavam voltando ao tema principal da noite, a razão pela qual ela estava dentro de uma carruagem com ele naquele momento, torcendo para que os joelhos bambos recuperassem a firmeza antes de chegarem ao destino.

— Eu reduzi o número para dez. O senhor provavelmente deveria dançar com todas elas, pois pode acabar considerando alguma imediatamente inadequada, ou perfeitamente adequada. Vou lhe passar os nomes.

Penelope enfiou a mão no bolso e pegou o caderno, no qual havia anotado a lista das damas em questão.

— Você trouxe o seu caderno?

Ela levantou os olhos e, ao ver a expressão divertida dele, sentiu o rosto quente.

— Queria me certificar de que não esqueceria nenhuma delas, e também achei que seria bom ter onde registrar as minhas impressões. Caso contrário, todas poderiam começar a se misturar na minha mente.

— Não há ninguém como você, Pettypeace.

— Estou indo a esse baile com um propósito, não para me envolver em frivolidades.

Kingsland ficou subitamente sério.

— Acho que seria muito interessante vê-la envolvida em frivolidades.

Ela não tinha certeza se lembrava como fazer aquilo.

— Revelarei meu lado frívolo quando você fizer o mesmo.

— Isso é um desafio?

Por mais que Penelope estivesse acostumada a ser muito franca com ele, sem nunca se abster de dar sua opinião honesta sobre qualquer assunto, não pôde evitar pensar que nunca havia sido tão ousada e que poderia estar pisando em um terreno instável.

— Nunca o vi se comportar de qualquer outra forma que não solene. Mesmo quando sorri ou ri, há sempre um toque de gravidade em sua expressão.

Kingsland cerrou o maxilar e desviou os olhos para a janela, muito sério.

— Não tenho a intenção de insultá-lo — Penelope apressou-se a garantir. — Isso nos torna uma dupla e tanto, e é uma das razões por que trabalhamos tão bem juntos.

— O que a faria rir, Pettypeace?

— Eu rio.

Ele voltou a atenção para ela.

— Não que eu já tenha ouvido.

King parecia magoado, como se ela o tivesse decepcionado. Penelope teve vontade de rir alto, mas ele estava certo. Não era da natureza dela rir abertamente. Por medo. O medo mantinha enterrada qualquer alegria que por acaso sentisse, porque demonstrações de felicidade tentavam o destino a entregar tristezas.

— Posso dizer o mesmo em relação ao senhor.

— Talvez nós dois carreguemos um fardo pesado demais para nos permitirmos tanta leveza.

Como não queria mais continuar a percorrer aquele caminho — não queria que os dois chegassem ao baile melancólicos e desanimados —, Penelope ergueu o caderno.

— É provável que uma dessas damas venha a fazê-lo rir. Manterei isso em mente enquanto as observo e converso com elas.

Kingsland torceu os lábios.

— Talvez.

Ele não pareceu convencido, mas a verdade era que ela também não estava. Seria preciso uma mulher muito especial para não se deixar intimidar com a severidade dele, para não ficar assombrada diante de sua posição, insegura em relação à firmeza e ao poder que ele projetava. Seria preciso uma mulher ousada e destemida para enfrentá-lo, para mergulhar com coragem sob a superfície de Kingsland e descobrir todas as suas verdades, para aprender a lidar com ele a ponto de descobrir como fazê-lo rir. Seria preciso uma mulher apaixonada por ele para ver toda a bondade e a gentileza que Kingsland se esforçava tanto para manter escondidas, porque as via como fraqueza enquanto Penelope via como força. Kingsland havia entregado a ela uma tarefa impossível e, ainda assim, Penelope se recusava a falhar naquilo.

Ela anotou os nomes de oito damas e duas senhoritas, arrancou delicadamente a página do caderno e estendeu para ele. Os dedos de ambos se tocaram, enluvados, e ainda assim uma faísca pareceu se acender entre os dois, como se as peles tivessem se tocado. Penelope prendeu a respiração enquanto Kingsland checava a lista, esperando que ele imediatamente descartasse alguns nomes. Em vez disso, o duque simplesmente dobrou o pedaço de papel e o enfiou no bolso interno da casaca, onde o colar dela estivera aninhado, perto do coração dele.

— Esta noite promete ser interessante, Pettypeace.

— De fato.

E, sem dúvida, seria também uma das noites mais horríveis da vida dela, observando-o girar com todas aquelas mulheres na pista de dança.

Pettypeace. Pettypeace. Pettypeace. Ele a estava chamando pelo nome mais vezes do que o normal porque, se não fizesse aquilo, começaria a pensar nela como Penelope ou Penny… não, ela nunca seria uma Penny. Era um apelido inocente demais e, embora King não conhecesse todos os detalhes da vida da assistente, tinha certeza de que não era nada inocente.

Quando colocara o colar nela, quando os dedos roçaram a pele macia do pescoço de Pettypeace, King precisara recorrer a todo o autocontrole que possuía para não deixar os lábios percorrerem o mesmo caminho por onde os dedos haviam acabado de passar. Para não a saborear, para não a desejar.

Quando Pettypeace havia pegado o onipresente caderno, ele quase soltara uma gargalhada, mas se contivera, temendo ferir os sentimentos dela. Só mesmo Pettypeace seria tão fiel aos seus propósitos a ponto de comparecer a um baile para investigar a viabilidade de cada uma das damas que havia selecionado como possível futura duquesa de Kingsland. Qualquer outra mulher teria decidido aproveitar ao máximo as possibilidades de entretenimento que a noite oferecia e se divertir. E maldito fosse se ele não queria que ela fizesse exatamente aquilo. Em seus braços.

Depois de seguir lentamente pelo caminho da entrada circular da propriedade, já cheio de veículos, a carruagem deles enfim parou diante da enorme mansão. Um criado se adiantou de pronto para abrir a porta. King desceu e, quando estendeu a mão para ajudar Pettypeace, os olhos pousaram na lágrima de esmeralda no colo dela. Era um presente inadequado, e ainda assim King jamais se sentira tão satisfeito em dar algo a outra pessoa. A maneira como os olhos de Pettypeace haviam se arregalado assim que vira o colar; a forma como seus lábios se entreabriram, como se convidassem a um beijo. O prazer que ela se esforçara tanto para não demonstrar — provavelmente se debatendo para se convencer a nem sentir tal prazer. Ele havia gostado de surpreendê-la. Imaginava a satisfação de passar uma vida inteira fazendo aquilo.

Quando Pettypeace pousou os pés graciosamente no chão, King lhe ofereceu o braço e a viu hesitar diante do gesto íntimo, algo que ele nunca fizera antes. Mas a noite parecia exigir aquilo. Por fim, Pettypeace pousou os dedos na manga da casaca dele, e King experimentou um lampejo de possessividade que nunca havia sentido antes. Mas era aquilo que deveria ter sentido enquanto cortejava lady Kathryn, era aquilo que deveria experimentar sempre que estivesse com a sua duquesa. *Ela é minha e ninguém jamais deve tê-la.*

Só que Pettypeace não era dele. Não de uma forma tão pessoal.

Outros desembarcaram das carruagens e subiram apressados os degraus. As damas franziam o cenho ao ver Pettypeace, ou lançavam a ela um olhar fulminante; os cavalheiros tocavam a ponta das cartolas. Alguns deles até a reconheceram.

— Kingsland, srta. Pettypeace.

Qualquer lorde com quem King já havia conversado sobre investimentos, com quem já redigira projetos de lei para apresentar ao Parlamento, ou qualquer cavalheiro que tivesse passado por sua casa para lhe perguntar algo conhecia Pettypeace, porque ela estava sempre por perto, com seu caderninho com capa de couro para anotar tudo o que fosse dito. Era raro ele ter uma reunião sem a participação dela.

Quando eles entraram na casa, os olhos de Pettypeace se arregalaram um pouco com a grandeza do hall, e King se deu conta de que, embora ela vivesse em uma casa igualmente espetacular, não deixara aquilo lhe subir à cabeça. Ele sentiu um profundo desejo de mostrar a ela montanhas majestosas, a vastidão dos oceanos e o pequeno beija-flor que vira uma vez em uma viagem que havia feito para a América. Com sua mente afiada e inquisitiva, Pettypeace se deliciaria com cada novidade encontrada. Ela prestava atenção em tudo, e King desconfiava de que a assistente seria capaz de desenhar de memória cada centímetro do corredor que atravessaram, as escadas que subiram e os cômodos pelos quais haviam passado a caminho do salão de baile.

— É realmente magnífico, não? — sussurrou Pettypeace em um tom reverente, quando eles se colocaram no fim da fila de recepção.

— De fato.

Mas King não estava se referindo ao ambiente ao redor, e sim a ela. O orgulho que sentia naquele momento por tê-la ao seu lado excedia qualquer sensação semelhante que já havia experimentado com outra mulher. Pettypeace exalava confiança — claramente já resistira a tempestades. Mesmo que nunca tivesse compartilhado com ele as tormentas a que sobrevivera, King tinha poucas dúvidas de que a assistente fora atingida com força.

Depois que a presença deles foi anunciada — "Vossa Graça, o duque de Kingsland, e a srta. Penelope Pettypeace" —, ele percebeu alguns olhares enquanto os dois entravam no salão de baile. Pessoas criticando, especulando e fofocando. Aquele era o motivo para ele raramente participar daquele tipo de evento. Ele não se importava muito com as especulações, ou com as mães que empurravam as filhas solteiras para cima dele. Ou com as filhas que o fitavam com olhos cheios de esperança. Aquela era uma das coisas de que King mais gostava em Pettypeace: ela jamais havia interpretado mal as intenções dele, e, por isso, ele nunca precisara se preocupar com a possibilidade de decepcioná-la e acabar se vendo forçado a enxugar suas lágrimas.

Quando chegaram aonde estavam os anfitriões, o duque e a duquesa de Thornley, King fez uma reverência.

— Suas Graças, permitam-me a honra de lhes apresentar a minha assistente, a srta. Pettypeace.

Ele não ficou surpreso com a elegância da reverência dela, mas desconfiou que Pettypeace havia passado horas ensaiando.

— A srta. Pettypeace supervisionou o baile que organizei no ano passado e está gerenciando o que darei este ano. Acredito que a minha mãe tenha lhe escrito explicando que, como a senhora é conhecida por sua hospitalidade, ela achou que a srta. Pettypeace poderia se inspirar observando a elegância do seu evento.

A duquesa, que já fora dona de uma taverna e era conhecida por sua habilidade de fazer as pessoas se sentirem bem-vindas, corou com o elogio.

— Ela realmente me escreveu. É um prazer tê-la conosco esta noite, srta. Pettypeace. Se tiver qualquer dúvida, por favor, não hesite em me perguntar.

— Agradeço a gentileza, Sua Graça, mas lhe garanto que não vou incomodá-la. Vou me fundir ao ambiente e a senhora nem saberá que estou aqui.

Pettypeace realmente tinha o hábito de ser discreta, mas naquela noite, usando aquele vestido, King não via como ela conseguiria passar despercebida. Se o vestido verde da outra noite havia realçado o tom dos olhos de Pettypeace, o cor-de-rosa combinava com cada centímetro dela. A mãe dele sempre tivera um talento especial para realçar o melhor em si mesma. E, ao que parecia, também era hábil em fazer aquilo com outras pessoas. Depois de conversar um pouco mais com o casal, King pousou a mão no cotovelo de Pettypeace e se afastou com ela. Quando os dois já estavam fora do alcance dos ouvidos dos anfitriões, Pettypeace perguntou baixinho:

— A sua mãe viu algum defeito no baile do ano passado? O senhor viu?

Havia um toque de mágoa na voz dela?

— Não houve nada de errado na sua organização de eventos da última temporada social, Pettypeace. Nunca há. Mas minha mãe não poderia contar aos Thornley a verdadeira razão para que você me acompanhasse, não é mesmo? Assim como eu também não poderia. E se o casal atrás de nós ouvisse e comentasse com outra pessoa, e as damas que você deseja observar logo acabassem descobrindo seu verdadeiro propósito aqui e começassem a tentar impressioná-la?

Ela parecia um pouco mais apaziguada.

— Suponho que isso realmente faça algum sentido.

— Eu lhe asseguro que faz muito sentido. Agora vamos nos separar. Desejo-lhe sucesso com a espionagem.

— Obrigada, Sua Graça.

Ela se afastou e King teve a sensação de que sua mão, que já não tocava o cotovelo dela, parecia oca, menor, como se uma parte tivesse desaparecido subitamente. Ele fechou o punho, o que só serviu para torná-lo ainda mais consciente do vazio que sentia. Não compreendia aquelas reações estranhas que vinha tendo ultimamente. Era quase como se Pettypeace estivesse se tornando parte dele.

Quando estava pegando uma taça de espumante com um criado que passava, King viu Knight e começou a andar lentamente na direção do conde, cumprimentando pelo caminho aqueles que conhecia e até se dando ao trabalho de anotar seu nome em alguns carnês de dança. Quando finalmente alcançou Knight, viu que um trio de jovens lordes havia encurralado o amigo. Enquanto esperava, King bebeu o que restava do espumante e pegou outra taça antes de se juntar ao círculo da conversa e fitar os cavalheiros com uma expressão severa que fez com que se afastassem rapidamente.

— Você precisa mesmo ser tão rabugento e afugentar todo mundo? — perguntou Knight. — Eu estava gostando da companhia deles.

— Como você sabe muito bem, tenho pouca paciência com os jovens e inexperientes.

King havia se dado conta de como aqueles jovens entendiam pouco das coisas do mundo. E, infelizmente, sua duquesa sem dúvida se enquadraria naquela categoria. Ele teria que pensar nela como uma argila fresca disposta a ser moldada no que precisava que ela fosse.

Com um sorriso indulgente, Knight balançou a cabeça e tomou um gole de espumante.

— Vejo que trouxe Pettypeace.

Ao contrário do que acontecia com os anfitriões, ele podia ser honesto com Knight.

— Sim, parece que ela não confia que todas as damas tenham sido completamente honestas ao descrever as qualidades que as tornariam uma duquesa adequada em suas cartas. Pettypeace deseja observá-las de perto e entrevistá-las disfarçadamente para ter uma ideia melhor de quem realmente são e de sua adequação.

— Não entendo por que ela simplesmente não joga todas as cartas em um chapéu e sorteia uma.

— Pettypeace jamais seria tão negligente com qualquer tarefa que eu lhe atribuísse.

— Ainda assim, encontrar uma mulher que esteja disposta a aturar suas exigências não é uma tarefa fácil... e tenho dificuldade em imaginar você sendo feliz com qualquer uma das que ela possa selecionar.

— Por que pensa assim?

A mulher que Pettypeace escolhesse atenderia a todos os requisitos dele. King tinha certeza disso. Não haveria qualquer razão para ele encontrar falhas nela. Talvez não ficasse empolgado, mas ficaria satisfeito.

Knight deu de ombros, despreocupado.

— Tenho minhas suspeitas.

— Suspeitas sobre o quê?

O amigo balançou a cabeça, deu de ombros novamente, bebeu mais espumante e olhou ao redor, como se desejasse uma companhia mais interessante. Em seguida, estreitou os olhos.

— Então me diga, velho camarada, se Pettypeace está aqui para fazer um levantamento, para se concentrar nas damas que têm interesse em se casar com você, por que ela está dançando com Grenville?

— O diabo que ela está fazendo isso.

King se virou para examinar o salão de baile. Apesar dos pares estarem se movendo no ritmo da música, ele a encontrou em um piscar de olhos. O fato de ela ser tão pequena não foi um obstáculo. Pettypeace cintilava como uma estrela cujo brilho nem mesmo a lua poderia eclipsar. Seu sorriso era radiante, e os olhos brilhavam enquanto ela fitava o maldito Grenville.

— Talvez ele tenha uma irmã na lista.

King precisava olhar melhor os nomes que Pettypeace anotara para ele.

— Grenville não tem nenhuma irmã.

— Ela deve estar fazendo isso como um estratagema para despistar as mulheres sobre a verdadeira razão de sua presença aqui.

— Espero ter a sorte de encontrar uma mulher esta noite que me olhe com um interesse tão transparente.

King fitou com raiva o homem que já considerara um amigo.

— Não sei por que nunca tinha me dado conta de que você é um idiota irritante.

Knight deixou escapar uma risada alta e deu um tapinha no ombro de King.

— Como eu disse, tenho minhas suspeitas. — E se afastou.

King não tinha ideia do que Knight estava falando, mas, quando voltou a atenção mais uma vez para os casais bailando ao ritmo da música, estava ciente de uma coisa: não gostava da ideia de Pettypeace dançando com outro homem.

Por acaso, o sr. George Grenville era o quarto filho de um visconde. Daí a razão pela qual se qualificava para ser membro do Reduto dos Preteridos. Era altamente improvável que ele herdasse o título do pai. Penelope ficou surpresa ao vê-lo no baile, e ainda mais surpresa quando ele lhe pediu a honra de uma dança, mas não viu nenhum mal naquilo e concluiu que as pessoas acabariam estranhando se ela não dançasse nem uma vez.

— Quando o conheci — comentou ela, enquanto eles giravam juntos no salão —, pensei ter detectado um traço mais popular em seu modo de falar.

— Passei algum tempo no Exército. Acredito que isso tenha tirado um pouco do meu verniz. Também há um traço mais popular em seu modo de falar, srta. Pettypeace.

— Como é de se esperar de alguém na minha posição.

— Não tenho certeza se algo na senhorita é esperado.

Penelope deu uma risadinha.

— Os homens preferem o inesperado em suas damas?

— Alguns, sim.

Kingsland não era um desses. Ela estava bem certa disso. Ele se irritaria se fosse surpreendido. O duque gostava que as coisas fossem previsíveis. Aquilo era algo que precisava manter em mente em sua busca pela duquesa dele.

— A senhorita não voltou ao Reduto dos Preteridos — comentou Grenville.

Penelope não conseguiu evitar sentir uma certa satisfação por ele ter notado, por ter lhe procurado.

— Estive muito ocupada cuidando dos assuntos do duque.

— Quantas amantes ele tem?

Ela riu.

— Não estou me referindo a esse tipo de assunto.

Grenville abriu um sorriso largo.

— Sua risada é deliciosa, srta. Pettypeace.

Ela torceu para que ele não elogiasse também o rubor que ela tinha certeza de que era responsável pelo calor em seu rosto no momento.

— É gentileza sua.

— De forma alguma. Estou bastante surpreso por ele tê-la trazido ao baile. Posso lhe dizer que isso já causou alguns comentários.

— A mãe do duque achou que eu poderia me beneficiar de participar de um baile como esse, de ver a forma correta de organizá-lo.

— Então não há nada entre vocês dois? Entre a senhorita e o duque?

— Absolutamente nada.

— Bem, isso me deixa aliviado. Tenho pensado na senhorita com bastante frequência desde que nos conhecemos.

Depois que aquela dança terminou, o sr. Grenville acompanhou Penelope até um ponto do salão onde havia algumas cadeiras, levou a mão enluvada dela aos lábios e beijou rapidamente seus dedos.

— Espero que nossos caminhos voltem a se cruzar no clube.

— Não terei muito tempo para socializar até que passe o baile do duque.

— Esperarei ansioso até depois do baile de Kingsland, então.

Enquanto o observava se afastar, Penelope teve que admitir que se sentia lisonjeada com as atenções do homem e que gostava bastante dele, gostava de sua companhia. Que mal havia em uma mulher da idade dela ter um amante, ou uma série deles? Ainda mais quando o homem que ela realmente desejava estava fora de seu alcance. Como não tinha planos de se casar, não teria um marido que esperasse romper a barreira de sua virgindade na noite de núpcias, um marido cujo orgulho exigiria que nenhum homem a tivesse antes dele. Sem dúvida, o sexo poderia ser tratado como uma transação qualquer. Prazer para ambos os envolvidos, então cada um seguiria o seu caminho. Ela talvez considerasse aquela possibilidade. Seria bom não ter que satisfazer sozinha às próprias necessidades e impulsos, ao menos uma vez.

Mas tudo aquilo precisaria ser melhor analisado mais tarde. No momento, Penelope tinha um trabalho a fazer. Ela tirou o caderninho do bolso e examinou os nomes. Lady Alice, irmã mais nova do conde de Camberley, era a primeira da lista — poderia muito bem começar por ali. Assim como o duque, Penelope preferia ter ordem em seu universo.

Foram necessárias apenas algumas perguntas para que conseguisse localizar a dama em questão, no piso superior que circundava o salão de baile e que deixava à vista quem estava lá. Lady Alice estava sentada em um banco perto de uma porta aberta que dava para uma grande sacada. Penelope a reconheceu imediatamente porque a jovem fora esperta e incluíra uma fotografia sua na carta.

— Lady Alice?

A moça, que tinha acabado de completar 18 anos, abaixou o livro que estava lendo e deu um sorriso educado.

— Sim?

— Sou a srta. Penelope Pettypeace. Será que poderíamos trocar algumas palavras?

— Quantas quiser.

Penelope gostou dela na mesma hora, retribuiu o sorriso e indicou o banco com um gesto.

— Posso?

— Por favor. — A jovem chegou mais para o lado e recolheu as saias, abrindo espaço para Penelope se juntar a ela.

— O que está lendo?

— *Um par de olhos azuis*, de Thomas Hardy. Já leu?

— Não, mas deve ser muito interessante, para prender a sua atenção a ponto de fazê-la se esconder para passar um tempo com ele, em vez de se juntar aos fascinantes cavalheiros que estão lá embaixo. — Ela nunca imaginara que alguém leria em um baile.

— Posso ser honesta, srta. Pettypeace?

— É claro.

Penelope realmente queria entender a motivação da jovem.

— Não acho que nada do que acontece em um salão de baile seja muito do meu gosto. Meus amigos mais queridos podem ser encontrados nos livros. Mas a senhorita disse que queria trocar algumas palavras comigo. Sobre o que exatamente?

Penelope quase desejou não ter apreciado tanto aquela jovem — havia esperado achar todas da sua lista inadequadas. Tivera a intenção de ser um pouco mais cautelosa, um pouco mais astuta, no que se referia a conseguir o que desejava, mas dissimulação — ao menos em relação àquele assunto — não combinava com ela. Por isso, deixou de lado a fachada que nem chegara a assumir totalmente e falou a verdade.

— Sou assistente do duque de Kingsland.

— Ah. Sem dúvida, ele a enviou para me analisar, a fim de determinar se eu seria adequada como sua duquesa.

— Sim, exatamente.

— Eu não estava esperando por isso. Presumi que o duque me acharia terrivelmente entediante com base apenas na minha carta e que me ignoraria sem nem pensar duas vezes.

— Sua carta foi a mais bem escrita e... — Como ela poderia descrever com exatidão? A franqueza da jovem quase lhe tirou o fôlego. — E a mais poética, suponho que seja a melhor maneira de descrever. Suas palavras fluíram tão lindamente. O duque ficou muito impressionado com elas.

Ou teria ficado, se as tivesse lido. Mas Penelope lera por ele.

— Não consigo nem expressar como estou emocionada. Sempre gostei de escrever e acumulei um número absurdo de diários porque não consigo me limitar a apenas algumas palavras sobre o meu dia, preciso descrevê-lo de forma extensa. Comecei a escrever um romance recentemente.

— Que bom para a senhorita. Estou ansiosa para lê-lo.

A risada da dama era suave e agradável, como os últimos resquícios da chuva pingando das folhas no solo.

— Aprecio a sua fé em mim, mas antes preciso terminá-lo e encontrar um editor.

— Não tenho dúvidas de que terá sucesso em ambas as empreitadas.

— É muita gentileza da sua parte dizer isso, srta. Pettypeace. Sempre preferi passar meu tempo com livros do que com pessoas. Agora que comecei a escrever, posso passar horas... não, dias, sem ver ninguém.

Lady Alice não tinha como saber, mas estava defendendo muito bem a sua candidatura para ser a próxima duquesa de Kingsland. Perdida em seu mundo de histórias, ela garantiria a tranquilidade que Kingsland procurava.

— A senhorita não exigiria a atenção constante do duque, então.

— Duvido que eu fosse exigir a atenção dele de modo geral. Talvez eu até ficasse irritada se o duque me perturbasse enquanto as palavras estivessem fluindo.

— Por que a senhorita escreveu para ele?

Ela suspirou.

— Meu irmão deseja que eu me case. Minha irmã mais velha me encorajou porque ela é muito feliz no casamento. — A irmã de lady Alice havia se casado com Aiden Trewlove, irmão da duquesa de Thornley. Penelope imaginava que eles estivessem por ali em algum lugar. — Acho que também gostei do desafio, de imaginar se seria capaz de colocar as palavras no papel de uma maneira que conseguisse fazê-lo se interessar. E o duque é terrivelmente belo, não acha?

É claro que o duque era belo, mas ele também era tão mais que isso...

— É assim que a senhorita julga um homem? Por suas feições?

— Não sei se eu os julgo de alguma maneira... a menos que estejam em um livro. — Lady Alice observou Penelope por um instante, antes de se inclinar um pouco para trás. — Meu caminho já cruzou com o do duque. Ele às vezes visitava o duque de Lushing, o primeiro marido da minha irmã. Antes de ela se casar, lembro que Kingsland foi particularmente gentil quando meus pais faleceram. Eu era muito nova, estava no jardim, chorando. Ele me deu um doce com sabor de canela e usou seu lenço para secar minhas lágrimas. Achei-o muito gentil, embora essa impressão possa ter sido resultado das circunstâncias e da minha pouca idade à época. Como o duque é realmente, srta. Pettypeace?

Por onde começar?

— É um homem brilhante. O duque reúne informações, analisa-as e toma suas decisões baseado em fatos. Ele identifica um problema e logo consegue determinar a melhor forma de resolvê-lo. Aprecia uma tarefa bem-feita e não é mesquinho com elogios. Admira quem consegue provar que ele está errado.

— A senhorita... já provou que ele estava errado?

Penelope sorriu.

— Ah, sim. Em várias ocasiões. — E ele a havia fitado como se ela tivesse conquistado o mundo. — Embora a senhorita não deva contar isso a ninguém. Eu não deveria ter lhe contado... O duque é um homem orgulhoso, é claro, e isso não...

— Não comentarei com ninguém.

— Obrigada. — Penelope se levantou antes que a conversa ficasse pessoal demais, antes que acabasse confessando que Kingsland a fazia sentir como se realmente pudesse conquistar o mundo. — Vou deixar que volte à sua leitura.

— Senhorita Pettypeace, embora eu não vá ficar decepcionada se ele não me escolher, ficaria muito honrada se isso acontecesse e faria tudo que estivesse ao meu alcance para ser uma boa esposa.

— Acredito que o duque não poderia pedir mais do que isso, lady Alice. Vou falar muito bem da senhorita para ele. Gostei da nossa conversa.

Enquanto descia a escada, Penelope não conseguia evitar pensar que lady Alice seria uma boa adição à casa de Kingsland e que era o tipo de mulher que o duque poderia amar.

Havia acabado de entrar no salão de baile quando uma dama com um formidável cabelo ruivo e olhos azuis brilhantes se aproximou dela.

— Senhorita Pettypeace, posso ter um momento do seu tempo?

— Sim, é claro.

A jovem, que sem dúvida só fizera sua reverência diante da rainha naquela temporada social, levou Penelope até uma pequena alcova.

— Eu sou a srta. Angelique Seaton. Ouvi rumores de que a senhorita é assistente do duque de Kingsland. Teria como me dizer se ele está considerando o meu nome como uma possibilidade?

A dama realmente estava na lista de Penelope, mas por algum motivo, ao contrário do que acontecera com lady Alice, Penelope não se sentiu à vontade para divulgar a informação.

— Ele está considerando vários nomes.

— Por favor, diga-me que ele não está pensando em se casar com lady Elizabeth Whitelaw.

— Não cabe a mim revelar quem está sendo considerada.

— Ela é minha prima e vai ficar insuportável se for escolhida.

Ela fez um biquinho que Penelope não teve dúvidas de que havia sido ensaiado inúmeras vezes diante de um espelho para ficar perfeito e de que era usado sem qualquer moderação com os cavalheiros.

— A senhorita não faria o mesmo?

— De forma alguma. Só exigiria que ela me cumprimentasse com uma reverência, e se dirigisse a mim como "Sua Graça"... afinal, eu seria uma duquesa.

Naquele momento, Penelope desconfiou que a jovem na verdade não se tornaria uma duquesa. Ao menos, não a duquesa de Kingsland.

— Acho o duque o mais belo dos homens. Talvez a senhorita possa fazer a gentileza de me recomendar a ele.

— O duque é mais do que um belo homem, srta. Seaton.

— Eu não questionaria isso. Ele é um duque, afinal. Com poder e prestígio, e eu também teria tudo isso.

— E o que a senhorita faria com tudo isso?

A jovem olhou ao redor, o nariz empinado no ar.

— Eu daria os maiores bailes e jantares que Londres já viu, vestiria os vestidos mais belos e visitaria as melhores lojas. — Ela voltou a fitar Penelope. — Deixaria o duque orgulhoso, srta. Pettypeace.

Mas e quanto às boas ações? À ajuda aos pobres ou desfavorecidos? Os esforços de Kingsland no Parlamento haviam servido muitas vezes para melhorar as condições dos trabalhadores ou o destino das crianças. Ele acreditava em lutar para melhorar a vida dos outros.

— E se ele não fosse um duque?

A jovem encarou Penelope como se não compreendesse.

— Bem, nós não estaríamos tendo esta conversa, não é mesmo?

— Não, srta. Seaton, acho que não estaríamos.

E aquilo já era motivo suficiente para riscá-la da lista.

Capítulo 11

KING NÃO ESTAVA com ciúme. Nunca sentira ciúme de ninguém ou de nada na vida. Era um sentimento inútil.

No entanto, irritava-o ver Pettypeace valsando com um homem após o outro. Certo, talvez ele não estivesse sendo muito honesto consigo mesmo em relação ao número de homens. Depois de Grenville, houve outros três. Um foi Knight, o traidor; ele havia sorrido para Pettypeace, ela para ele, e os dois tinham rido. King não conseguiu ouvir o som, mas viu a expressão alegre dela — e teve vontade de socar alguma coisa, de preferência o nariz de Knight. Não porque não quisesse ver Pettypeace feliz, mas porque queria ser ele a levar brilho aos olhos dela e a fazê-la cintilar como se ela tivesse engolido raios de luar.

De onde surgira aquele pensamento absurdo? Ele não era dado a abstrações tolas. Além disso, não era possível engolir raios de luar. Ah, mas Pettypeace certamente parecia ter feito aquilo.

Entre as danças, ela conversava com uma dama ou outra. King a perdera de vista por algum tempo e quase entrara em pânico, o que era ridículo, já que ele não era de entrar em pânico, mas e se alguém estivesse tentando roubá-la? Pettypeace era *dele*. *Dele*. Ela não era um objeto ou uma propriedade dele, mas sua assistente, seu braço direito, o começo do seu dia. Sua aliada mais próxima. Ele se atreveria a admitir… sua amiga mais querida? King não conseguia imaginar um mundo em que Pettypeace não estivesse ao seu lado.

O alívio o inundou quando finalmente a viu sentada junto às moças que esperavam em vão serem chamadas para dançar, ao lado das matronas e das acompanhantes. De cabeça baixa, fazendo anotações no caderninho. Ele sorriu diante daquela imagem. Sua Pettypeace sempre seria sua Pettypeace. O dever antes do prazer.

King cruzou o espaço que os separava em passos largos e controlados, tentando não aparentar estar correndo, até se colocar diante dela.

— Você não precisa levar sua posição tão a sério a ponto de parar para fazer anotações aqui, Pettypeace.

Ela levantou os olhos para ele, com uma expressão cálida que a fazia parecer quase etérea. King nem sequer consideraria a possibilidade de que aquele resplendor fosse um resquício do tempo que passara dançando com Knight.

— Quis anotar os meus pensamentos enquanto ainda estavam frescos na mente.

Ele duvidava que a mulher fosse capaz de esquecer alguma coisa. E, antes que pudesse pensar melhor a respeito, ou considerar as possíveis consequências de dar motivo para rumores, King estendeu a mão.

— Dance comigo.

Penelope ficou olhando para aquela mão grande, enluvada, como se fosse algo descoberto em uma escavação arqueológica que ainda não havia sido devidamente identificado. As palavras que acompanharam o movimento não foram um pedido ou um convite, mas uma ordem, uma exigência. Quase um comando.

Como o soldado obediente que era, ela não iria desobedecer, mas algo maior do que o dever a fez enfiar desajeitadamente o caderno de volta no bolso e pousar a palma da mão sobre a dele, deliciando-se com a sensação dos dedos do duque se fechando firmemente ao redor dos dela. Ela se levantou. Havia sonhado com Kingsland fazendo exatamente aquilo: acompanhando-a até a pista de dança. Penelope tinha ficado surpresa quando outros homens a convidaram para dançar, mas estava familiarizada o bastante com a etiqueta para saber que uma dama não recusava uma dança a menos que já a tivesse prometido a outra pessoa. E obviamente não era o caso. Por mais que tivesse um carnê de dança preso ao pulso com um fita, seu objetivo era guardar aquilo como uma lembrança, não realmente anotar o nome dos parceiros de dança.

Quando o duque a tomou nos braços e deslizou com ela sobre o piso de parquê, Penelope teve a sensação de ter chegado ao céu, de estar valsando sobre as nuvens. Nenhum dos outros parceiros havia sido um dançarino tão elegante e talentoso quanto ele.

— Pode tirar lady Adele da sua lista — avisou Kingsland. — Dancei com ela. A mulher fala sem parar sobre si mesma.

Penelope sorriu.

— Percebi o mesmo quando passei alguns minutos a sós com ela.

O olhar de Kingsland estava tão fixo nela que Penelope se perguntou como ele evitava esbarrar nos outros casais que também dançavam.

— Ao contrário de você, que não revela quase nada sobre si mesma — comentou ele, a voz baixa e séria.

— A verdade é que sou muito tediosa.

— Então me entedie.

O coração de Penelope quase parou, ou foi o que pareceu no fundo de seu peito. Ultimamente, parecia que Kingsland estava investigando mais o passado dela, mas era naquele caminho que morava o perigo. Embora ela certamente estivesse interpretando mal o que ele estava buscando saber. Penelope umedeceu os lábios.

— Bem, antes que o senhor me interrompesse, fiz uma anotação sobre lady Bernadette. Ela se veste de forma extravagante, mas isso pode ser resolvido com facilidade, especialmente porque ela acha o senhor muito encantador. Lady Louise Harcourt faz intrigas maliciosas sobre as coisas mais inconsequentes...

— Não me importo com elas. Conte-me algo sobre você.

— O senhor deveria se importar muito. Talvez se case com uma delas.

— Por que você é tão reservada, Pettypeace? O que está escondendo?

Os olhos dele estavam cravados nela, e pareciam penetrar profundamente a sua alma. Kingsland logo atingiria a rocha que não lhe permitiria ir mais longe, mas que mal havia em revelar um pouco do passado, da ventania que apenas insinuava a tempestade que se seguiria?

— O senhor perguntou sobre o meu pai recentemente. Ele era um contador.

— Seu pai sem dúvida tinha apreço pelos detalhes, então. Foi ele que a ensinou a ser meticulosa?

Penelope assentiu, buscando na mente as lembranças mais agradáveis do pai.

— Ele costumava me sentar em seu colo e me explicava como funcionavam os números. Quando dominei a caligrafia, meu pai até me deixava anotá-los.

— Por que não contou logo a verdade sobre ele quando perguntei antes?

Depois de tantos anos, catorze para ser exata, a vergonha e a mortificação ainda a atingiam com força, e Penelope se perguntou se chegaria um momento em que conseguiria manter enterradas aquelas emoções em particular.

— Porque ele não era um bom contador. Ao menos não no que dizia respeito a suas finanças pessoais. Quando as dívidas se tornaram altas demais, nos mudamos para Londres, onde o meu pai havia conseguido um emprego em uma pequena empresa de exportação. Mas ele acabou atrasando novamente os pagamentos devidos. Então, juntou mais uma vez a família e nos levou para outra área de Londres. Uma nova aventura, como ele chamava. Uma chance de ver mais do mundo. Mas, no fim, seu estilo de vida nada frugal cobrou seu preço, e meu pai foi enviado para a prisão dos devedores.

O pai havia feito planos para que eles fugissem novamente, para outra cidade, e começassem de novo. Mas Penelope não quisera deixar os amigos. E, mesmo sabendo que a esperavam em casa, que as malas estavam prontas, ela saíra para brincar. Os policiais chegaram à casinha deles antes dela.

— Ele adoeceu e morreu na prisão — completou Penelope.

Porque ela havia se atrasado, porque tinha sido egoísta.

— Você disse que ele *nos* levou.

— Eu, a minha mãe e a minha irmã mais nova. Mas, pouco depois da morte do meu pai, elas morreram também.

A música parou, e eles também, mas Kingsland não a soltou.

— Sinto muito por insistir no assunto, por desenterrar lembranças. Dance comigo mais uma vez, e não direi uma palavra.

Penelope já lera livros de etiqueta o bastante para saber que era uma coisa escandalosa permanecer nos braços do cavalheiro para uma segunda dança seguida. As pessoas falariam. Mas ela havia sofrido a agonia de ter a própria mãe virando as costas para ela. Como a possibilidade de estranhos lhe virarem as costas poderia sequer começar a se comparar com aquilo?

— O senhor não pensa menos de mim?

— Você não é o seu pai.

Mas, ah, se ele descobrisse toda a verdade sobre ela. Penelope sabia que deveria fugir naquele exato momento, deveria fazer como o pai lhe ensinara: quando as coisas ficassem desagradáveis, a única maneira de escapar do passado era fugir, mudar de nome e começar de novo. Mas as coisas ainda não estavam tão desagradáveis a ponto de ela não ser capaz de enfrentá-las. E não dera informações suficientes ao duque que lhe permitissem descobrir o resto.

Assim, Penelope permaneceu dentro do círculo dos braços dele, até que a música recomeçou e ela se deixou imergir nos movimentos fluidos que criavam enquanto valsavam. Penelope quase exigiu que ele lhe contasse uma história em troca, mas, depois de descobrir como o pai deles havia punido lorde Lawrence para controlar o herdeiro, desconfiava que existiam outras passagens sombrias na vida de Kingsland e não queria trazê-las para dentro daquele grande salão, onde os candelabros cintilavam e a felicidade deveria residir.

Os olhos do duque agora guardavam algo diferente — compaixão, compreensão — enquanto os dois rodopiavam ao redor do salão. Não deveria ter ficado surpresa por ele ser capaz de se identificar com o infortúnio dela. Afinal, Penelope havia descoberto recentemente que o pai dele também não tivera o dom de administrar dinheiro e deixara suas propriedades em apuros. Uma garota pobre e um nobre enfrentando circunstâncias semelhantes, mas a posição de Kingsland na alta sociedade garantia que ele não precisasse dar os passos impensáveis para sobreviver que ela dera. Penelope era muito jovem na época para compreender completamente o escândalo do que fizera, ou para imaginar como aquilo a rondaria nas sombras, ameaçando arruiná-la. Mesmo agora, depois de tantos anos e de seu afastamento constante dos momentos que haviam lhe trazido vergonha, Penelope não conseguia se sentir totalmente confiante de que escapara por completo deles.

— Onde você aprendeu a valsar? — perguntou Kingsland.

Isso porque ele havia prometido não dizer uma palavra... mas estavam de volta a um território seguro.

— Ano passado, durante seu baile, fiquei observando.

— Ninguém dançou com você?

— Não.

Ela estivera ocupada demais e se mantivera à margem.

— O mesmo não pode ser dito desta noite, não é mesmo?

Não era uma pergunta, mas uma afirmação. A luz dos candelabros cintilava sobre o cabelo escuro dele e de vez em quando era capturada por seus olhos cor de obsidiana.

— Pareceu rude dizer não a eles. Eu lhe garanto que os lapsos de concentração não estão interferindo nos meus deveres.

— Não vejo problema em você tirar algum tempo para aproveitar a noite. Deveríamos ter previsto que os cavalheiros a abordariam. A maior parte deles não quer outra coisa além de ter uma linda dama nos braços. Você se interessou por algum deles?

— Não. As danças foram apenas um intervalo entre meus deveres.

— Eu lamentaria muito perder você, Pettypeace.

— Não vai me perder. — *Não até se casar*. Mas mesmo assim, depois que ele se casasse, depois que ela partisse para uma vida que não o incluiria mais, Kingsland continuaria a ter seu coração. O nome dele poderia muito bem estar gravado no coração dela, porque este pertencia a ele e sempre pertenceria. — E o senhor gostou de alguma das damas com quem dançou?

— Não até este momento.

O olhar de Kingsland era intenso, como se ele estivesse querendo dizer alguma coisa completamente diferente, algo maior, mais grandioso que os dois. Penelope não poderia ter se sentido mais quente nem mesmo se o sol de repente invadisse o salão. Certamente ele não estava insinuando que gostava dela, que a via como algo além de sua assistente.

— Você é tudo menos tediosa, Pettypeace. Você não fala sem parar. Não se vangloria de si mesma. Não dá risadinhas depois de cada frase que falo. O que me lembra que também pode remover a srta. Susan Longfield da lista. Ela solta risadinhas contidas o tempo todo, como um esquilo com medo de perder suas bolotas de carvalho.

Penelope não conseguiu evitar e riu baixinho da expressão descontente de Kingsland.

— Está achando engraçado? Ela soltava essas risadinhas a cada frase que eu dizia. Meu pobre orgulho estava levando uma surra feroz.

Penelope riu de novo, com mais vontade.

— Não consigo imaginá-lo sendo afetado pelas risadas de uma mulher.

A expressão descontente se fora, e agora o duque a fitava encantado, como se tivesse acabado de descobrir um tesouro que passara séculos enterrado.

— Eu nunca a ouvi rir antes.

— Peço desculpas…

— Não, não peça. — A mão dele segurou a dela com mais força, e a outra palma envolveu a cintura de Penelope com mais firmeza. — Eu gosto. É fascinante.

Penelope engoliu em seco.

— Não costumo rir com muita frequência.

— Você ri muito pouco, na verdade. Precisamos fazer algo a respeito, não é mesmo?

Respirar havia se tornado um desafio quando Penelope balançou a cabeça.

— Isso não é responsabilidade sua.

Por um instante tão breve quanto o tremeluzir de uma vela, ele pareceu magoado. Mas logo voltou a ser o duque de Kingsland que ela conhecia, que não deixava transparecer nada que sentia. Ele não era um homem chegado a dar rédea solta às próprias emoções. Às vezes, Penelope ansiava para que Kingsland revelasse tudo sobre si mesmo. Mas, nesse caso, o patrão poderia pedir o mesmo dela, e, se Penelope contasse tudo sobre si mesma, o perderia completamente. Ele a afastaria em um piscar de olhos. Do emprego, da casa… da vida dele.

Muito em breve Kingsland a soltaria, no fim da dança, e Penelope não conseguiu evitar uma onda de tristeza ao lembrar que passaria o resto da noite cuidando de seus deveres enquanto ele se dedicaria a conhecer melhor as damas da lista. Mas, naquele momento, a atenção do duque estava nela e, ao contrário dos outros cavalheiros com quem Penelope havia dançado, os olhos dele não se desviaram dela nem por um segundo. Kingsland tinha um jeito muito particular de examinar as coisas, com uma determinação singular e, naquele momento, a fitava como se ela fosse uma caixa de pandora e ele tivesse toda a intenção de descobrir como sondar suas profundezas ocultas.

— O que mais você aprendeu observando e não teve a oportunidade de colocar em prática? — perguntou ele baixinho.

Quando a imagem de alguns cães no cio, cruzando nas cavalariças, passou por sua mente, Penelope quase soltou uma gargalhada insana, mas Kingsland certamente não poderia estar se referindo a algo daquela natureza. Não enquanto a fitava com tanta seriedade, com tanto interesse. A resposta dela parecia importante para ele, e ainda assim Penelope estava se esforçando para encontrar algo remotamente apropriado a dizer. Talvez fosse por causa do jeito como ele a segurava, ou pela proximidade dele, mas ela só parecia conseguir evocar os vários atos íntimos que gostaria de experimentar com ele antes que o duque se casasse.

— Certa vez, vi meus pais se beijando com bastante entusiasmo.

Os olhos dele se arregalaram ligeiramente. Não era sempre que ela conseguia surpreendê-lo, mas gostava quando aquilo acontecia.

— Você com certeza já beijou um homem.

— Quando eu tinha 8 anos, um rapaz pressionou a boca contra a minha e mordeu meu lábio inferior. Isso conta?

Os olhos de Kingsland escureceram quando seu olhar encontrou os lábios dela.

— De forma alguma isso conta. Foi assim que você conseguiu essa pequena cicatriz na borda do seu lábio inferior?

Penelope ficou surpresa por ele ter notado a linha fina de menos de um centímetro de comprimento.

— É quase invisível.

— Pouca coisa me escapa, Pettypeace. — Ela obviamente sabia daquilo. O homem observava e catalogava tudo. — Pelo menos o que pode ser visto. Estou começando a me perguntar o que posso ter deixado escapar no que diz respeito a você.

— Absolutamente nada. Como eu disse, sou muito tediosa.

— Você se lembra de quando assistimos àquela palestra científica sobre espécies exóticas e vimos um camaleão da África? Nós o observamos se camuflar enquanto era levado de um espaço para outro, da areia para as samambaias. Estou começando a perceber que você é uma camaleoa. Tem a capacidade de se fundir ao ambiente, seja no jantar com os Enxadristas, ou enfrentando patifes cobradores de dívidas, ou ainda participando de um baile. Qualquer um aqui que não a conheça jamais perceberia que você não pertence à nobreza. Você se adapta ao ambiente em que está. Onde aprendeu tal habilidade?

— Como eu lhe contei, a minha família se mudou bastante quando eu era mais jovem. Aprendi rapidamente que seria melhor para mim não parecer a novata do lugar, a ingênua que desconhecia os costumes estabelecidos. As pessoas se aproveitariam disso.

— Se alguém aqui quiser se aproveitar de você, basta me dizer e eu o colocarei em seu lugar.

— O senhor não acha que todos aqui são civilizados?

— Infelizmente, não. Em alguns assuntos, eu sou menos que todos.

Ao que parecia, ele não era nada civilizado no que se referia a Pettypeace. King ficou grato quando a música parou — porque as coisas entre eles estavam se tornando próximas demais, íntimas demais —, mas ao mesmo tempo lamentou, porque não teve escolha a não ser acompanhá-la de volta à sala de estar. Ele mal havia se afastado dois passos quando um conde se aproximou de Pettypeace e pediu a honra de uma valsa.

Como King não tinha mais danças marcadas para a noite, saiu para o terraço e procurou o canto mais escuro onde pudesse... bem, aparentemente, ficar emburrado. Queria que Pettypeace aproveitasse a noite, gostava de vê-la sorrir. Mas havia sido pego de surpresa pela risada dela. A beleza daquele som, a profundidade, o esplendor daquele riso. A forma como o convidava a se juntar a ela. E King se sentira muito tentado, mas, se sua risada se misturasse à dela, ele talvez a tivesse tomado nos braços e a levado para fora do salão de baile, buscado algum lugar mais privado, onde eles poderiam explorar outros sons.

Penelope havia lhe dito que ele não era responsável por fazê-la rir. Mas e se ele quisesse ser? Que Deus o ajudasse, queria fazê-la rir, suspirar e gritar de prazer. Sempre a vira como Pettypeace, sua assistente. Mas nos últimos tempos, e em especial naquela noite, passara a vê-la como muito mais: como uma mulher — uma mulher incrivelmente intrigante, fascinante e misteriosa.

Ele deveria estar dançando com as damas da lista que Pettypeace lhe passara, levando uma ou duas que achasse mais compatíveis para passear pelo jardim, servindo ponche a elas, ao menos conversando... mas aquelas damas não o atraíam em nada. Alguns convidados — um homem e uma mulher, e duas damas conversando, porque não tinham pretendentes — saíram para o terraço, desceram os degraus e seguiram pelos jardins. King sempre achara aqueles eventos extremamente tediosos e os evitava na maior parte do tempo. No entanto, naquela noite queria outra valsa com Pettypeace. Nunca se vira tão encantado por qualquer mulher que já tivera nos braços, nem mesmo com Margaret, no auge da paixão.

Desconfiava que as especulações e fofocas já estivessem correndo soltas depois de tê-la mantido na pista de dança por duas músicas seguidas, mas não faria nada para arruinar de vez a reputação dela. Não porque aquilo dificultaria o trabalho de Pettypeace como assistente, mas porque ele odiava a ideia de alguém sussurrando algo maldoso sobre ela. Pettypeace merecia apenas a mais alta consideração e admiração.

Kingsland estava com o olhar perdido nas sombras distantes dos jardins quando percebeu a aproximação de Pettypeace. Ele olhou por cima do ombro e a viu parada nos degraus que levavam do terraço aos jardins, como alguém pairando à beira de um penhasco, que estivesse se perguntando se deveria se jogar nas ondas tempestuosas abaixo. Então ela começou a descer os degraus. Certamente não estava pensando em dar uma volta sozinha pelo jardim. Aquilo simplesmente não era feito. Mas King também não conseguia imaginá-la se encaminhando para um encontro. Embora fosse verdade que, antes daquela noite, também nunca a tivesse imaginado dançando com cavalheiros, sorrindo ou rindo com eles. Prova de uma profunda falta de imaginação da parte dele. O que ele achava que ela fora fazer no Reduto dos Preteridos? Pettypeace não era uma debutante, recém-saída da sala de aula, e sim uma mulher de 28 anos com alguma experiência. Ela não se intimidava em dar sua opinião ou defender sua posição. Inferno, não tivera medo nem de encarar os canalhas que haviam entrado subitamente na biblioteca com Lawrence, na outra noite.

Antes que ela desaparecesse de vez entre os arbustos, árvores e canteiros de flores, King deu uma olhada rápida ao redor, não viu mais ninguém sozinho para se juntar a ela e a seguiu. Lampiões a gás iluminavam o caminho, mas ela não permaneceu ali. Pettypeace se desviou para a escuridão. Talvez ela quisesse alguns minutos de solidão. Ele hesitou. Afinal, não estavam nas colônias, onde ela poderia correr algum perigo de ser atacada, mas mesmo assim King relutava em deixá-la sem proteção, mesmo que não fosse necessária. Pettypeace era totalmente capaz de cuidar de si mesma, mas também era preciosa demais para correr qualquer risco. Assim, ele se desviou da trilha iluminada no jardim e entrou pelo meio da folhagem, abrindo caminho até chegar às árvores que ladeavam o muro de tijolos que cercava a mansão Thornley. O brilho de lampiões e luzes distantes iluminava o rosto dela voltado para cima, na direção da fatia da lua à mostra no céu e de algumas estrelas visíveis.

— Fazendo um desejo, Pettypeace?

Ela se virou para ele com um sorriso suave no rosto.

— Estou só tentando me reorientar, recuperar o equilíbrio. Desde que o senhor valsou comigo, dancei com três outros cavalheiros. Estou aqui para trabalhar e ainda tenho algumas damas para entrevistar ou para observar. Pensei em me dar um momento de descanso e, ao mesmo tempo, dar aos cavalheiros algum tempo para que se esqueçam de mim.

King duvidava que algum deles conseguiria esquecê-la. Ele se aproximou, chegando perto o bastante para vê-la com mais clareza, apoiou um ombro contra uma árvore e cruzou os braços diante do peito.

— Não gosta da atenção?

— Não ponho nenhuma fé nela. Os cavalheiros só estão me abordando porque sou uma curiosidade, uma desconhecida.

— Você pode acabar encantando algum deles. Nunca pensa em casamento?

Teria sido aquela a razão para ela ter ido ao Reduto dos Preteridos, porque não tinha outra forma de encontrar um marido?

— Eu nunca vou me casar.

A convicção no tom dela o surpreendeu. Que mulher não ansiava por um marido?

— Nunca?

— Nunca. Uma mulher perde muita liberdade quando diz "aceito". Logo a seguir, é provável que o marido diga: "Você não vai fazer isso". Minha mãe nunca quis ficar se mudando de um lugar para o outro, sempre chorava enquanto arrumava nossos pertences. Quando tive idade suficiente para não querer me mudar também, perguntei a ela por que não podíamos ficar onde estávamos. "O seu pai disse que devemos ir, portanto vamos." Sem discussão, sem poréns. E se o homem com quem eu me casar não quiser que eu trabalhe? Vou obedecê-lo? Não sei se tenho dentro de mim a capacidade de fazer isso, de ser como minha mãe, de aceitar o que não desejo.

O alívio que o percorreu foi enervante. Não iria perdê-la para algum dândi que rodopiara com ela pelo salão.

— Nunca houve um homem em sua vida por quem você pensasse em desistir de tudo?

Pettypeace hesitou, fitou-o por um instante, então desviou o olhar como se a resposta para aquela pergunta estivesse na folhagem quase invisível. Quando ela voltou novamente a atenção para ele, King percebeu um lampejo de tristeza antes que ela ocultasse qualquer pensamento.

— Já houve uma mulher assim no seu passado?

King nunca desejara que uma mulher significasse tanto para ele. Aquilo era parte da razão pela qual havia adotado uma abordagem tão impessoal para encontrar uma esposa. Emoções não eram para ele. Elas acabavam provocando reações que criavam estragos. King vira aquilo muitas vezes com o pai. No entanto, não podia negar que, de todas as mulheres que conhecia, Pettypeace era a mais importante, a que tinha o maior papel em sua vida. A que tornava suportável acordar pela manhã, porque sabia que ela o estaria esperando à mesa do café. Em vez de responder à pergunta dela, ele decidiu levar a conversa para outro rumo.

— Alguém virá encontrá-la aqui?

Pettypeace levantou rapidamente a cabeça, como se tivesse levado uma bofetada.

— Por que alguém faria isso?

Apesar de não ser tão jovem, ela possuía uma inocência em relação ao que acontecia entre homens e mulheres que King estava apenas começando a reconhecer. Em um clube como o Reduto dos Preteridos, que não escondia seu propósito — garantir companhia e encontros íntimos sem compromisso —, Pettypeace seria uma ovelha facilmente levada ao matadouro.

— Às vezes, em eventos como esses, homens e mulheres marcam encontros... especialmente para reuniões clandestinas nos jardins, longe de olhares indiscretos.

— Foi por isso que o senhor me seguiu? Porque achou que eu estava prestes a fazer algo condenável?

— Eu a segui para garantir que ninguém se aproveitasse de você andando sozinha pelos jardins.

— Sou totalmente capaz de tomar conta de mim mesma.

As palavras dela transbordavam confiança. Há quanto tempo aquilo era verdade? Quantos anos tinha Pettypeace quando não havia mais ninguém para tomar conta dela?

— Como você passa as suas noites?

— Trabalhando, geralmente. Concluindo assuntos para os quais não tive tempo durante o dia.

— Nenhum pretendente para visitá-la?

— Seria um desperdício do tempo dele e do meu. Como disse, não desejo me casar, portanto evitei qualquer envolvimento.

No entanto, ela havia ido ao Reduto dos Preteridos, o que deixava claro que estava aberta a receber as atenções de um cavalheiro. Parecia que Pettypeace simplesmente não queria nada permanente. Embora King soubesse que aquilo não era da sua conta, não conseguia evitar se sentir curioso sobre a experiência dela com homens, especialmente porque havia comentado sobre os pais se beijando como algo que apenas observara, nunca praticara. Pettypeace estaria insinuando que, adulta, nunca havia sido beijada ou, pelo menos, não com entusiasmo? Ele achava inconcebível que ela tivesse tão pouca experiência no assunto.

— Nenhum cavalheiro jamais a beijou?

Pettypeace desviou os olhos e sua postura se alterou ligeiramente — King estava começando a perceber que ela fazia aquilo sempre que estava tentando decidir exatamente quanto revelar. Então talvez tivesse havido um homem por quem ela pensara em desistir de tudo...

— Quando eu tinha 16 anos — começou Pettypeace, antes de encontrar o olhar dele —, um rapaz me beijou. Eu me lembro de ter sido um beijo bastante desajeitado. Nossos narizes se esbarraram, depois nossos queixos. No fim, os lábios dele se colaram aos meus e se demoraram por algum tempo ali. Para ser honesta, não entendo por que se fala tanto disso.

— Um menino e um rapaz jovem e inexperiente. Você gostaria de saber como é ser beijada por um homem?

Capítulo 12

Será que Penelope havia adormecido no salão de baile muito abafado, onde já estava tonta depois de rodopiar pela pista de dança nos braços de um cavalheiro após o outro? Saíra para os jardins em busca de um pouco de tranquilidade, para tentar descobrir uma razão para aquele súbito interesse que estava despertando. E também para tentar descobrir por que não gostava da companhia de mais ninguém como gostava da de Kingsland. Nunca se sentia obrigada a manter uma conversa com ele. Se tinha algo a dizer, falava. E ele escutava, pensava a respeito e respondia. E assim eles seguiam, sem pressão para serem espirituosos, interessantes ou inteligentes.

No entanto, aqueles outros cavalheiros, não Knight ou o sr. Grenville, mas os três últimos em particular — o conde, o visconde e o outro conde depois dele —, todos a fitaram em expectativa, como se esperassem por algo. Uma promessa de ação ou alguma outra coisa. Penelope sempre se considerara uma mulher experiente — sem dúvida havia perdido a ingenuidade depois que o pai morrera —, mas naquela noite estava se sentindo como um patinho que ainda não sabia nadar. Por isso, saíra da casa, já que aquela fora a lição que o pai lhe ensinara: quando as coisas se tornarem muito complicadas ou assustadoras... fuja!

Mas nunca sentira tanto medo na vida quanto naquele exato minuto. Estava apavorada com a possibilidade de Kingsland estar brincando ou zombando dela. E com mais medo ainda de ele ter feito a pergunta a sério, com medo de acreditar nele e então dar a resposta errada e perder a oportunidade de experimentar o que sonhava toda vez que fechava os olhos e adormecia. Kingsland, alto, grande e absurdamente perfeito. Que a fitava com a mesma expressão com que examinava seus livros contábeis: com um interesse frio e controlado.

No entanto, algumas vezes naquela noite, Penelope vira ardor naqueles olhos quando ele a fitara, sentira aquele ardor percorrer todo o corpo e quase baixara todas as suas defesas para que o amor que sentia pelo duque cintilasse, atingindo-o com a profundidade e amplitude da emoção. Mas aquilo só levaria a corações partidos, porque Kingsland nunca poderia ser total e completamente dela. A vida dele não lhe permitia fugir, e Penelope não tinha como saber quando chegaria o dia em que ela teria que fazer aquilo.

Ainda assim, a oportunidade de conhecer o beijo de Kingsland era uma tentação grande demais para deixar passar.

— Sim, acho que sim. Está se oferecendo?

Kingsland descruzou os braços e se afastou da árvore, enquanto um sorriso lento e sensual surgia em seu rosto.

— Você teve outra oferta?

Quando ele começou a descalçar as luvas, Penelope sentiu a voz abandoná-la, e só conseguiu fazer que não com a cabeça enquanto ele enfiava as luvas cinza no cós da calça. Então, ela sentiu os dedos quentes e nus de uma mão pousarem em seu rosto.

— Então, sim, acho que estou.

Ela umedeceu os lábios e ordenou a si mesma para relaxar, mas cada terminação nervosa de seu corpo parecia como um graveto que acabara de ser aceso e estivesse prestes a incendiá-la. Ele começou a abaixar a cabeça.

— Feche os olhos — sussurrou, e sua voz rouca a fez estremecer.

Penelope fez o que ele dizia. Kingsland encostou a boca no canto dos lábios dela, um toque leve como uma pluma, e ela imaginou que aquilo era o que uma pétala devia sentir quando uma borboleta pousava nela. Se uma pétala sentisse alguma coisa. Que pensamento absurdo... Então a boca de King se acomodou mais firmemente junto a dela, sem deixar espaço para pensamentos absurdos.

Daquela vez, Penelope não corria o risco de ganhar uma nova cicatriz no lábio inferior, mas temia que pudesse acabar com um coração muito machucado. Era perigoso ter aquilo, tê-lo tão perto, enchendo os sentidos dela com perfume. Kingsland passou a língua por entre os lábios fechados dela e começou a pressioná-los com toda a gentileza, encorajando-a a abri-los. Quando Penelope os entreabriu, ele mergulhou com um gemido e um ardor que deveriam tê-la assustado. Kingsland passou o outro braço ao redor dela, puxando-a para perto. Como se tivessem vontade própria, os braços de Penelope envolveram aquele pescoço forte — Kingsland respondeu com mais um gemido e aprofundou o beijo.

O beijo de um homem, especialmente daquele homem, era algo maravilhoso, sublime, glorioso. Como Penelope sempre imaginara que seria. Kingsland explorou os limites de sua boca lenta e completamente, enquanto ela se permitia conhecer a dele — quente, úmida e saborosa, com um toque de espumante na língua. E perigo... havia um toque de perigo naquele beijo que tornava o momento muito mais sensual. Penelope desejou ter se dado ao trabalho de descalçar as luvas para descobrir se o cabelo dele era tão macio quanto parecia. Mas, mesmo com as luvas, seus dedos deslizaram várias vezes por aquele cabelo, então desceram pelos ombros fortes e subiram novamente para mantê-lo ali. Não queria que Kingsland se afastasse e se esforçou para não pensar no momento em que aquilo aconteceria.

Enquanto segurava o queixo de Penelope com os dedos de uma das mãos, Kingsland usava o polegar para acariciar o rosto dela, intensificando as sensações que sua boca provocava. Ela se perguntou se deveria ter fugido quando ele oferecera o beijo, porque, pelo amor de Deus, como conseguiria, dali em diante, olhar para os lábios cheios e sensuais dele e não se lembrar de como foi tê-los colados aos dela?

Kingsland usou o braço musculoso como apoio, inclinou ligeiramente as costas de Penelope para trás e começou a mordiscar toda a extensão do pescoço dela, descendo pelo colo, até chegar aos seios elevados pelo espartilho e que pareciam buscar o toque dele. Penelope sentiu os mamilos enrijecerem e se tornarem tão sensíveis ao tecido do vestido que teve vontade de gritar. As carícias de Kingsland deixaram o corpo dela suado e fizeram a umidade se acumular na parte mais íntima e secreta dela, que ansiava por alívio, pelo toque dele, pelo toque dela mesma.

Kingsland deixou escapar um gemido, baixo e sofrido, que vibrou contra a carne de Penelope antes que a boca dele voltasse a capturar a dela. Penelope reagiu com um gemido ávido, que fez com que ele a puxasse mais junto ao corpo, como se pretendesse absorver cada pedacinho dela. Ela desejava aquilo, desejava que Kingsland se fundisse a ela, desejava-o dentro dela. Penelope ansiava pelo impossível, pelo que nunca poderia pedir, pelo que jamais teria. Eles não deveriam ter feito aquilo, não deveriam ter ultrapassado os limites entre patrão e funcionária, entre nobre e plebeia, entre um aristocrata e uma mulher que traíra o próprio orgulho para sobreviver.

Kingsland se afastou, ofegante, e seu olhar encontrou o dela, a expressão intensa.

— E este é o motivo — murmurou ele — para se falar tanto disso.

Penelope sentia os joelhos tão bambos que ficou surpresa por não ter desmoronado aos pés dele. E talvez fizesse isso quando Kingsland a soltasse, mas aquilo ainda não acontecera. Só então se deu conta de que estava segurando as lapelas da casaca dele. Ela se esforçou, então, para estender os dedos rígidos um a um, e alisou o tecido da casaca.

— Por favor não conte comigo para dizer nada — murmurou Penelope suavemente —, já que roubou a minha capacidade de pensar com coerência.

Kingsland riu baixo, e Penelope precisou se esforçar muito para não levar os dedos ao pescoço dele e saborear as vibrações daquela risada. Ele roçou o polegar com delicadeza nos lábios dela, que ainda estavam inchados e formigando.

— É melhor você entrar agora.

— Sozinha?

— Não seria bom sermos vistos saindo juntos dos jardins. Além disso, preciso de um pouco de tempo para me recuperar.

Penelope não era tão inocente a ponto de não saber o que ele queria dizer, mas se absteve de olhar para baixo — embora não fosse ver muito de qualquer modo, na escuridão que os cercava.

— Não sei bem qual é a etiqueta mais adequada neste momento. Devo lhe agradecer?

— Deus, por favor, não — grunhiu Kingsland.

Penelope assentiu brevemente e deu um pequeno passo, para se certificar de que os joelhos eram capazes de sustentá-la. Kingsland soltou-a. Ela estava livre, mas não queria ir. Ainda assim, forçou-se a se afastar do muro, das árvores... dele.

Quando estava fora das vistas do duque, Penelope começou a correr, embora soubesse que jamais conseguiria fugir de si mesma ou de seus desejos.

Ardendo de desejo, King se virou, pressionou a testa no tronco da árvore e bateu nele com o punho cerrado. Nunca antes havia desejado uma mulher com uma paixão tão fervorosa quanto desejava Pettypeace. Chegara muito perto de encostar o corpo dela contra aquele maldito muro e possuí-la ali mesmo, como um bárbaro, um selvagem, um homem sem honra ou escrúpulos. Loucura. Era uma verdadeira loucura o desespero que sentia subitamente de conhecer Pettypeace de todas as formas que um homem poderia conhecer uma mulher.

Era como se já houvesse algo desconhecido borbulhando sob a superfície que acabara explodindo como um vulcão incontrolável no momento em que sua boca encontrara a dela. A inocência e a hesitação iniciais de Pettypeace haviam desabrochado em uma sensualidade ardente que pareceram envolver todo o corpo do duque.

A sempre tão formal, correta e eficiente Pettypeace era um caldeirão de desejos contidos. E King ansiava por fazê-la arder com uma paixão intensa, ver seus olhos cintilarem de desejo, ouvir o próprio nome ecoando nos gritos de prazer que ela deixaria escapar.

Graças a Deus, os anos de prática para não ser como o pai, para nunca perder o controle, permitiram que ele guardasse um mínimo de sanidade, o bastante para não o deixar esquecer que Pettypeace era sua assistente e que não poderia arriscar tirar vantagem de um momento de fraqueza dela ou de si mesmo.

King respirou fundo várias vezes e se afastou da árvore. Felizmente, seu membro enfim se convencera de que suas necessidades não seriam atendidas e parara de atormentá-lo. Já poderia voltar ao salão de baile sem qualquer constrangimento.

Enquanto retornava na direção da trilha iluminada, King aproveitou para se repreender. O que estava pensando quando se oferecera para ensinar Pettypeace a beijar? Mas, depois de descobrir que a assistente havia ido àquele clube escandaloso recém-aberto, e depois de saber das duas experiências que ela tivera com o gênero masculino... simplesmente parecera errado que Pettypeace não tivesse nada digno de nota como base de comparação para qualquer encontro futuro.

Ah, maldição, a quem ele estava tentando enganar?

Aquela centelha de ciúme que o atingira quando a vira dançando com outros homens o fez atravessar os jardins para procurá-la, levou-o a imaginar como seria beijá-la, instigou-o a descobrir a realidade.

— Ah, aí está você.

King já estava perto da escada que levava ao terraço e, quando olhou para cima, viu Knight parado de lado, fumando um charuto. Ele subiu os degraus de dois em dois, juntou-se ao amigo e recusou quando Knight lhe ofereceu um charuto.

— Saiu para um encontrinho amoroso? — perguntou Knight.

— Estava só tomando um pouco de ar fresco.

— Então você não é a razão para Pettypeace ter voltado correndo dos jardins?

King sentiu o coração disparar.

— Ela estava correndo?

— Só até se dar conta que poderia estar à vista de outras pessoas. Então, desacelerou o passo. Perguntei se precisava que eu desafiasse alguém para um duelo, mas ela me disse para deixar de ser absurdo e entrou agitada no salão.

Pettypeace não ficava agitada... nunca. Mas King sentiu algum conforto no fato de ela não ter dito que precisava, sim, de um campeão para um duelo de pistolas ao amanhecer.

— Se fosse para alguém a representar, seria eu.

— Vai atirar em si mesmo, então?

— Você está muito irritante esta noite, sabia?

Knight tragou o charuto e soltou uma série de círculos de fumaça.

— Talvez você queira pentear o cabelo antes de entrar. Parece que foi atacado.

King tinha a sensação de ter sido mesmo atacado, por dentro e por fora, desde o momento em que se aproximara de Pettypeace e ela o encarara com algo parecido com desejo. Ele levou as mãos ao cabelo, alisou os fios desalinhados e se esforçou para afastar a sensação deliciosa dos dedos de Pettypeace ali.

— Do que vocês estavam rindo enquanto dançavam? — perguntou King.

— Não me lembro. Provavelmente tinha algo a ver com você.

King desejou que houvesse um ringue de boxe por perto. Nada lhe daria mais prazer do que fazer Knight cair com o traseiro no chão.

— Eu não sabia que era uma fonte de diversão.

— Realmente não costuma ser. — Knight teve a audácia de sorrir para ele. — Não há nada de errado em gostar dela.

Se ao menos fosse apenas gostar… mas era algo além, algo mais profundo, que King nunca experimentara antes e que não entendia muito bem.

— Ela trabalha para mim.

— Então estabeleça regras e se certifique de que fiquem claras para ela.

O amigo fazia parecer tão simples, mas King não tinha certeza se alguma coisa com Pettypeace seria simples.

— Para ser sincera, eu só escrevi a carta porque queria deixar outra pessoa com ciúmes — confessou lady Sarah Montague.

Depois de retornar ao salão de baile, Penelope fez algumas perguntas até conseguir identificar e localizar lady Sarah sentada em um canto no fundo do salão, onde estava ocupada bordando um cachorro marrom em um pedaço de tecido. Penelope quase riscara o nome dela na mesma hora da lista — afinal, que tipo de mulher levava bordados para um baile? Mas se lembrou de como alguns dos criados a julgavam sem saber a verdade da situação e acabou decidindo dar à jovem uma chance de explicar seu comportamento estranho. Lady Sarah poderia ter uma razão perfeitamente lógica para ter levado o bordado.

A debutante loira, de olhos azuis e muito pequena e delicada — seus pés pairavam alguns centímetros acima do chão —, lembrava um elfo, e Penelope teve medo de que Kingsland pudesse quebrá-la se capturasse sua boca com o mesmo entusiasmo que acabara de mostrar no jardim. Por mais que tivesse sido um erro dar liberdade a ele para beijá-la, aquilo servira para que Penelope percebesse que o duque precisava de uma esposa robusta, capaz de sobreviver àquela natureza apaixonada, de tirar o fôlego.

— A verdade é que não acreditei que ele fosse considerar seriamente o meu nome — continuou lady Sarah.

Penelope se sentou em uma cadeira próxima à moça, de modo a conseguir ver a porta que dava para o terraço. Kingsland ainda não havia retornado, e ela estava começando a se preocupar que ele talvez estivesse tendo dificuldade em se recuperar do encontro dos dois, talvez se sentindo tão fraco quanto ela depois da experiência. Penelope ainda sentia os membros lânguidos, como se ela tivesse acabado de sair de um banho muito quente.

— Mas a senhorita escreveu com tanto ardor sobre si mesma.

— Bem, acho que eu esperava que ele pudesse mencionar a um cavalheiro ou outro como havia sido difícil me ignorar e, assim, o homem que conquistou meu coração logo acabaria sabendo e ficaria intrigado. — Ela franziu a testa delicada. — Estou começando a me dar conta de que a minha estratégia não foi tão bem pensada assim.

— Ficar sentada perto das folhagens, no fundo de um salão de baile cheio, pode não ser a melhor maneira de chamar a atenção de alguém.

— Senhorita Pettypeace, você já ansiou por alguém com todas as fibras do seu ser, embora essa pessoa nunca reparasse em você, agisse como se você sequer existisse, nunca a convidasse para dançar?

Como se aquela pergunta o tivesse invocado, o homem por quem Penelope ansiava escolheu aquele exato momento para entrar no salão de baile e olhar ao redor. Seus olhos pousaram sobre ela com uma intensidade quase audível. Ele assentiu abruptamente em cumprimento e seguiu em frente. Ao que parecia, Kingsland se recuperara muito bem. E, em uma resposta silenciosa à pergunta de lady Sarah, Penelope admitiu que ansiava por ele, mas com certeza não podia dizer que o duque não reparava nela ou que jamais a convidara para dançar. Por isso, falseou um pouco a verdade quando verbalizou a resposta, para poupar os sentimentos da jovem.

— Não, jamais passei por isso.

— É a coisa mais terrível do mundo. O homem em questão dá mais atenção ao cão dele do que a mim.

Penelope indicou o bordado.

— Isso é para representar o cão dele?

Lady Sarah sorriu, exibindo uma covinha em cada lado da boca.

— Pensei em colocar o bordado disfarçadamente no bolso do casaco ou no chapéu dele, em algum evento onde ele os deixasse na chapelaria. Em segredo, para fazê-lo se perguntar quem poderia ser sua admiradora secreta.

— Talvez, então, seja melhor a senhorita não arriscar que ele a veja trabalhando no bordado em um baile.

— Maldição — disse ela, e aquela única palavra carregava um mundo de decepção. — Não sou muito boa nessa coisa de subterfúgio, não é mesmo?

— A senhorita já pensou em convidá-lo para dançar?

Os olhos azuis da jovem se arregalaram.

— Isso simplesmente não se faz.

— Às vezes, fazer o que simplesmente não se faz é a única maneira de conseguir o que queremos. Quando o duque publicou o anúncio em busca de um assistente, declarou especificamente que precisava de um cavalheiro com certas habilidades e as listou. Um cavalheiro, lady Sarah. E, ainda assim, me apresentei.

— Isso foi ousado da sua parte, srta. Pettypeace.

— Devo confessar: achei que ele me chutaria para fora, e meus joelhos tremeram durante toda a entrevista. Mas consegui o cargo. Quem não arrisca, não petisca, lady Sarah.

— Pode ter certeza de que vou pensar a respeito e tentar encontrar coragem.

— Devo tirá-la da lista de candidatas para a posição de duquesa de Kingsland?

— Acho que seria melhor. Para falar a verdade, o duque me aterroriza. É tão grande e audaz, e tem uma atitude determinada que acho opressiva e enervante.

Aquela era uma das coisas que Penelope mais admirava em Kingsland. Era curioso como as pessoas muitas vezes percebem certas características de forma diferente. O que agrada a uma pessoa causa repulsa a outra.

Aqueles pensamentos continuaram a ressoar na mente de Penelope depois que ela se despediu de lady Sarah, e enquanto fazia anotações de suas impressões a respeito das damas com quem havia falado ou a quem havia observado. Ela ainda estava escrevendo quando Kingsland se aproximou e disse que era hora de irem embora.

Ele não lhe ofereceu o braço enquanto a guiava para fora do salão de baile e a seguia escada acima. E não a tocou até chegarem à carruagem, quando então a ajudou a subir. Era uma pena que o duque estivesse de luvas novamente, embora elas não conseguissem impedir que o calor de sua pele alcançasse à dela. Quando Penelope se acomodou no assento, Kingsland sentou-se à sua frente. Ao contrário da noite em que haviam jantado com os Enxadristas, ao menos ele não a estava deixando sozinha para sair em busca de outros entretenimentos.

No entanto, poderia ser muito menos estressante. Ela não sabia se fazia um comentário sobre o beijo ou se fingia que nem sequer havia acontecido. Embora fosse difícil ler a expressão de Kingsland, Penelope se sentia grata por ele não ter entrado na carruagem com um lampião. Ela sentia algum conforto em viajar na escuridão.

— Você teve êxito em tudo o que pretendia? — perguntou Kingsland, a voz baixa destruindo imediatamente qualquer calma que Penelope estivesse prestes a alcançar. — Em relação à sua lista, quero dizer.

Ele achava mesmo que era necessário esclarecer daquela forma? Por acaso acreditava que ela fora ao baile com a intenção de beijá-lo, de descobrir a alegria de ter os lábios dele colados aos dela?

— Ao que parece, duas damas que estão na lista não compareceram. Vou arrumar uma forma de visitá-las. Não quero que fiquem em desvantagem.

Kingsland soltou um grunhido e se virou para a janela. Talvez ela devesse comentar alguma coisa sobre o beijo. *O que aconteceu não muda nada entre nós*. Quando, na verdade, tinha mudado tudo.

— Pettypeace, andei pensando sobre a nossa situação.

Por mais que as palavras a tivessem pegado de surpresa, a voz dele era como uma carícia profunda e lenta na escuridão da carruagem. *Eu estraguei tudo*, pensou Penelope. Kingsland dispensaria seus serviços. Não era tolerável que uma assistente tivesse um comportamento tão escandaloso.

— Não vai acontecer de novo. O beijo, foi... — *maravilhoso, incrível* — Eu... — *estava fora de mim, não estava pensando claramente, ainda não estou, na verdade, pareço incapaz de formar qualquer pensamento coerente*... — O senhor não precisa dispensar meus serviços. Prometo me comportar no futuro.

Pronto. Ela estava reivindicando a culpa para si, assumindo total responsabilidade pelo que havia acontecido no jardim.

— Dispensar você?

— Não é isso que está considerando, em relação à nossa situação?

— Na verdade, não. Você não gostou? Do beijo?

Penelope entregaria sua pequena fortuna por outro.

— Isso não vem ao caso, não é?

— Pode muito bem vir, sim. O beijo foi do seu agrado?

Kingsland a observava, o olhar fixo como se pudesse detectar cada faceta e reação dela, apesar da escuridão.

— Foi muito do meu agrado.

— Do meu também. Os homens têm necessidades, Pettypeace. Assim como as mulheres. Embora a maioria dos homens negue que o "sexo frágil" realmente tenha necessidades.

Penelope sentiu o coração disparar... Não achava que ele estivesse se referindo à necessidade de comida, moradia ou roupas.

— Necessidades? — Ela ficou satisfeita por sua voz não sair como o chiado de um ratinho assustado.

— De um toque, uma carícia... intimidade... companhia... ou mesmo de satisfazer impulsos carnais. Você nunca *anseia* pelo que um homem pode lhe dar? Nunca busca isso?

Havia tanta confiança em seu tom... Ah Deus, ele já sabia a resposta, de alguma forma sabia que ela havia ido ao Reduto dos Preteridos.

— Lorde Lawrence lhe contou.

Ele pareceu surpreso por um minuto, então seu sorriso cintilou na escuridão.

— Que você foi ao Reduto dos Preteridos? Sim. Ele deixou escapar a informação sem querer, não teve a intenção de trair a sua confiança. Você conheceu alguém lá de quem tenha gostado?

Mesmo que não conseguisse vê-lo claramente, Penelope virou o rosto na direção da janela, pois lhe pareceu uma vista mais segura.

— Não, mas só fui lá uma vez. Não achei de mau gosto, mas não tenho certeza se combina comigo. Meu talento para o flerte é sofrível. Mas a verdade é que fui ao clube pouco antes de ficar doente, por isso talvez eu não estivesse na minha melhor forma.

Penelope ouviu o farfalhar das roupas de Kingsland e, quando se virou novamente, viu a sombra dele se inclinando na direção dela.

— Você planeja voltar ao clube?

Penelope torceu as mãos no colo, fechou os olhos com força, mas logo voltou a abri-los, porque aquele diante dela era Kingsland, um homem que ela conhecia havia oito anos.

— Provavelmente não antes do seu baile. Ainda há muito a ser feito.

— Nós dois somos pessoas terrivelmente ocupadas. Trabalhamos por longas horas, participamos de reuniões de investimento, exploramos possibilidades de negócio, lemos jornais e nos esforçamos para estar na vanguarda em um mundo em constante mudança. Por que não deveríamos tirar algum tempo para nós mesmos, você e eu, no final do dia, já que estamos a fácil alcance um do outro, para satisfazer a esses desejos? Você não tem vontade de se casar, e eu no momento não tenho esposa. A quem prejudicaríamos se nos divertíssemos juntos, desde que reconhecêssemos e entendêssemos que nunca haveria qualquer compromisso entre nós? Seria um relacionamento temporário, até devermos fidelidade a outra pessoa. Embora, a meu ver, haja um problema. Sou seu patrão. Não seria bom ser eu a procurá-la. Mas, se você tiver uma *necessidade* que eu possa satisfazer, pode se sentir à vontade para me procurar.

Kingsland se recostou nas almofadas como se o assunto estivesse resolvido, como se naquele exato segundo Penelope não ansiasse por ir até ele e fazer com que Kingsland pressionasse a mão, a coxa ou o pênis contra o ponto pulsante entre as coxas dela.

— Eu não gostaria de engravidar.

Mas, no momento em que as palavras saíram de sua boca, Penelope soube que era mentira. Ela gostaria muito de ter um filho de Kingsland.

— Sei como garantir que isso não aconteça.

É claro que ele sabia. *Ela* era virgem, não ele.

— Eu continuaria a ser sua assistente?

— Com certeza. Nada mudaria em relação a isso. Apenas as noites seriam diferentes, se tornariam mais interessantes, mais prazerosas.

Penelope assentiu, embora não tivesse certeza se Kingsland conseguia ver o movimento. Certamente valia a pena considerar a proposta dele. Ela fora ao Reduto dos Preteridos em busca de uma companhia do gênero masculino, mas percebera que era preciso tempo para se sentir confortável o bastante com um homem a ponto de sequer considerar se envolver no tipo de intimidade que ela desejava. No entanto, ali estava um homem a quem já entregara seu coração. Entregar o corpo àquele mesmo homem parecia razoável, ainda mais quando já havia experimentado a força do beijo dele. Era preferível desfrutar de encontros ainda mais íntimos com Kingsland, mesmo que por pouco tempo, a nunca ter mais nada dele.

Capítulo 13

Todos os argumentos que surgiram na mente de Penelope enquanto seguiam de volta para casa em silêncio tinham parecido racionais e claros. Mas agora, sentada na beira da cama, já de camisola, se via obrigada a reconhecer que eram argumentos perigosos e cheios de armadilhas. Ela poderia acabar se apaixonando mais profundamente por Kingsland. Apesar de ele ter apontado que apenas as noites deles mudariam, Penelope desconfiava que era raro um encontro entre os lençóis não afetar o que acontecia fora deles. No entanto, seu desejo pelo duque era tão profundo que estava disposta a se arriscar a ter um *affair* que talvez acabasse encurtando seu tempo juntos, que talvez a obrigasse a entregar sua carta de demissão antes mesmo do casamento dele.

Mas pelo menos ela teria aquela noite para se consolar.

Se ao menos tivesse coragem de se levantar da cama... Penelope compreendia por que a decisão tinha que ser dela. Era ela quem tinha mais a perder, mas também mais a ganhar. Embora Kingsland não tivesse conhecimento dessa última parte.

Para ele, seria apenas luxúria e alívio físico.

Já Penelope estaria entregando clandestinamente seu coração. Que, na verdade, já era dele. Dar aquele passo seria apenas reconhecer esse fato. Ela levantou as pernas, envolveu-as com os braços e as apertou junto ao peito. Mas logo baixou-as de novo, deslizou pelos lençóis até os pés descalços encontrarem o chão e olhou para o gato enrolado no travesseiro.

— Não vou me demorar muito, sir Purrcival. Não faça nenhuma travessura enquanto eu estiver fora.

Ela atravessou silenciosamente o quarto, sem se dar ao trabalho de calçar os chinelos. Depois de chegarem em casa, Penelope se retirara na mesma hora, enquanto Kingsland desceu o corredor, sem dúvida a caminho da biblioteca, para tomar um copo de uísque. Haviam se passado apenas cerca de vinte minutos desde que ela ouvira a porta do quarto dele se fechar. Talvez ele já estivesse até dormindo... embora, se o silêncio que se seguiu fosse alguma indicação, o valete ainda não tinha sido chamado. Mas a verdade era que o duque era um homem adulto, totalmente capaz de se despir sozinho.

Penelope abriu a porta e olhou para um lado e para o outro do corredor. Não havia ninguém à vista, nem mesmo o valete de Kingsland. Ela respirou fundo e seguiu caminhando pelo tapete grosso, antes que sua coragem a abandonasse, até chegar ao quarto dele, então bateu suavemente na porta. Penelope ficou surpresa com a rapidez com que Kingsland a abriu, como se estivesse parado do outro lado, apenas esperando a chegada dela. Todos os botões da camisa dele tinham sido abertos, revelando um trecho do peito nu, com uma leve camada de pelos escuros. Os pés, descalços, eram grandes e perfeitos, e vê-los nus pareceu muito mais escandaloso do que ver seu peito. Penelope engoliu em seco e confessou:

— Eu nunca fiz isso antes.

A expressão no rosto dele se transformou, revelando uma profunda ternura, que afastou qualquer dúvida que Penelope ainda pudesse ter. Kingsland estendeu a mão grande e forte.

— Serei gentil.

Ela pousou a mão na dele, deleitando-se com a força dos dedos longos e grossos, que se fecharam ao redor dos dela enquanto ele a puxava para dentro. Kingsland fechou a porta, trancou-a e levou Penelope mais para o centro do quarto que tinha o dobro do tamanho do que ela estava ocupando.

— Aceita um pouco de conhaque? — perguntou ele.

Penelope balançou a cabeça, recusando.

— Já tomei dois copos. Talvez seja melhor seguir adiante com isso, antes que a coragem me abandone.

Kingsland emoldurou carinhosamente o rosto dela entre as mãos.

— Se a qualquer momento você quiser que eu pare, ou se mudar de ideia, basta falar.

— Agradeço, Sua Graça.

Ele tocou os lábios dela com o polegar.

— Estamos apenas nós dois neste quarto, duas pessoas com necessidades a serem atendidas. Não um duque, não uma assistente. Nem aristocrata, nem plebeia. Me chame de Hugh, Penelope.

Ele nunca havia se dirigido a ela pelo nome de batismo antes. Penelope sempre gostara do modo como a chamava de Pettypeace, mas naquele momento seu coração pareceu desabrochar na flor mais linda que já existiu.

Ela deu um sorriso suave.

— Hugh.

Então, como se todas as preliminares tivessem sido apresentadas e tiradas do caminho, a boca de Hugh cobriu a dela com determinação e paixão incontidas, roubando o pouco fôlego que lhe havia restado depois de ouvi-lo dizer seu nome. Dessa vez, quando os dedos dela se enfiaram no cabelo dele, Penelope estava sem luvas e pôde apreciar a textura dos cachos macios como zibelina. O gemido que Hugh deixou escapar foi quase um grunhido rouco, que a fez querer rir, dançar ao redor do quarto, então pular de volta nos braços dele. Hugh a beijava como se ela significasse algo para ele, como se ele não conseguisse se fartar dela.

Ao mesmo tempo, Penelope se preocupava com a possibilidade de estar apenas se expondo a uma possibilidade ainda maior de se magoar. Depois de ter Hugh, como conseguiria sobreviver quando chegasse a hora de não poder mais tê-lo? Mas não queria pensar naquilo. Só queria saborear o momento, cada sensação que Hugh despertava nela. Penelope quis retribuir o favor, conhecer mais do que apenas a boca dele na dela, de seus dedos no cabelo dele. Ela escorregou os dedos pelo pescoço de Hugh e adorou ouvir o gemido primitivo que ele deixou escapar, só então se dando conta dos próprios suspiros de desejo.

Como era possível que um homem com tanto poder e força tivesse uma pele tão macia? Grata por não haver botões fechados para detê--la, Penelope deslizou as mãos para dentro da camisa dele e pousou as palmas sobre o peito firme e amplo.

Hugh interrompeu o beijo, levantou os braços e segurou a parte de trás da camisa, despindo-a pela cabeça e jogando-a de lado, dando a Penelope plena visão do peito esplêndido para admirar. O abdômen liso... e cicatrizes, espreitando na lateral do corpo. Uma grande área de pele descolorida e enrugada. Os dedos de Penelope foram imediatamente em direção à pele desfigurada, mas a mão de Hugh cobriu a dela antes que chegasse ao destino e afastou-a.

— São marcas de queimadura. O que aconteceu?

Ele levou as pontas dos dedos dela à boca.

— Foi um acidente. — Hugh abriu os dedos dela e beijou a palma. — Não tem importância agora. — Então, pousou a mão dela contra seu peito. — Ignore-as.

E logo sua boca voltou a capturar a de Penelope, distraindo-a e fazendo-a esquecer a ideia de buscar respostas para o passado dele, encorajando-a apenas a se perder no vórtice do presente onde nada importava a não ser a paixão e o prazer.

Ele havia se esquecido das malditas cicatrizes. Depois de todos aqueles anos, elas tinham passado a ser simplesmente uma parte dele. Deveria ter imaginado que a pele desfigurada chamaria a atenção de Penelope e, portanto, não deveria ter despido a camisa. Mas, quando ela começara a investigar a pele que os botões abertos haviam deixado exposta, King quis lhe dar liberdade de explorar tudo nele. Quando Penelope estivesse pronta, ele tiraria a calça. Havia prometido ser gentil, e isso significava ir devagar, mas maldita fosse a vontade ardente de penetrá-la.

Penelope deixava escapar os gemidos mais doces e sensuais que King já ouvira. E parecia encantada por ter o luxo de tocá-lo. Até então, ele conhecera mulheres que se contentavam em receber prazer, se preocupando pouco em dar prazer ao parceiro, mas, como em todo o resto, Penelope se comportava como uma igual. Ela não aceitaria receber sem dar nada em troca, e King teve o pressentimento de que, quando tivessem terminado, ele se sentiria como Knight o descrevera antes: como se tivesse sido atacado. Por dentro e por fora.

King não havia se dado conta da intensidade do desejo que sentia por Penelope, de como precisava dela, até começar a se preparar para dormir, até estar apenas a calça e a camisa. Então, passara a andar de um lado para o outro do quarto, pois não queria estar totalmente nu caso ela aparecesse. A cada minuto que passava, sua tensão aumentava, e então ele se convenceu a ir até ela, nem que fosse apenas para lhe desejar bons sonhos e lhe dar um beijo antes de dormir. King já estava com a mão estendida para o trinco da porta quando Penelope bateu, e o alívio que o inundou quase lhe tirou as forças.

Agora, ali estava ela com a camisola discreta, que deixava tudo à imaginação, mas ainda assim talvez fosse a roupa mais sedutora que ele já vira — apenas porque era Penelope que a vestia enquanto acariciava o peito dele, os ombros e os braços, como se não conseguisse se cansar de tocá-lo, enquanto King se contentava em emoldurar o rosto dela entre as mãos ou em deslizar os dedos sobre as costas cobertas pelo linho.

Ainda beijando-a, King levou as mãos aos botões na frente da camisola e abriu todos. O cavalheiro dentro dele queria aplaudir a paciência, enquanto o selvagem que também morava nele rosnava com um desejo primitivo. *Terno e devagar*, lembrou King a si mesmo, sem querer assustá-la ou lhe dar qualquer motivo de arrependimento.

King inclinou o corpo para trás, os olhos fixos nos dela, que tinham uma expressão intensa, e se esforçou para não fitar a pele que acabara de revelar, aguardando que Penelope lhe desse permissão para avançar mais, que sinalizasse que se sentia confortável para baixar a guarda. Quando o sinal chegou, quase o deixou sem chão.

Penelope girou os ombros em um movimento sensual, fazendo a camisola deslizar, revelando o corpo pequeno e perfeito, com curvas e vales sedutores. King pretendia percorrer cada ponto daquele relevo, mas, antes voltou a colar a boca à dela, levantou-a nos braços e a levou para a cama.

A expressão de admiração no olhar escuro de Hugh fez uma variedade vertiginosa de sensações percorrer as terminações nervosas de Penelope. Ela conhecia o olhar de desejo sexual, mas não era aquilo que via nos olhos dele. Sem dúvida havia desejo e voracidade, mas eram temperados por um anseio mais profundo do que a mera luxúria. Um anseio que Penelope reconhecia em si mesma, um desejo de conhecer cada aspecto de Hugh, de saboreá-lo e conhecê-lo mais a fundo. Ela se sentia extremamente feliz por ter tomado a iniciativa de tirar a camisola, deixando claro que não era tímida, que não se sentia assustada com o que estava prestes a acontecer. Ainda em uma tenra idade, tinha deixado o recato de lado, já que não lhe servia a nenhum propósito útil.

Hugh manteve a palavra em relação a ser gentil. Penelope mal se deu conta do contato com o colchão enquanto ele a pousava lentamente sobre os lençóis, o edredom já dobrado no pé da cama. Então, ele se deitou ao lado dela e voltou a beijá-la, enquanto uma mão acariciava um seio de Penelope, praticamente envolvendo-o por completo e apertando-o com ternura, enquanto deixava o polegar e o indicador brincarem com o mamilo, deixando-o rígido. Ela jamais teria imaginado que seria tão diferente a sensação de ter os dedos de outra pessoa excitando sua pele sensível. Penelope mal podia esperar até os dedos de Hugh encontrarem outro lugar, para descobrir as sensações que o toque dele traria.

Ela pousou a palma da mão no peito dele e deixou-a descer até a calça, afastando-se por um instante da boca que continuava a devorar a dela.

— Isso precisa ir embora.

— Para uma virgem, você certamente é ousada.

— Eu disse que não tinha feito isso antes. Não disse que não havia pensado a respeito.

Hugh riu e deu um beijo no pescoço dela, que sentiu a felicidade dele vibrando por seus nervos.

— Tem certeza?

— Vi estátuas e pinturas em museus.

Penelope desejava que ele pudesse se despir sem se afastar dela... mas Hugh saiu da cama, desabotoou a calça e logo estava parado diante dela em todo o esplendor da sua nudez.

— Quando eu fantasiava sobre estar com um homem — *com você* —, a minha imaginação ficava... muito *aquém* da realidade.

O sorriso que Hugh abriu era o mais bonito que ele já havia dirigido a ela, e sua risada ecoando ao redor deles fez o desejo de Penelope transbordar.

— Fico feliz por ter superado as expectativas.

A risada de Penelope se misturou à dele, enquanto Hugh se juntava novamente a ela na cama. Penelope não havia imaginado a alegria, a felicidade, o prazer absoluto de estar com Hugh. Foi como ele havia dito. Apenas os dois. Sem fardos, sem preocupações, sem medos.

Ela abaixou a mão e envolveu o membro quente e aveludado dele, fazendo-o soltar um gemido rouco enquanto enchia o pescoço e o colo dela de beijos. Penelope continuou a acariciá-lo e a investigar aquela parte do corpo masculino que superava em muito qualquer coisa que houvesse imaginado.

— Me diga se eu estiver te machucando.

Hugh levantou a cabeça e sustentou o olhar dela.

— É o toque mais delicioso que já senti.

— Eu gosto de tocar você.

— Que bom, porque eu também gosto de tocar você. — Ele deslizou a mão pela lateral do corpo dela, chegando ao quadril. — Mas também quero prová-la.

Hugh pousou a mão entre as pernas dela e esperou, aguardando permissão para o que queria fazer, para o que Penelope ansiava por experimentar em suas mãos.

— Você pode fazer o que quiser — sussurrou ela.

— Ah, Cristo.

Hugh enfiou o rosto na curva do pescoço dela e sugou a pele macia. Então, começou a lamber e beijar, os lábios descendo pelo torso dela, até Penelope finalmente se ver obrigada a soltar o membro dele. Ela passou a tocar, então, tudo o que conseguia alcançar: as costas de Hugh, os ombros, o pescoço, o cabelo.

Eram tantas texturas diferentes... Penelope se apropriava de cada sensação, como era acariciá-lo e tê-lo acariciando-a. Hugh era hábil em combinar o uso da boca, das mãos, dos dedos, seus grunhidos e gemidos, para deixá-la ardendo de desejo e latejando em lugares que ela não sabia nem que era possível latejarem. As lembranças da voracidade dele pelo corpo dela a sustentariam ao longo dos anos.

Hugh enfiou a língua no umbigo de Penelope, antes de roçar o maxilar ao longo da pele sensível do ventre dela até o vale do quadril, e Penelope percebeu que não sentia a barba por fazer — para estar com a pele tão macia, Hugh sem dúvida teria que ter se barbeado novamente depois que eles voltaram do baile. Por que ele faria aquilo, a menos que estivesse torcendo, na expectativa de que ela o procurasse? Penelope achara que seu amor por Hugh tinha atingido seu auge, mas estava errada. A consideração que ele mostrava ter por ela fez com que o amasse ainda mais.

Hugh beijou a parte interna da coxa de Penelope, deslizou as mãos por baixo do quadril dela e a inclinou ligeiramente para cima. Então, usou os polegares para separar sua carne mais íntima e expor ao seu olhar o pequeno botão latejante que parecia ansiar pelo toque dele.

— Tão perfeito, tão rosado. Você já se tocou aqui?

— Sim.

O olhar ardente dele encontrou o dela.

— Você não é recatada.

— Não.

As coisas que Penelope precisara fazer para sobreviver haviam acabado com qualquer tipo de constrangimento em relação ao próprio corpo. Era tudo apenas uma concha. Era o que havia em seu íntimo que contava. Embora no momento ela estivesse incrivelmente grata por tudo que ele estava fazendo com aquela concha.

— Não imaginei mesmo que você seria recatada. É confiante demais para isso.

— Como você mesmo disse antes, as mulheres também têm desejos. É tolice negá-los.

— Mas você nunca esteve com um homem.

Penelope ergueu o corpo, apoiando-se nos cotovelos, e balançou a cabeça.

— Assim não.

Hugh abriu um sorriso travesso, e ela o imaginou muito mais jovem, antes de ser duque e ter responsabilidades.

— Que sorte a minha, ser o primeiro.

O único. Penelope não conseguia imaginar que haveria alguém depois dele.

Hugh abaixou a cabeça, e a língua aveludada percorreu a carne dela, lambendo, contornando. Penelope teve a sensação de que todo o corpo se derretia, como a cera de uma vela acesa.

— Ah, nossa, isso com certeza é algo que eu nunca fui capaz de fazer por mim mesma.

A risada profunda dele ressoou contra a pele dela.

— E estou só começando.

Penelope sempre admirara a obstinação dele, o modo como Hugh se dedicava a algum projeto ou empreendimento, e não havia dúvida de que ele estava se dedicando com o mesmo ardor à tarefa que tinha diante de si no momento. Ela deixou escapar gemidos e suspiros, que logo evoluíram para gritos de prazer, conforme sensações intensas percorriam seu corpo. Hugh a observava com os olhos carregados de desejo, elevando o rosto acima do sexo dela, desafiando-a a olhar para ele enquanto se banqueteava.

Aquele olhar ardente foi o que bastou para fazer o prazer disparar pelo corpo de Penelope. E aquele prazer combinado à atenção que a boca talentosa e os dedos inteligentes de Hugh dedicavam aos detalhes estavam começando a fazer Penelope duvidar de sua capacidade de sobreviver ao ataque violento de sensações que se acumulavam dentro dela, prometendo mais, mais...

Até ela não conseguir mais contê-las. O corpo de Penelope se curvou para a frente, então se inclinou rapidamente para trás, enquanto ela era inundada por uma imensa onda de prazer, que arrancou o nome de Hugh de seus lábios em um arquejo alegre, uma prece de gratidão. Passou as pernas com força ao redor dos ombros dele, puxando-o mais para perto enquanto seu corpo era sacudido pelos espasmos do clímax. Hugh deslizou por cima dela até conseguir capturar sua boca, e Penelope provou o próprio sabor misturado ao dele.

Ah, a intimidade absoluta daquilo. Tinha sido um erro ir até o quarto dele, descobrir todo aquele prazer e saber que não poderia tê-lo para sempre.

Hugh roçou seu membro na entrada dela.

— Você está tão quente, tão molhada. Ainda está latejando.

— Meu gozo nunca foi tão forte, nem tão intenso.

— Normalmente eu usaria uma proteção ao penetrá-la, mas dessa vez, só dessa vez, quero sentir você, Penelope. Eu me afastarei antes de derramar minha semente.

— Quero você dentro de mim sem nada nos separando.

Hugh pousou as mãos de cada lado da cabeça dela.

— Só para você saber, meu bem, essa será a primeira vez que não uso proteção.

Penelope sorriu.

— Que sorte a minha, ser a primeira.

Hugh soltou outra risada baixa, que logo passou a morar no coração dela.

Ele ajustou as posições dos dois e pressionou o pau contra a abertura do corpo dela.

— Me peça para parar se doer.

Penelope assentiu, mas não faria aquilo. Não o pediria para parar, queria demais tê-lo dentro de si.

Hugh preparara bem o corpo dela, que mal notou o desconforto — ela estava encantada demais com o fato de Hugh estar a penetrando, abrindo sua carne, preenchendo-a. Penelope havia sonhado com aquilo, mas estava descobrindo que a realidade era ainda melhor. Depois de penetrá-la completamente, Hugh ficou imóvel.

— Você está bem?

— Mais do que bem. Gosto da sensação.

— E ainda nem chegamos à parte boa. — Então, ele passou a se mover lentamente, arremetendo e recuando, sem nunca afastar os olhos dos de Penelope. Hugh ergueu o corpo, os braços apoiados de cada lado do corpo dela. — Passe as pernas ao redor do meu quadril.

Ela fez o que ele pediu. Hugh recuou quase completamente, então arremeteu com força.

— Ah.

Aquele pequeno botão que ele havia lambido pouco antes pareceu despertar subitamente.

— Era isso que eu estava procurando. Agora, segure firme.

Ele penetrou-a com força e o corpo lânguido de Penelope também despertou completamente ao perceber a promessa de mais prazer.

Ela deixou os dedos correrem pelas costas dele, encantada com a sensação dos músculos se contraindo com seus movimentos. Os gemidos de Hugh se misturaram aos arquejos de Penelope. Aquela mecha de cabelo rebelde dele caiu sobre a testa dela. Seus olhos escureceram e ele cerrou o maxilar.

Penelope teve a sensação de que uma descarga elétrica a percorria enquanto seus músculos se contraíam e o êxtase dominava seu corpo. Mas ela não conseguia parar de olhar para Hugh, a visão dele só aumentava seu prazer. A respiração dele agora saía mais ofegante, em arquejos. Os tendões de seu pescoço ficaram rígidos.

Ele praguejou com vontade, então, e saiu de dentro dela. Enquanto sentia a semente dele se derramar por seu abdômen, Penelope envolveu o pênis pulsante com as mãos e extraiu tudo o que podia dele. Hugh jogou a cabeça para trás.

— Ah, Cristo. — Ele pressionou sua testa contra a dela. — Me dê um minuto e já vou limpar você.

Hugh beijou-a rapidamente, mas com a mesma intensidade dos outros beijos que já haviam trocado. Penelope ergueu a cabeça do travesseiro e pousou os lábios no peito dele. Nunca havia experimentado tamanha satisfação.

Hugh havia limpado a barriga de Penelope, então passara a toalha com ternura e delicadeza entre as pernas dela, fazendo uma careta ao ver a pequena mancha de sangue no tecido.

— Doeu muito? — perguntara.

— Não — mentira Penelope.

Agora, deitado de costas, ele a segurava contra a lateral do corpo, com um braço ao seu redor, enquanto os dedos da outra mão acariciavam o quadril dela com a mesma suavidade de um músico testando as cordas de um instrumento. Penelope, que estava com a cabeça aninhada na curva do ombro dele, deslizava a palma da mão ao longo do peito musculoso, deliciando-se com a sensação de cócegas que os pelos macios faziam em seus lábios.

— Seu nome é mesmo Penelope? — perguntou ele baixinho.

— Sim.

Tinha sido mais fácil assim: manter certas informações sobre si mesma para que não tivesse um excesso de coisas novas para lembrar.

— E Pettypeace?

— Não. Meu pai sempre mudava o sobrenome da família quando nos mudávamos. Ele costumava dizer: "Quando não temos nada, nunca precisamos provar quem somos para conseguir alguma coisa". Continuei com esse hábito depois que ele morreu e me vi mudando de um lugar para outro.

— Isso explica por que meus detetives não conseguiram descobrir nada sobre você.

— Acho isso extremamente reconfortante.

Aquilo provava que ela havia feito um excelente trabalho ao não deixar rastros para serem seguidos, depois de se tornar alguém que não existia antes.

— Qual é o seu sobrenome verdadeiro?

— Isso não tem importância. Sou Pettypeace há mais tempo do que já fui qualquer outra pessoa.

Ela se apoiou em um cotovelo e olhou nos olhos dele.

— Agora é sua vez de compartilhar alguma coisa. Como terminou com essas queimaduras?

— Prefiro compartilhar meu pau.

Hugh começou a rolar o corpo sobre o dela, mas Penelope o deteve, pousando a mão espalmada em seu peito.

— Como aconteceu o *acidente*?

A verdade era que ela não conseguia imaginar que não tivesse sido algo proposital.

Hugh soltou um suspiro e deixou cair a cabeça de novo no travesseiro.

— Eu tinha 12 anos. Era tarde da noite, e eu já estava deitado. Não sei o que a minha mãe fez. Escreveu uma carta de que ele não gostou, ou escreveu algo impróprio sobre ele em seu diário. — Ele soltou outro suspiro, agora mais longo, mais barulhento, carregado de frustração. — Não consigo imaginar que tenha sido algo realmente grave. Mas fui acordado pelos protestos dela, pelas desculpas e promessas de que nunca mais faria aquilo ecoando pelo corredor enquanto ele a arrastava. Saí rapidamente do quarto e corri atrás deles. Para a cozinha. Os criados já haviam se recolhido. Keating apareceu para ver do que se tratava tamanha comoção. Meu pai mandou que ele colocasse uma panela de água para ferver e depois sumisse. Minha mãe caiu de joelhos, implorando pelo perdão dele, para que ele entendesse. Fiquei parado na porta da cozinha, apavorado. Sentia medo demais para tentar detê-lo, mas também estava horrorizado demais para ir embora.

Hugh se calou, mas Penelope podia ver em seus olhos, fixos no teto, que o horror ainda estava dentro dele, revisitando-o naquele momento. Ela desejou não ter perguntado, mas sabia que não faria bem a nenhum dos dois interromper aquilo, com as lembranças se demorando na mente dele sem uma conclusão.

— O que aconteceu?

Hugh cerrou os lábios, balançou a cabeça e soltou um suspiro trêmulo.

— Ele a colocou de pé e ordenou que ela colocasse a mão na panela. A água estava fervendo àquela altura. Eu podia ouvir as bolhas, ver o vapor subindo. Quando a minha mãe se recusou, o meu pai tentou forçá-la a obedecer, mas ela lutou contra ele. Meu Deus, como ela lutou. Ele a soltou, então, e pegou a panela para jogar a água em cima dela… e eu a empurrei para tirá-la do caminho.

Penelope cobriu a boca, esforçando-se para não vomitar.

Gentilmente, Hugh secou com os polegares as lágrimas que escorriam pelo rosto dela e se acumulavam nos cantos de sua boca.

— Não chore. Isso foi há muito tempo. Minha camisa de dormir não deu muita proteção e meus gritos pareceram arrancar o meu pai daquele lugar sombrio em que ele havia entrado. Ele mandou chamar um médico, mas o estrago já estava feito.

— Seu pai era um homem cruel.

— Na maior parte do tempo, e especialmente quando se enfurecia.

Penelope pensou nos últimos oito anos.

— Eu nunca vi você com raiva.

— Eu me esforço muito para manter o autocontrole e para garantir um mundo sereno ao meu redor. Sabe, outras pessoas já perguntaram a respeito das queimaduras, mas você foi a única a quem contei o que aconteceu. E me pergunto o que isso significa...

— Que você sabe que todos os seus segredos estão seguros comigo.

— E os seus segredos?

— Estão seguros com você. — Hugh fitou-a com intensidade, e Penelope viu em seus olhos a expectativa de que ela revelasse mais. — Eu compartilhei todos eles.

Penelope odiava trazer a mentira para aquele quarto, para aquela cama.

Ele tocou a cicatriz perto do lábio inferior dela.

— Você teve sua própria cota de infortúnios.

Infortúnios era um eufemismo para ambos, mas daquela vez, quando Hugh começou a se posicionar em cima dela, Penelope não o impediu. Estava cansada de falar e queria que Hugh fizesse todas aquelas coisas perversamente maravilhosas com ela, que a fariam esquecer, por um curto período, que o passado nunca iria embora de vez e que sempre poderia fazer uma aparição inesperada.

Capítulo 14

Quatro semanas até o baile de Kingsland

A noite da véspera havia parecido um sonho maravilhoso, glorioso, magnífico. Valsar com ele, beijá-lo no jardim, ir até o quarto dele, se juntar a ele na cama. Mas, sob a luz da manhã, Penelope amaldiçoou profundamente cada minuto que se passara desde a sua chegada ao baile. Como podia ter sido tão imprudente, tão descuidada, a ponto de pensar que qualquer intimidade entre eles não iria se estender e interferir no seu dia?

Enquanto colocava o vestido azul-marinho, ansiou pelo vestido de baile cor-de-rosa que deixaria um pouco da sua pele à mostra, para receber um breve toque ou a pressão dos lábios dele. Enquanto prendia o cabelo para trás no coque apertado de sempre, desejou deixá-lo solto para que ele pudesse enredar os dedos nos fios e espalhar as mechas sobre o travesseiro. Enquanto descia a escada para tomar o café da manhã, ansiou pela satisfação que ele poderia lhe garantir no quarto.

Quando Penelope entrou na sala de refeições, estacou subitamente com o impacto da visão de Kingsland sentado à mesa, lendo o jornal — que ele dobrou cuidadosamente na mesma hora e deixou de lado, antes de ficar de pé.

— Bom dia, Pettypeace.

Bem, ao que parecia, ele não fora nada afetado pelo encontro deles, e Penelope se ressentiu por isso.

— Sua Graça.

Ela caminhou bruscamente até o aparador e começou a se servir, prestando pouca atenção ao que colocava no prato e se dando conta tarde demais de que não gostava muito de metade dos itens. Ela se virou para a mesa, e ficou surpresa quando Kingsland dispensou o criado com um gesto e foi ele mesmo puxar a cadeira para ela.

Quando já estavam acomodados, ele ergueu a xícara de café — o duque raramente tomava chá depois de uma noite cansativa — e a fitou por cima da borda enquanto bebia. Penelope precisou conter a inveja da porcelana que tinha a sorte de receber o contato dos lábios dele. Kingsland deixou a xícara de lado e perguntou:

— Como você dormiu ontem à noite?

— Muito bem, obrigada. — Aninhada ao lado dele até pouco antes de os criados começarem a se movimentar do lado de fora. Então, Penelope havia voltado correndo para o próprio quarto, onde dormira por mais algumas horas. — E o senhor?

— Eu não dormi. A luz que entrava pela janela até a minha cama a fazia parecer particularmente encantadora, e não quis perder a oportunidade de desfrutar daquele esplendor.

A luz também iluminara o corpo dela. Penelope torceu para que o mordomo e os dois criados parados de prontidão na sala de refeições não notassem que ela enrubescera até a raiz do cabelo. Provavelmente até os dedos dos pés estavam vermelhos.

— O senhor deve estar cansado, então.

— Por incrível que pareça, não. Na verdade, me sinto bastante revigorado.

Kingsland deu outro gole no café e abriu um sorrisinho secreto, que Penelope se atreveu a retribuir com os olhos, já que não seria conveniente fazê-lo com os lábios.

Não era justo que Kingsland parecesse tão belo, mesmo depois de uma noite cheia de desejo e pouco sono. Ou que ficasse fazendo insinuações a respeito do que havia acontecido entre eles. Ele havia prometido que apenas as noites seriam diferentes, embora não fosse sua culpa que Penelope não parasse de pensar no que havia acontecido entre eles e continuasse a reviver as sensações maravilhosas que ainda percorriam seu corpo, como se os dois estivessem mais uma vez dedicados àquele relacionamento proibido.

— O que está na nossa pauta hoje? — perguntou Kingsland.

Um beijo na sua biblioteca, uma carícia no meu escritório. Talvez você possa me ter na minha escrivaninha, ou eu possa encurralá-lo contra uma estante. Mas a voz dele estava séria, sem qualquer sinal de malícia. Penelope pigarreou.

— Achei que o senhor gostaria de ver como seu irmão está se saindo, garantir que ele não tenha dúvidas ou qualquer problema com a fabricação dos relógios.

— Acho a ideia esplêndida, embora eu não espere que ele esteja à minha disposição. Por que não manda uma mensagem a Lawrence, convidando-o para jantar aqui amanhã à noite? Se ele não puder, pergunte qual seria o melhor momento. Que outros assuntos temos a resolver?

— Pensei em visitar as duas damas que não estavam no baile de ontem.

— Você não concorda com a avaliação da minha mãe de que seria melhor observá-las em seu habitat natural?

— Não estamos falando de animais em um zoológico.

— Ainda assim, já vi essas damas antes, e as reconheceria imediatamente. Sugiro um passeio no Hyde Park na hora mais movimentada.

— O senhor geralmente faz esse passeio a cavalo, e não sou uma amazona talentosa.

— Usaremos a carruagem aberta. Suponho que você tenha um chapéu ou uma sombrinha para usar nesse tipo de passeio.

— Eu lhe pareço o tipo de mulher que usa sombrinha?

Ele deu um sorriso de lado e seus olhos se aqueceram.

— Não, para ser sincero, não parece. Desconfio que seja mais fácil você proibir o sol de te atingir e lhe dar sardas.

Penelope gostava quando os olhos dele cintilavam, provocantes.

— Eu faria isso, se pudesse. Mas tenho um chapéu.

— Fantástico. Providencie para que a carruagem seja preparada para nós no momento apropriado.

— Sim, Sua Graça.

— E veja se há outro evento a que possamos comparecer... para fins de pesquisa, é claro.

— Vou checar os convites que chegaram recentemente.

— Muito bom.

Ele voltou a pegar o jornal.

Penelope também pegou o dela e o abriu, embora naquela manhã lhe parecesse um desafio dar sentido a qualquer palavra escrita ali — por mais que seu olhar corresse pelo texto, sua atenção e concentração estavam em Kingsland. Ela sempre tivera uma consciência aguda da presença dele ao seu lado, mas agora, quando os dedos do duque se fechavam ao redor da xícara de porcelana, Penelope sabia qual era a sensação daqueles mesmos dedos ao redor do seu seio. Quando os lábios dele encostavam na borda da xícara, ela se lembrava do calor e da suavidade da boca de Kingsland quando ele a tocara intimamente. O café escorreria pela língua dele, como os sumos do corpo dela quando o duque a lambera. Penelope sabia exatamente como ele era por baixo do paletó, do colete e da camisa que usava no momento. Quando o olhar ardente de Kingsland examinou-a de cima a baixo, ela desconfiou que ele estava se lembrando de como ela era por baixo do vestido azul-marinho. Penelope sabia que deveria se envergonhar da vontade que sentia de refrescar a memória dele, se levantando, arrancando os botões da própria roupa, rasgando o tecido resistente até não restar mais nada, até que ele pudesse mais uma vez banquetear-se com a visão da nudez dela.

Penelope sempre soubera que possuía um lado devasso que lhe permitia fazer coisas que não deveria, mas ela o havia domado, subjugado, acorrentado... até a noite da véspera, até Kingsland aparecer, até aquele seu lado estar rugindo de triunfo por finalmente ter se libertado. Ela estava se esforçando para domá-lo novamente, já que eles não estavam sozinhos na sala de refeição. Não seria bom que os criados suspeitassem que uma mudança havia ocorrido em seu relacionamento com o duque. Penelope pegou o guardanapo e o levou delicadamente aos lábios, esforçando-se para manter a aparência de uma mulher civilizada quando, naquele momento, seus desejos beiravam a selvageria.

— Preciso começar o meu dia.

— Você não comeu muito. Talvez tenha apetite por outras coisas. — O olhar ardente deixava claro que ele sabia exatamente para que Penelope tinha apetite naquele momento. — Se preferir alguma outra coisa, podemos mandar um recado para a cozinheira, pedindo que ela prepare.

Ah, homem perverso, como se um ovo poché no lugar de um ovo mexido fosse ser capaz de apagar as brasas que ameaçavam fogo alto. Kingsland queria que ela admitisse, ali, na frente dos criados, que era o duque que tentava seu apetite? Penelope havia decidido que a noite da véspera seria a única deles. Seria só uma vez. Para ela conhecer a sensação de estar nos braços dele. Agora reconhecia a mentirosa que era. Mal podia esperar pela próxima noite.

— Acho que tomei espumante demais no baile. A minha digestão está um pouco fora de ordem.

Ele ficou sério na mesma hora e se inclinou na direção dela.

— Devo chamar meu médico?

Penelope deu um sorriso gentil ao ver a preocupação, o carinho dele.

— Tenho certeza de que a distração que o trabalho me trará no meu escritório será suficiente para me colocar de volta nos trilhos.

Para me lembrar do meu verdadeiro propósito nesta casa.

— Vou acompanhá-la ao seu escritório. Keating, peça para que seja preparado chá fresco e sirva à srta. Pettypeace.

— Sim, Sua Graça.

Kingsland já se levantara e estava a ajudando a se levantar antes mesmo que Penelope tivesse a chance de afastar a cadeira para trás. Ele não lhe ofereceu o braço — aquilo poderia ter alertado os criados sobre a mudança em seu relacionamento —, mas cruzou as mãos às costas enquanto saía da sala com ela.

— Fique tranquilo. Não estou doente — garantiu Penelope quando já estavam no corredor.

— Desconfio que o mal que a aflige é o mesmo que me aflige.

Ela levantou os olhos e pegou Kingsland observando-a com atenção.

— E qual seria esse mal?

— A descoberta de que os desejos que achei que seriam aplacados em apenas uma noite não se aplacaram de forma alguma. A descoberta de que quero mais.

— Não é sempre assim?

— Não, Penelope, não é. — Ele franziu o cenho. — Um nome tão grande para uma criatura tão pequena. No entanto, Penny parece frívolo demais para você.

— Alguns amigos me chamam de Penn.

— Você me consideraria um amigo?

Ela o considerava um amante. E ele estava certo. Uma noite não havia sido o bastante.

— Talvez na calada da noite, quando apenas os mal-intencionados estão acordados.

O sorriso dele misturava triunfo e compreensão.

— Exatamente.

Eles entraram no corredor que abrigava a biblioteca dele e o escritório recém-designado a ela. O criado abriu a porta da biblioteca, então atravessou-a para fazer o mesmo com a porta que levava ao escritório dela.

— Tenho criados demais, maldição... — murmurou Kingsland.

— O senhor é um duque. É esperado que tenha muitos criados.

— Mas eles me obrigam a me comportar, quando eu preferiria que não o fizessem. — Os dois pararam do lado de fora da sala onde haviam tomado conhaque juntos, e Penelope não pôde evitar pensar que aquela noite havia servido como impulso para que as coisas mudassem entre eles. — Eu a verei no almoço. Podemos discutir seu progresso.

Normalmente, Penelope levava uma bandeja para o escritório e trabalhava enquanto comia, mas não estava disposta a recusar um convite — que mais parecia uma ordem — para aproveitar a companhia dele.

— Esperarei ansiosa.

Ao sentir os olhos de Kingsland cravados em suas costas enquanto ela se afastava, Penelope, que nunca balançava o quadril ao caminhar, sentiu-se terrivelmente tentada a fazer exatamente aquilo, de uma maneira bastante indigna, para deixar claro que sabia que ele a observava. Ela sentia o rosto muito quente no momento em que finalmente se acomodou diante da escrivaninha. Talvez estivesse imaginando tudo:

as insinuações, os olhares ardentes, o interesse, o desejo. Mas Kingsland havia admitido seus anseios. Ela com certeza iria até o quarto dele naquela noite.

Penelope estendeu a mão para a grande bandeja de pau-rosa onde um criado costumava deixar a correspondência da manhã, junto a qualquer convite entregue em mãos na casa, e decidiu que começaria encontrando um evento a que pudesse comparecer com o duque. Um jantar, talvez, ou um recital.

Ela pegou o envelope que estava no topo da pilha. Estranhamente, não havia sido endereçado, mas sem dúvida fora entregue pelo criado de alguém. Ainda assim, o nome da pessoa a quem se destinava a correspondência costumava vir escrito. Penelope usou seu abridor de cartas dourado, abriu o envelope com movimentos hábeis e retirou o papel dobrado de dentro.

Ela desdobrou a carta e ficou encarando a coisa mais estranha que já tinha visto. Alguém havia cortado palavras de uma edição de jornal e, aparentemente, colado no papel de carta. Então, Penelope se deu conta do que dizia a mensagem e sentiu um calafrio subir pela espinha.

Eu sei o que você fez.
Meu silêncio terá um preço.
Prepare-se para pagar.

King começava todas as manhãs examinando seus investimentos, determinando quais eram uma perda de tempo e precisavam ser eliminados, quais valiam a pena manter e justificavam aportes adicionais, e quais haviam chegado recentemente ao seu conhecimento e poderiam valer o risco. Mas naquele momento, sentado diante da escrivaninha, ele parecia incapaz de afastar da mente as lembranças da noite anterior, as imagens de Penelope Pettypeace em sua cama, sob seu corpo, movendo-se ritmadamente com ele.

Não que as lembranças de encontros com outras mulheres também não permanecessem em sua mente, mas com Pettypeace era mais um saborear, como a degustação de um bom vinho que exigia algum tempo para ser apreciado antes de se tomar outro gole. King com certeza queria outro gole de Penelope Pettypeace. E, a julgar pela forma como a pegara olhando para ele com desejo durante o café da manhã, ela queria ser sorvida. Lentamente. Metodicamente. Sedutoramente.

Ah, a assistente sempre tão eficiente dele estivera ali, esforçando-se para não parecer afetada pelo que havia acontecido entre eles, mas ela nunca enrubescera na mesa do café da manhã antes. No entanto, naquela manhã, Pettypeace estava toda corada. Mais de uma vez ele amaldiçoou o vestido azul-marinho que escondia os ombros e o colo, assim como o alto dos seios. King teria gostado de ver aquele rubor se espalhando por toda a pele dela.

Que tolo ele havia sido ao achar que Pettypeace não se dedicaria totalmente na cama, como fazia com todas as tarefas que ele lhe dava. Todas aquelas mulheres que ela estava considerando para ser a duquesa dele... King duvidava que alguma fosse mais adequada para ele do que ela.

Não era sem precedentes um duque se casar com uma plebeia. Thornley havia se casado com uma dona de taverna sem ascendência aristocrática. Mas King gostava demais de Pettypeace para lhe infligir um futuro como a duquesa dele: um marido frio que não podia se arriscar a permitir que suas paixões o dominassem ou que o ciúme mostrasse sua face.

Aquele era o motivo pelo qual ele publicara um anúncio, a razão pela qual adotara uma abordagem tão impessoal para garantir uma esposa: precisava de uma mulher que se satisfizesse com o título se não tivesse o homem. Alguém que nunca chegaria a amá-lo, porque ele nunca lhe daria qualquer razão para isso.

King queria se casar com uma mulher e garantir seu herdeiro e o filho reserva. Então lhe concederia liberdade em relação a ele. Sem apegos emocionais. Sem medo de perder as rédeas do próprio temperamento, sem se preocupar com a possibilidade de que ela descobrisse as ações inescrupulosas que ele praticara. A porta da biblioteca foi aberta e logo fechada novamente. Pettypeace se adiantou, pisando firme na direção dele, com uma expressão preocupada no rosto. Como chegara a conhecê-la tão bem a ponto de saber o significado de cada expressão sutil em seu rosto?

King ficou de pé.

— Qual é o problema?

Ela cambaleou um pouco ao parar diante da mesa dele.

— Eu estava começando a ler a correspondência e os convites recebidos quando me deparei com isso. É a carta mais estranha que já vi, e me deixou preocupada...

King pegou o papel que ela lhe estendia e leu as palavras que haviam sido recortadas e organizadas em uma mensagem sinistra. Ele sentiu a garganta apertada como se houvessem passado uma corda ao redor do pescoço dele e precisou se esforçar muito para não amassar o papel, acender um fogo na lareira e queimá-lo até que virasse cinzas.

— E o envelope?

Pettypeace tirou-o do bolso.

— Totalmente em branco. Tem que ter sido entregue em mãos. Um criado deve ter deixado na minha caixa de correspondência.

King assentiu.

— Vou cuidar do assunto.

Embora não soubesse por onde começar, com tão poucas pistas. Não poderia se arriscar a contratar seus detetives habituais e correr o risco de que eles acabassem descobrindo o que ele havia feito. Aquilo o deixaria vulnerável demais e colocaria os profissionais em quem confiava na posição de terem que traí-lo ou de acabarem tentados a seguir o caminho do patife que mandara a carta e também tentarem extorqui-lo.

— O que significa isso?

— Não é importante.

— É tão sem importância a ponto de deixá-lo pálido desse jeito? Essa pessoa acredita que você tem um segredo digno de uma chantagem. Hugh, o que você fez?

Ele desejou que ela não tivesse usado seu primeiro nome, porque aquilo indicava que o estava vendo mais como um homem do que como um título. Era muito mais fácil lidar com todo aquele assunto, com as consequências dele, do ponto de vista do título, e não do seu ponto de vista pessoal.

— Deixe isso para lá.

King amassou o papel irritante, jogou-o no lixo e caminhou até a janela. Estava ciente dos passos silenciosos no carpete grosso quando ela parou ao lado dele. King inalou o perfume reconfortante de jasmim de Penelope e sentiu seu olhar firme — maldição, era um olhar confiante.

— Você está sendo ameaçado e, a julgar pela sua reação, essa ameaça tem alguma razão de ser — falou ela em um tom suave.

King cerrou os dentes até doerem. Já havia dito tudo o que pretendia sobre o assunto. Se mantivesse o silêncio, ela iria embora.

— Deixe-me ajudá-lo.

— Isso não lhe diz respeito.

Ele sentiu o ar tremular, como se as palavras a tivessem atingido feito um golpe físico. Pronto. Era capaz de ser tão cruel quanto o pai quando necessário. Com certeza ela agora sairia correndo, com lágrimas escorrendo pelo rosto, para longe do escritório, da casa dele, provavelmente para longe de sua vida.

Mas não foi o que fez. Ela pousou a mão no ombro dele. Como ele poderia esquecer que aquela era Pettypeace? Não fugia de nada, havia encarado sem medo os brutos que entraram com Lawrence naquela mesma sala. King teve vontade de se voltar e deixar que ela o envolvesse nos braços.

— Você realmente achou que o que aconteceu na noite passada não mudaria as coisas entre nós? — perguntou ela baixinho. — Quaisquer que sejam seus segredos, o que quer que você tenha feito, não pode ser pior do que estou imaginando. Ainda assim, permaneço aqui e continuarei assim, sempre a sua serva leal, sua... amiga devotada.

King fechou os olhos com força e abaixou a cabeça.

— É muito, muito pior do que qualquer coisa que você esteja imaginando. Por favor, Penelope, deixe que eu cuide disso.

— Estou ao seu lado há oito anos. Por que o abandonaria quando posso ver como está precisando do apoio de alguém? Quem mais pode lhe dar esse apoio, Hugh?

Só você, foi o que ecoou na mente dele, no coração, na alma. Já teria havido um tolo maior em toda a Grã-Bretanha? Penelope o admirava, o respeitava. Tudo aquilo mudaria. King respirou fundo, se rendendo, abriu os olhos e se atreveu a encontrar o olhar dela.

— Eu roubei os títulos do meu pai.

Penelope franziu o cenho de maneira delicada, e seus olhos verdes refletiam a confusão que sentia.

— Como você pode roubar o que é direito seu de nascimento?

Ele respirou fundo mais uma vez, a respiração entrecortada, antes de se forçar a dizer as palavras.

— Os títulos só se tornam meus depois que o meu pai der seu último suspiro, e isso ainda não aconteceu.

Capítulo 15

Pettypeace o encarou sem entender.

— Seu pai não está morto?

— Não.

— Onde ele está, então?

— Mandei trancafiá-lo e o declarei morto.

Ela esfregou os braços como se estivesse tentando se aquecer, como se um vento tivesse soprado e a gelado até os ossos.

— Entendo.

King duvidava muito daquilo.

— Preciso de uma bebida. — Ela foi até o aparador de mármore e serviu uísque em dois copos. Então voltou e entregou um a ele. — Sente-se e me conte tudo.

Depois de todo aquele tempo, ele não deveria se surpreender que Pettypeace sempre encarasse os problemas diretamente. Sem acusações, sem julgamentos apressados. Mas ela queria respostas e, depois do que havia acontecido entre eles na noite da véspera, merecia tê-las. Maldição, Pettypeace merecia respostas por causa da lealdade que demonstrara ao longo de todos aqueles anos. King escolheu duas cadeiras perto da janela para que a luz do sol da manhã pudesse aquecê-los. Mal sabia por onde começar.

— Já lhe contei como ele punia Lawrence, como fiquei com aquelas cicatrizes, o que ele pretendia fazer com a minha mãe. Meu pai era um homem cruel, Penelope. Sempre tive a impressão de que ele gostava de ser cruel. Quando eu tinha 19 anos, cheguei ao meu limite. Eu o convenci de que queria fazer uma viagem de caça na Escócia com ele. Só nós dois. Eu planejava matá-lo lá, então diria que tinha havido um acidente com a arma... mas, no fim, não tive coragem.

Os dedos gentis de Penelope afastaram a mecha rebelde caída na testa dele, a que King nunca conseguia domar.

— É claro que não.

Aquela fé lhe deu a sensação de que algo dentro de seu peito estava se estilhaçando. Talvez fosse o gelo em torno de seu coração. Doía, mas ao mesmo tempo era tão refrescante quanto a chegada da primavera, carregada de promessas.

— Em vez disso, arrastei-o para um pequeno hospício, extremamente privado.

— Isso não me parece algo que pode ser feito de forma clandestina. Deve ter havido muitas testemunhas.

— Você ficaria surpresa com o que um homem desesperado pode conseguir quando se dedica a isso. Embora eu deva confessar que fiquei o tempo todo com medo de ser pego. — Ele tomou um gole do uísque. — Temos um chalé de caça na Escócia, com poucos criados. Fomos para lá. Meu pai gostava de caçar no amanhecer, assim que a luz do dia surgia sobre as colinas. Ele avistou o veado que queria matar e estava tão concentrado em mirar no animal que não me ouviu chegar bem perto. Acertei o cabo do rifle na cabeça dele e o derrubei. Tive medo de ter batido com tanta força a ponto de realmente matá-lo. Decidi ali mesmo que confessaria o crime e iria para a forca sem problemas, sabendo que minha mãe e Lawrence estariam em segurança para sempre.

Penelope entrelaçou os dedos aos dele e apertou carinhosamente.

— E você alega não ter coração.

Ele fitou-a com um sorriso irônico.

— Talvez eu tivesse, quando era mais jovem. Mas quis o destino que eu só o tivesse nocauteado.

— Como o levou para o hospício?

— Você me conhece, Penelope. Não faço nada sem planejamento. Como sabia que poderia ter dúvidas em relação a matá-lo, já havia pesquisado e encontrado um hospício localizado a pouco mais de uma hora de distância do nosso chalé. Havia levado um tônico sedativo, que virei em sua garganta, então amarrei-o com uma corda que estava na bolsa que carregava comigo quando caçava e o cobri com folhagens. Caminhei até o vilarejo vizinho para alugar uma carroça e cavalos. As pessoas me reconheceram, é claro, mas ninguém questiona os motivos do filho de um duque fazer o que faz. Voltei para onde meu pai estava, coloquei-o dentro da carroça e o levei para o hospício.

— Então talvez, depois de todo esse tempo, alguém tenha decidido chantageá-lo.

King balançou a cabeça, negando.

— Eles não sabem quem ele é. Dei nomes falsos a mim e a ao meu pai e disse aos responsáveis que ele acreditava ser o duque de Kingsland. Assegurei que não era. Vou até lá todo ano e pago em dinheiro.

— Sua mãe ou lorde Lawrence sabem?

Olhar nos olhos de Penelope era um bálsamo para a consciência culpada que devastara King por anos.

— Não. Eu usei o acidente de caça original como uma explicação para a morte dele. Na volta do hospício, passei por um vilarejo onde nunca havia estado e comprei um caixão, que enchi com arbustos, galhos e pedras que encontrei pelo caminho, para deixá-lo pesado. E fechei-o com pregos. Disse à minha mãe e ao meu irmão que meu pai havia tropeçado e levado o rifle a disparar acidentalmente, e o ângulo do tiro havia desfigurado o rosto dele. O caixão nunca foi aberto. Achei que o médico da família ou algum oficial exigiria ver o corpo para declará-lo morto... mas ninguém duvidou da minha palavra. Até alguns minutos atrás, ninguém sabia do que acontecera, a não ser eu. — Era estranho como o fardo de alguma forma parecia mais leve. — Durante quinze anos, pensei que tinha me safado completamente. Preciso falar com os criados, para tentar descobrir quem trouxe o envelope.

— Deixe que eu faça isso, caso contrário vão acabar achando que o assunto é mais importante do que deveriam.

— Não quero envolvê-la nisso, Pettypeace.

— Tarde demais. Estou envolvida desde que a carta chegou à minha mesa.

Ela falou com sua desenvoltura habitual. Nada nunca a incomodava. King pensou nas damas da lista de opções para a futura duquesa.

Quantas teriam desmaiado diante daquela informação? Ou chorado? Quantas teriam ficado horrorizadas?

— Talvez eu precise partir para a Escócia esta tarde, em vez de ir ao Hyde Park.

Ele queria garantir que o pai continuava onde havia sido deixado, que a carta não era resultado da determinação do oitavo duque de criar o caos. Era inconcebível que fosse ele, mas King também não conseguia imaginar quem mais poderia ser. Ele havia sido muito cuidadoso ao longo dos anos.

— Totalmente compreensível.

— Venha comigo.

As palavras saíram antes que tivesse muito tempo para pensar nelas. Qualquer viagem para a Escócia sempre o levava a um lugar sombrio dentro de si, mas, se Pettypeace estivesse ao seu lado, ele estaria levando a luz do sol aos cantos obscuros de sua alma.

A expressão dela se suavizou, e King se perguntou se Pettypeace compreendia a magnitude do que ele estava lhe pedindo.

— Eu ficaria honrada em acompanhá-lo na viagem.

O alívio que o tomou deveria ter servido como um aviso de que, no que dizia respeito a Pettypeace, ele estava com sérios problemas.

— Senhor Keating, por favor, reúna criados no salão de jantar da criadagem, preciso dar uma palavrinha com todos.

A vantagem de ser a assistente do duque era que um pedido de Penelope era tratado como uma ordem. Em cinco minutos, ela estava contando quantas pessoas estavam reunidas no salão onde os criados faziam suas refeições. Como era ela que fazia os pagamentos toda semana, sabia exatamente o número de funcionários da casa e ficou satisfeita ao ver que a contagem correspondia ao número total.

Sim, Penelope subia em um caixote de frutas que Harry sempre colocava à sua frente quando ela precisava se dirigir a todos, mas já havia se tornado bastante habilidosa em projetar a voz com autoridade, por isso o fato de ser tão pequena não a prejudicava.

— Agradeço a todos por atenderem tão prontamente à minha convocação. Esta manhã, quando examinava a correspondência do duque, me deparei com uma carta que não estava endereçada nem tinha qualquer sinal que indicasse onde poderia ter sido postada, o que me faz acreditar que foi entregue em mãos. — Ela ergueu o envelope. Embora fosse um envelope comum, sem qualquer característica especial, Penelope esperava que alguém se lembrasse. — Quem recebeu, por favor, dê um passo à frente.

Ninguém se adiantou. Ela viu apenas expressões confusas e olhares vazios.

— A pessoa que recebeu não está em apuros. Não fez nada que não deveria. Não será dispensada do serviço. A questão é só que o remetente se esqueceu de assinar a carta e, portanto, não sei para onde enviar a resposta do duque. Achei que alguém poderia se lembrar do uniforme usado ou de alguma outra característica da pessoa que entregou a carta.

Nada.

— Talvez tenha sido entregue ontem à noite. — *Depois que eles saíram para o baile*, pensou Penelope, mas ainda parecia que ela estava se dirigindo a uma sala cheia de estátuas. — Entendo. É bastante estranho, não é? Muito bem então. Se alguém se lembrar de ter recebido esta carta, por favor, me avise.

Ela desceu do caixote.

— Ah, por favor, rapazes, moças — falou subitamente o sr. Keating. — Um de vocês com certeza recebeu essa carta. Ela não pode ter entrado voando na casa. Se a pessoa que recebeu aceitou uma moeda de quem entregou, pode ficar com ela... mesmo que o duque não aprove esse tipo de coisa. Sem problemas. Mas ajude a srta. Pettypeace.

Houve uma certa agitação, mas Penelope desconfiava que todos estivessem ansiosos para voltar às suas tarefas. Não havia razão para quem quer que tivesse recebido a carta não se apresentar. O sr. Keating pareceu derrotado.

— Perdão, srta. Pettypeace. Trata-se de um mistério, sem dúvida.

— Tenho certeza de que vamos conseguir resolvê-lo. Quando o remetente não receber uma resposta, ele, ou ela, se verá obrigado a enviar outra carta. Talvez da próxima vez tenhamos mais informações.

Mas o mordomo estava certo. Era um mistério. E, sem dúvida, não teria o final gratificante que ela gostara de ler em *Assassinato no Ten Bells*, de Benedict Trewlove.

— O senhor trabalhou para o duque anterior, não é mesmo, sr. Keating?

Ele a observou por algum tempo antes de responder:

— Sim, trabalhei.

— Como ele era?

— Não gosto de falar mal dos mortos, srta. Pettypeace, mas não lamentei a sua morte. Por que pergunta?

— Pura curiosidade. Ele já havia falecido quando comecei a trabalhar aqui, e ninguém nunca o menciona.

— Por uma boa razão. Ele não vale a pena ser lembrado. E lhe garanto que o mesmo não será dito do atual duque.

Em relação àquilo, o mordomo tinha toda a razão. Penelope se lembraria do atual duque enquanto respirasse.

Capítulo 16

— O QUE ESPERA descobrir na Escócia? — perguntou Penelope, enquanto a carruagem seguia pela estrada que os levava para fora de Londres.

Ainda não era meio-dia. Ela ficou decepcionada por ter que dizer a Kingsland que não tivera sorte em descobrir como a carta tinha ido parar em sua escrivaninha. Ele estava sentado diante dela na carruagem, a tensão palpável, enquanto mantinha a atenção concentrada no cenário que passava — ao menos era o que parecia. Mas Penelope desconfiava que, na verdade, ele estava se debatendo com a própria consciência e com as preocupações que enchiam sua mente.

— Quero ter certeza de que ele ainda está lá.

— Ele não invadiria a própria casa se tivesse fugido?

— Não sei o que ele é capaz de fazer, Pettypeace. — A exasperação tingia cada palavra.

Penelope havia retornado por completo ao papel de assistente dele. Mesmo sabendo que era melhor daquela forma, que ela precisava ser lembrada de sua posição na vida do duque, não conseguia esquecer que passara tempo demais lutando para pensar em Kingsland apenas como seu patrão e queria muito ser vista como mais do que uma empregada, mesmo que apenas por um curto período.

— Peço desculpas, Penelope. Eu provavelmente não deveria tê-la trazido comigo.

Ah, como ela desejava que seu coração pouco prático não disparasse toda vez que o duque se dirigia a ela usando seu primeiro nome. Mas ele tinha a habilidade de fazer o nome dela soar como um carinho. Sua voz sempre ficava mais baixa, mais suave. Embora Kingsland pudesse achar o nome longo demais, Penelope valorizava cada sílaba que ele pronunciava. Ela se esforçou para não deixar transparecer a facilidade com que ele conseguia derreter qualquer pensamento coerente em sua mente e forçou um sorriso tranquilizador.

— Eu já o vi em momentos piores.

— Mas as coisas entre nós eram diferentes naquela época.

Penelope quase disse a ele que a carruagem precisava de um aparador com bebidas, porque ela estava com vontade de tomar alguma coisa — alguma coisa que soltasse a língua de ambos, para que pudessem conversar sobre o que, exatamente, era o relacionamento deles. Ela olhou pela janela.

— A mim parece que ainda é dia. Apenas as noites devem ser diferentes.

Ele esticou as pernas compridas, e uma bota bem engraxada foi apoiada de cada lado da saia de Penelope.

— Avaliei mal, o que, como você sabe, é raro no que me diz respeito.

O homem conseguia parecer humilde e arrogante ao mesmo tempo.

— O que exatamente considera que avaliou mal?

— O quanto você me tocaria.

Penelope ficou surpresa por não ter entrado em combustão na mesma hora, tamanho o calor que a envolveu quando as imagens dispararam por sua mente — não apenas de quanto ou com que frequência, mas mais precisamente de todas as várias partes dele, quase cada centímetro, que havia tocado. A perturbação logo deu lugar ao embaraço.

— As damas não costumam tocá-lo com frequência quando vocês estão fornicando?

Kingsland riu baixinho.

— Não estou falando do toque físico, mas de algo mais profundo. Não tenho palavras para explicar. Sempre a estimei, Pettypeace, mas agora há também esse sentimento novo e estranho. Você se tornou subitamente mais preciosa, Penelope, mais importante, mais emaranhada no tecido da minha vida. Fiz essa viagem sozinho inúmeras vezes, no entanto, esta manhã, não conseguia imaginar fazê-la sem você.

Ele cerrou as mãos enluvadas, que estavam apoiadas nas coxas e voltou a olhar pela janela.

Penelope estendeu a mão e pousou sobre a dele, sentindo a tensão que irradiava daquele punho cerrado para cada terminação nervosa, deixando-o vulnerável, prestes a se estilhaçar se fosse atingido com força ou com as palavras erradas.

— Não conseguiria imaginá-lo viajando sem mim.

Kingsland virou as mãos e envolveu os pulsos dela, até as palmas de suas mãos se tocarem.

— Podemos ter estragado as coisas entre nós — disse ele.

— Bem, se era isso que tinha que acontecer, não consigo imaginar uma maneira mais agradável de fazê-lo.

King teve vontade de puxar devagarinho aquela mão que se encaixava tão perfeitamente na sua, de trazer Penelope para o colo e capturar aquela boca que dizia com tanta facilidade palavras capazes de destruir um homem. Mas, depois de saboreá-la por inteiro na noite da véspera, se ele provasse um pedacinho dela agora, logo iria querer se banquetear, e os sons gloriosos que Penelope teria deixado escapar seriam ouvidos pelo cocheiro e pelo criado que os acompanhava. E ele não teria coragem de cobrir a boca dela para abafar o barulho. Gostava demais de ouvir aqueles gemidos e gritos de prazer.

Apesar de ter prometido, de *realmente* acreditar, que nada mudaria entre eles, tudo mudara. De uma forma profunda e irrevogável, e ele corria o risco de perder a melhor assistente de toda a Grã-Bretanha, provavelmente de todo o mundo, porque não havia conseguido resistir ao seu fascínio.

Eles precisavam encarar a relação entre eles sem emoção, com desapego. Ele não era capaz de dar a ela mais do que o prazer físico. Embora Penelope tivesse entrado naquele arranjo sabendo das limitações, King tinha poucas dúvidas de que ela iria querer mais. Todas as mulheres queriam. E ele não podia lhe dar aquela esperança. Por isso, desvencilhou-se da mão dela e ficou olhando com uma sensação de vazio quando Penelope se recostou nas almofadas.

— Você acha que um dos criados pode ser o responsável pela mensagem?

Não havia nenhum sinal de mágoa em sua voz, e King se sentiu grato por isso. Sempre prática, Penelope compreendia a necessidade de restringir qualquer tipo de proximidade às horas do luar.

— Não vejo como.

— Talvez o cocheiro ou o criado que o acompanham até a Escócia tenham pensado em tirar vantagem.

— Depois de chegarmos ao chalé da família, sempre sigo sozinho a cavalo até o meu destino. Durante um grande trecho da viagem pelo campo não há lugar para ninguém se esconder. Eu veria na mesma hora. Como sei muito bem o que está em jogo, tenho sido extremamente cauteloso.

— Os empregados do chalé?

— Improvável. É um grupo muito pequeno de criados. Mordomo, governanta, um criado e uma criada, cozinheira. Um homem que cuida do gado, outro que cuida dos cães de caça e da manutenção do terreno.

— Certo.

Ela enfiou a mão no bolso e pegou o onipresente caderninho de couro e um lápis.

King não conseguiu conter um sorriso.

— Você vai a algum lugar sem isso?

Ela fitou-o com uma expressão ardente e sensual que deu a King a sensação de que o sol havia nascido subitamente dentro da carruagem.

— Ao seu quarto.

Ele fechou os olhos com força e praguejou.

— Você ainda vai me matar, Pettypeace.

— Você queria me beijar alguns minutos atrás.

— Sim. — Quando voltou a abrir os olhos, King a pegou fitando-o com uma expressão de quem compreendia exatamente o que tinha acontecido, e gostava. — E não só isso.

— Nós dois somos tão terrivelmente disciplinados.

— Você teria tido a firmeza para me deter, então?

Penelope abaixou os olhos para o ponto onde seu dedo acariciava o couro do assento, e King se lembrou dela acariciando outras coisas.

— Estou feliz por você não ter testado a minha força de caráter. — Ela ergueu os olhos. — Ele ou ela, acho que não devemos descartar a possibilidade de que essa pessoa seja uma mulher, deve ter pensado que você poderia reconhecer a caligrafia. Caso contrário, por que se dar ao trabalho de recortar palavras e colá-las no papel? Portanto, devemos fazer uma lista de todos cuja caligrafia você reconheceria.

A conclusão dela fazia sentido, mas King não gostou daquela hipótese. Seria alguém que conhecia intimamente? Quantas pessoas ele conseguiria identificar pela caligrafia? Pouquíssimas.

— Ou talvez a pessoa temesse que *você* reconhecesse a caligrafia. Você lê minha correspondência mais do que eu.

Apesar do balanço da carruagem, Penelope ficou imóvel, espantosamente imóvel.

— Sim... acho que sim.

Ela desviou os olhos para a janela e mais além. Se King não estava enganado, Penelope estava fazendo uma viagem para algum lugar ao qual ele não tinha como segui-la. Não era típico dela se distrair daquela forma.

— Penelope?

Ela voltou novamente a atenção para ele com um sobressalto.

— Sim, você está certo, é claro. Precisamos de uma lista completa e abrangente de todas as pessoas que qualquer um de nós possa identificar pela caligrafia. Embora também seja possível que quem quer que seja simplesmente quisesse nos enervar.

— Isso talvez seja o mais provável. Não consigo imaginar que alguém que eu conheça bem fosse me ameaçar com uma carta, em vez de falar diretamente comigo. Mas vamos ver os nomes que conseguimos listar. Isso permitirá ao menos que o tempo passe mais rápido.

E se ela tivesse entendido errado? E se a carta não fosse para Kingsland, mas para ela?

O pensamento assombrou Penelope enquanto ela anotava cada nome que eles levantavam — para logo rabiscá-lo, após eles concordarem que era um absurdo até mesmo imaginar a pessoa mencionada como responsável por uma mensagem tão sinistra e pelo método escolhido para entregá-la. Então ficou escuro demais dentro da carruagem para que fosse possível escrever qualquer coisa, o que deixou Penelope com nada além de pensamentos emaranhados, tecendo um cenário após o outro, como uma aranha diligente, insatisfeita com apenas uma teia.

Eles pararam duas vezes para trocar de cavalo e fazer uma refeição em uma taverna. Kingsland queria que viajassem durante a noite para que chegassem ao chalé de caça no final da tarde do dia seguinte. Agora, Penelope começava a temer que estivessem em uma missão inútil, para a qual ela mesma os enviara, por não ter considerado todas as possibilidades.

Havia deixado o próprio passado para trás, mudado seu nome, tinha ido morar em uma parte de Londres que nunca era frequentada pelas pessoas com quem se associara quando era mais jovem. Penelope nunca recebia correspondência porque ninguém sabia onde ela estava, por isso não lhe ocorrera que o envelope poderia tê-la como destinatária. Mas e se alguém tivesse descoberto de alguma forma onde ela morava, o que estava fazendo? E se tivesse sido encontrada?

Ela havia tido inúmeras reuniões com parceiros de negócios de Kingsland: advogados, operadores da Bolsa de Valores de Londres, empresários, comerciantes, mercadores. E também com aqueles com quem investia a própria renda. A verdade era que estava sempre correndo o risco de alguém reconhecê-la. Recentemente, várias pessoas novas haviam entrado em sua vida: as que ela havia conhecido no Reduto dos Preteridos, aquelas a quem fora apresentada no baile. O sr. Bingham, da Taylor & Taylor, com quem não se sentira confortável. Até os novos criados da casa de Kingsland eram suspeitos. Gerard em particular. Na noite em que ela fora jantar com os Enxadristas, ele estava ao lado de Harry... e não a observara um pouco detidamente demais? Certamente teria acesso à escrivaninha dela para colocar algo ali em cima. Mas o fato era que todos os criados tinham.

Ela se tornara complacente demais, achando que estava segura, quando a verdade era que nunca estava a salvo de ser descoberta. Conseguia passar períodos inteiros sem pensar no que havia feito e em como aquilo levara a mãe a renegá-la. A mãe preferira enfrentar a morte à vergonha que a filha lhe causara. Penelope fugiria antes de se ver obrigada a encarar a decepção de Kingsland com ela.

Mas era cedo demais para entrar em pânico. A carta poderia ter sido para Kingsland. Ele certamente parecia acreditar que fora.

— Você está muito quieta desde a nossa última parada — comentou o duque em tom baixo. — Algum problema?

— Não consigo tirar essa carta e sua estranheza da mente.

— Acho que já gastamos tempo demais pensando a respeito.

Os lampiões pendurados do lado de fora da carruagem, junto a uma fresta da lua e a imensidão de estrelas no céu, garantiam luz o bastante para que Penelope visse o corpo grande de Kingsland cruzando a pequena extensão que os separava.

— O que está fazendo?

— Já é noite, Penelope, quando temos a liberdade de permitir que as coisas sejam diferentes entre nós. — Ele passou o braço ao redor dela e a puxou junto ao corpo, acomodando a cabeça de Penelope na dobra do seu ombro. — Venha cá, deixe que eu lhe sirva de travesseiro.

— Você realmente acredita que vou conseguir dormir?

— Acho que você deveria tentar. É incrível como passar muito tempo sentado em uma carruagem pode exaurir uma pessoa, e ainda teremos mais um dia de viagem.

Enquanto acomodava melhor a cabeça junto ao ombro dele, Penelope se sentiu grata por ter um emprego, pois a sociedade não exigia que uma mulher trabalhadora tivesse uma dama de companhia. Embora ela nunca tivesse tido uma, de qualquer forma, porque aquilo também não era esperado de mulheres da classe média. Outra razão por que havia sido uma tolice se apaixonar por ele. Um nobre não se casaria com uma mulher que não tivesse sido resguardada durante a juventude.

Por outro lado, Penelope se sentia feliz por não ter se visto obrigada a suportar a asfixia de estar sempre sob o olhar atento de alguém.

— Conte-me sobre esse clube que você visitou.

Ela não conseguiu conter um sorriso.

— Os membros supostamente não devem falar a respeito.

— Os membros não devem falar sobre as pessoas que frequentam o clube. Isso não quer dizer que não se possa falar sobre o que acontece dentro daquelas paredes.

— Você parece saber muito a respeito.

— E deveria mesmo. A mulher que escolhi para cortejar no ano passado se casou com o proprietário do clube. — Penelope sabia daquilo, obviamente. — Passei por lá, certa noite, mas não me permitiram ver muito além do saguão de entrada. É tão escandaloso quanto dizem os rumores, com orgias e tudo mais?

— Não que eu tenha visto. Achei tudo muito comportado. Pessoas dançando, bebendo, jogando dardos. — Embora ela talvez descobrisse algo muito diferente se tivesse subido até o último andar com o sr. Grenville. — Conte-me sobre a mulher que você foi ver depois que jantamos com os Enxadristas.

Como estava aconchegada a ele, Penelope percebeu que o corpo de Kingsland se enrijeceu por um momento e logo voltou a relaxar. Perguntou-se se ele pretendia mentir.

— O nome dela é Margaret. Nós nos encontramos de vez em quando... quando sinto vontade. Mas nada aconteceu naquela noite. Nada acontece entre nós há um bom tempo.

A mulher era amante dele... ou havia sido. Penelope desejou não ter perguntado, assim, não saberia a verdade sobre o destino de Kingsland naquela noite.

— Ela não é tão conveniente quanto eu.

— Nem desperta o meu interesse como você. — Kingsland se afastou um pouco até Penelope sentir o olhar dele, e logo a mão cálida envolvia o rosto dela. — Necessidades físicas, Penelope. Quando eu as tinha, Margaret as satisfazia. Quando era a vez dela, eu fazia o mesmo por ela. Naquela noite, não me dei conta de que as minhas necessidades físicas eram bastante específicas. Eu não queria qualquer mulher. Queria você.

O beijo que ele lhe deu, então, talvez fosse o toque, a carícia, mais gentil que Penelope já experimentara. Ele a estava encorajando a ansiar pelas noites, a ansiar por aqueles momentos em que ela não era Pettypeace. Em que não era a assistente dele, mas algo mais. Algo pelo qual ele ansiava. Não, algo, não. Alguém. *Eu não queria qualquer mulher. Queria você.*

Agora, Pettypeace tinha outra tarefa diante de si, outra condição que a mulher escolhida teria que cumprir: a futura duquesa teria que ser capaz de fazê-lo não querer mais Penelope. A cada dia que passava, a cada hora que passava, a tarefa de escolher uma esposa para o duque se tornava mais insuportável.

Mas ela pensaria naquilo em outro momento, depois que aquela viagem chegasse ao fim e eles estivessem de volta a Londres. Por ora, só o que queria era se perder no beijo de Hugh, se perder nele. Penelope inspirou longa e profundamente o perfume dele, enquanto suas línguas se dedicavam a um ritual antigo, pois decerto até os druidas haviam descoberto a magia de duas bocas fundidas na paixão. King passou os braços por baixo dela, ao redor dela e, com pouquíssimo esforço, ajeitou o corpo de Penelope até que as pernas estivessem em cima do banco e ela parcialmente reclinada de lado, apoiada contra as almofadas do encosto, deixando espaço suficiente para que Hugh pudesse se sentar na beira do assento sem cair no chão. Ela estava de frente para ele, apoiada em um cotovelo, e recebeu com voracidade o beijo. O gemido de satisfação que ele deixou escapar provavelmente foi ouvido pelo cocheiro, mas Penelope não se importou. Nem um pouco.

Ele deixou a boca correr pelo rosto dela, até a orelha, e mordiscou o lóbulo macio.

— Achei que a noite jamais chegaria. — A voz dele estava rouca de desejo, e o corpo de Penelope reagiu à altura, envolvido em uma onda de calor que ameaçou transformar sua roupa em cinzas.

Ela pensou nos próximos meses, quando a noite chegaria mais cedo e iria embora mais tarde, quando teria mais horas com Hugh. Mais minutos, mais segundos.

Kingsland deslizou a mão por baixo da saia e envolveu a panturrilha dela. Ele já havia descalçado as luvas, e Penelope se deleitou com a intimidade do toque.

— As coisas que quero fazer com você...

Penelope esperava que ele pudesse ver seu sorriso.

— As coisas que quero que você faça comigo...

— A maior parte das damas que conheço ficaria escandalizada com a ideia de eu tomar liberdades em um veículo em movimento.

— Em primeiro lugar, não sou uma dama. Em segundo lugar, acho bastante tentadora a ideia de você tomar liberdades comigo em qualquer lugar.

— Você não poderia gritar.

— Consigo conter os gritos. Já fiz isso antes enquanto atravessava Londres em uma carruagem.

Ele flexionou os dedos na panturrilha dela, enquanto o resto de seu corpo ficava completamente imóvel.

— Jesus, Penelope, você aliviou seus... impulsos em uma carruagem?

— Nessa em que estamos, na verdade. — Ela ouviu a respiração dele se tornar arquejante, e sentiu seus olhos perfurando-a. — Está chocado?

— Quando? — exigiu saber Hugh, insistente.

— Na noite em que você me abandonou para visitar Margaret.

— Por causa de Bishop, por causa daquela maldita piscadela que ele lhe deu?

Era um toque de ciúme que ela estava ouvindo em seu tom?

— Não, seu tolo, por sua causa. Por causa da sensação que o toque da sua mão na minha provocou. Por causa da forma como você olhou para mim, como se estivesse se perguntando se eu seria tão saborosa quanto o seu vinho.

Embora baixo, abafado pelos cascos dos cavalos batendo na estrada, o grunhido que Hugh soltou foi como o de um animal chamando a parceira para acasalar. Sua boca capturou a dela, firme e determinada, enquanto ele deixava a mão deslizar pela perna de Penelope, até alcançar o vértice entre as coxas dela. Os dedos dele se insinuaram rapidamente pela abertura na frente da roupa de baixo dela, e se aninharam nos pelos sedosos que cobriam seu sexo. Penelope quis arrancar o casaco dele, o colete e a camisa. Mas quase não havia espaço para se despirem, e como Hugh explicaria a ausência de roupas se uma roda quebrasse de repente, ou se um cavalo começasse a mancar?

Por isso, ela se contentou em segurá-lo pelo maxilar, correndo as palmas das mãos pela barba espessa por fazer, se dando conta de que estivera certa na noite anterior: Hugh havia se barbeado antes de ela bater em sua porta.

Os dedos dele separaram os pelos do sexo dela, continuaram a se insinuar pelos lábios íntimos e começaram a acariciá-la, arrancando sensações intensas, o tempo todo mantendo a boca colada à dela. Quando seu clímax chegou e ela não conseguiu conter um grito, provando que estivera errada, Hugh a segurou firme, absorvendo o grito com a boca enquanto o corpo dela se contorcia e estremecia.

Ele recuou e a fitou, e Penelope desejou ter um lampião ali, para vê-lo mais claramente.

— Você reage tão rápido aos meus estímulos...

Porque ela vivera de fantasias por alguns anos e agora estava descobrindo que a realidade era muito melhor do que havia imaginado.

— Sou uma devassa.

O sorriso dele cintilou na escuridão.

— Eu não estava reclamando nem criticando você por saber o que quer, o que merece ter.

— Você também merece. Precisamos cuidar do seu prazer.

Hugh aninhou-a contra si e a abraçou.

— Tive um prazer indescritível com a sua reação. É tudo de que preciso no momento.

Ela se acomodou ao lado dele.

— Você é uma cama bastante confortável.

— Durma bem, Penelope.

Havia outra possibilidade, se estava aninhada nos braços do homem que amava?

Capítulo 17

— Devemos ir ao teatro juntos — sugeriu Kingsland. — Lá, você certamente verá algumas das damas que está considerando para a posição de duquesa e terá a oportunidade de observá-las em uma atmosfera diferente, o que permitirá que avalie melhor sua adequação.

Penelope quase argumentou que deveria ser ele a *considerar* cada aspecto da empreitada. Mas a tarefa tinha a vantagem de lhe permitir estar com Kingsland em ambientes diferentes, e ela não era tola a ponto de abrir mão daquilo.

Pouco depois de acordar naquela manhã, aconchegada nos braços dele, eles pararam em uma estalagem por uma hora. Kingsland alugou quartos para que pudessem lavar a poeira da viagem e se arrumar um pouco. Mas, de alguma forma, os dois acabaram no mesmo quarto, então na mesma banheira e depois na mesma cama. Quando entraram no salão de refeições para tomar o café da manhã, Penelope temeu que todos pudessem notar que ela acabara de ser completamente arrebatada. E isso quando o sol já estava nascendo… ainda pouco acima do horizonte, mas visível. Ela se esforçou para não dar um significado excessivo ao encontro. Desconfiava que o motivo havia sido a necessidade de uma fuga temporária de toda a preocupação que pesava sobre ele.

Quando voltaram para a carruagem, já com uma nova parelha de cavalos, Kingsland ocupou mais uma vez o assento diante de Penelope, deixando claro que ela voltara a ser Pettypeace. Era como ela se sentia mais confortável — entendia seus deveres, era hábil em lidar com as responsabilidades e os arranjos de negócios. Pettypeace mantinha o coração enjaulado, mas à noite ele era como um canário aprisionado, testando as asas e querendo entortar as barras para que pudesse escapar.

— Pode ser útil se você me informar melhor o que deseja em uma esposa. Além de ser silenciosa.

Kingsland estreitou os olhos para se proteger da luz do sol enquanto fitava os campos que passavam pela janela.

— Prefiro que ela não esteja apaixonada por outro.

— Mas você não quer que ela te ame.

Ele soltou um suspiro e se ajeitou no assento de couro.

— Você já se apaixonou, Pettypeace?

— Já, sim.

Kingsland cerrou o maxilar.

— Ele a abandonou?

O duque parecia realmente ofendido por causa dela.

— Ele nunca soube, nunca contei a ele. De nada adiantaria confessar meus sentimentos.

— Amor não correspondido. O pior tipo.

— Acho que teria sido pior nunca ter amado, nunca ter conhecido o sentimento... — Penelope balançou a cabeça, e deixou a voz se extinguir.

Como poderia dizer a ele que era muito melhor tê-lo amado, ainda mais quando Kingsland tinha tão pouca noção da profundidade dos sentimentos dela por ele?

Ele cruzou os braços diante do peito.

— O que você sentiu? Como soube que o amava?

— Você nunca amou?

— Já lhe disse que não tenho coração. E acredito que ter um seja um requisito para amar. O que fez você amá-lo? A beleza dele, o físico, a cor dos olhos?

— Ele poderia ter a aparência de um ogro que isso não teria a menor importância. Eu gostava da maneira como ele me tratava, da forma como valorizava a minha opinião e me via como igual, mesmo quando a sociedade não fazia isso. Eu o amava porque ele não media meu valor com base nas minhas feições, nas minhas curvas ou na cor dos meus olhos.

Ela talvez tivesse dito tudo aquilo com um pouco mais de veemência do que era esperado — na verdade, permitido — quando uma assistente se dirigia a um duque.

Kingsland não respondeu, apenas a fitou como se, de repente, ela tivesse se tornado um enigma que ele não conseguia decifrar. Kingsland contraiu a mão enluvada, então deu um puxão no couro.

— Você não se casou com ele.

— Não, ele se casou com outra.

Ou faria aquilo logo mais. O homem que Penelope amava se casaria com a mulher que ela escolheria para ele.

— Foi alguém de quem você gostava antes de trabalhar para mim. — Uma declaração, não uma pergunta.

— Não sei por que estamos falando disso.

— Eu a mantive ocupada demais para que tivesse qualquer tipo de vida social, portanto só pode ter sido antes de você trabalhar para mim. Ou seja, você teria o quê? Uns 16, 17, 18 anos, quando achou que estava apaixonada?

— Eu não *achei*. Eu sabia que estava. — Que ele acreditasse que havia sido o amor de uma menina, não de uma mulher. Penelope certamente não queria que Kingsland adivinhasse que era ele o amor da vida dela, não queria ver a piedade nos olhos dele por não retribuir o sentimento. — Além disso, as damas da minha lista... que idade acha que elas têm? Algumas mal saíram da sala de aula.

— Não escolha uma dessas. Quero uma esposa com alguma experiência de vida.

Que homem irritante.

— Poderia me passar uma lista completa de suas exigências, em vez de distribuí-las como um avarento entrega seus tostões?

Kingsland sorriu. Sorriu de verdade.

— Eu gosto do ardor que você mostra quando está brava.

— Não estou brava. — Embora seu tom talvez refutasse a afirmação. — Apenas frustrada. Estou me esforçando para encontrar a mulher perfeita...

— Não existe mulher perfeita, Pettypeace.

— Quero que você seja feliz com ela. Não quero que ela o faça de tolo como aconteceu com a última. Quero que ela seja o que você precisa. E, sim, quero que você venha a amá-la. Uma vida com amor é... mesmo que o amor não dure, mesmo que seja por pouco tempo... descobrir a alegria de se doar, de ansiar para que o dia comece porque aquela pessoa fará parte dele. É poder compartilhar o que se pensa sem ser julgado. Ser capaz de discordar, sabendo que a pessoa ouvirá seu argumento e não terá menos consideração por você por causa disso. É sentir que você é melhor do que era antes de essa pessoa entrar na sua vida. E é chorar quando ela não está mais com você.

— Você chorou pelo seu amor perdido?

Ela choraria, sem dúvida choraria. Penelope deu um sorriso triste.

— Baldes.

— Parece devastador e, ainda assim, você deseja isso para mim.

— Não tenho palavras para explicar direito. Enquanto o tive, enquanto ele estava em minha vida, o que eu sentia era como alimento para minha alma. O sol, a lua e as estrelas estavam todos dentro de mim. — Penelope suspirou e revirou os olhos, constrangida. — E agora estou parecendo uma tola. Mas é algo tão complicado e impossível de descrever... Os poetas tentam, mas só conseguem capturar partes do sentimento. É grande demais, espetacular demais, para ser reduzido ao que nós, meros mortais, conseguimos explicar. — Penelope tirou o caderno do bolso. — Vamos começar do início, certo? Você quer uma mulher com alguma experiência e que não fale. Do que mais precisa?

Amor. Até aquele momento, King achara que passaria muito bem sem o sentimento, mas ouvir Penelope falar com tamanho ardor a respeito o fez ansiar por experimentar aquela intensidade. Ele sentiu uma certa pena do sujeito que ela amara, porque o pobre coitado nem chegara a saber. Que coisa incrível seria ser o objeto de amor de Penelope.

Mas como alguém sabia se estava apaixonado? Era aquilo que ele havia perguntado a Penelope, aquela era a resposta que estava procurando. Desde que colocara aquelas mechas soltas atrás da orelha dela, naquela manhã muito tempo antes, quando haviam tido a reunião com Lancaster, seus sentimentos em relação a Penelope tinham se tornado desconcertantes. Apesar das sobrancelhas erguidas das matronas da alta sociedade, parecera certo dançar com Penelope. Ela parecia pertencer àquele lugar quando estava em seu quarto. Fazer amor com ela... Mas quando ele já fizera *amor* com alguma mulher? Ele fazia sexo. Sexo bom e excitante. Ainda assim, não podia negar que, com Penelope, era mais do que mera fornicação. E então, para tornar as coisas ainda mais atordoantes, ele não quisera fazer essa viagem sem ela.

"Do que mais precisa?", Penelope havia lhe perguntado. "Você" fora a resposta que ficara na ponta da língua de King, mas ele não conseguira verbalizar aquilo, já que não compreendia o que o motivava.

Era estranho que ele tivesse pensado mais no que esperava de um assistente do que de uma esposa. King tentou imaginar sua futura duquesa sentada diante dele naquele momento, como certa vez imaginara que ela poderia ser: empertigada, recatada, as mãos cruzadas no colo, os olhos voltados para os campos verdes que passavam do outro lado da janela. Sem dizer uma palavra. Sem perturbar a concentração dele nos negócios.

Decerto aquela esposa imaginária não cravaria nele um olhar penetrante e desafiador, os olhos verdes praticamente fuzilando-o, exigindo que ele respondesse à pergunta que ela fizera. King conhecia homens que murmuravam na presença dele, que arrastavam os pés, o tempo todo se recusando a encontrar seu olhar. Mas ele jamais intimidara Penelope.

Ao longo dos anos, especialmente nos últimos tempos, o relacionamento deles havia se transformado em algo mais, algo que ele mal reconhecia e que não conseguia catalogar direito. Amizade, talvez. Sim, era isso. Embora fosse uma amizade um pouco diferente da que ele tinha com os Enxadristas. Obviamente era diferente. Afinal, Penelope era mulher. Ele com certeza nunca havia desejado colar a boca à de Bishop e transformar um olhar em brasas fumegantes.

— Eu desejaria em uma esposa o que você deseja em um marido.

— Como não tenho planos de arrumar um marido e não pensei a respeito, isso não ajuda muito.

— E esse sujeito que você amava?

— Nós nunca nos casaríamos. Eu sabia disso desde o início, então não me preocupei em considerá-lo para o papel. Além disso, como já expliquei, não quero um marido.

— E eu não quero uma esposa.

— Então por que está buscando por uma? Por que agora?

— Preciso de um herdeiro. E não estou ficando mais jovem. Tenho certeza de que você é capaz de julgar as mulheres melhor do que eu, Pettypeace. Confie nos seus instintos.

Ela bateu com o lápis no caderno.

— Ainda temos muito tempo de viagem pela frente. Pense no que deseja. Estou pronta para anotar suas exigências.

Talvez ele não precisasse de uma esposa quieta, mas sim de uma que falasse o que pensa, que o desafiasse.

A assistente começou a escrever — provavelmente anotando todas as razões por que estava irritada com ele, ou talvez todos os requisitos que achava que ele deveria querer. Não, ela provavelmente já fizera aquilo antes mesmo de começar a abrir as cartas que as damas de Londres haviam enviado. Penelope obviamente escolheria alguém que considerasse à altura de ser dona da casa dele. Alguém afável. Alguém que não se importasse que a assistente dele não dormisse nos aposentos designados aos empregados da casa.

Mas a verdade era que qualquer duquesa se importaria. Depois que ele se casasse, Penelope certamente não poderia atravessar o corredor até o seu quarto. Os encontros íntimos deles seriam interrompidos. Embora eles não tivessem abordado o assunto diretamente, King sabia que Penelope não era do tipo de mulher que se envolveria com um homem casado. Assim como ele não era do tipo de homem que seria infiel à esposa.

Ele teria a sua duquesa, e Penelope teria... outro homem. O fato de ela ainda não ter feito aquilo era uma prova de sua devoção ao trabalho. Mas Penelope guardava em si um ardor e uma paixão imensos, e era uma mulher inteligente, competente e ousada demais para não se tornar alvo das atenções insistentes de algum sujeito. King ficava surpreso por nenhum cavalheiro tê-la reivindicado ainda. Certamente, vários a notaram no baile, ficaram intrigados o bastante para arriscar uma reprovação por dançar com a assistente de um duque. E, se nenhum deles a cortejasse, ela iria àquele maldito clube e conheceria outros homens lá. A força do ciúme que pareceu rasgá-lo por dentro o pegou de surpresa. Era muito mais forte do que o que havia sentido no baile, e não podia mais negar do que se tratava. King não conseguia suportar pensar em Penelope com outro homem, mas sabia que era egoísmo da sua parte não querer que ela encontrasse alguém que pudesse apreciá-la devidamente. Ela poderia até não querer se casar, mas isso não significava que passaria a vida sozinha. Penelope poderia ter um amante e ainda manter a independência.

Assim como as coisas haviam mudado entre eles duas noites antes, mudariam quando ele assinasse a certidão de casamento na igreja. Ela voltaria aos aposentos dos criados. Eles voltariam a ter um relacionamento meramente profissional. Até algum cavalheiro arrebatá-la e se tornar o foco principal de sua atenção, se tornar mais importante para ela do que o trabalho que atualmente lhe trazia tanta satisfação.

King se arrependeu de ter publicado o maldito anúncio procurando uma noiva logo depois de lady Kathryn rejeitar seu pedido de casamento. Mas não quisera ser visto como o duque digno de pena, o duque rejeitado. Ele amaldiçoou seu maldito orgulho. Agora queria mais um ano sem cortejar qualquer futura duquesa, sem uma esposa. Queria mais um ano com Penelope.

Mas sabia, com uma convicção que acabava com sua paz — mais até que aquela estranha carta —, que a noite do baile na casa dele seria a última que teria com Penelope. Depois, ela seria apenas sua assistente, e não mais sua amante. E King pretendia aproveitar ao máximo o tempo deles juntos.

Capítulo 18

Já era tarde da noite, e estava totalmente escuro, quando eles enfim chegaram ao chalé. Penelope havia conhecido as outras casas e propriedades de Kingsland, mas não aquela, e sentiu um calafrio percorrer o corpo enquanto aguardava no saguão de entrada que o mordomo — ainda cambaleando de sono, depois de ter sido acordado para recebê-los — acendesse as velas e os lampiões. Embora Kingsland tivesse dito a Penelope que não acreditava que qualquer um dos criados da casa pudesse ser responsável pela carta anônima, ela continuava em dúvida. No entanto, a julgar pelo leve tremor nos dedos do homem mais velho, não viu como ele teria condições de cortar palavras do jornal e colá-las no papel sem fazer uma grande bagunça.

— Peço desculpas pela desordem, Sua Graça, mas não o aguardávamos até novembro. Vou acordar a sra. Badmore e pedir a ela que prepare uma refeição para vocês.

— Não é necessário, Spittals. Jantamos antes de chegar. Mas um banho seria bem-vindo.

— Vou pedir para Johnny cuidar disso imediatamente.

Uma luz fraca foi acesa no topo da escada, e Penelope presumiu que uma criada subira pela escada dos fundos e estava preparando os quartos. Harry — o valete que viajara com eles e aguardava na porta — também subiu com a bagagem.

Quando pensava em um chalé de caça, Penelope costumava imaginar algo muito mais modesto do que uma casa de pedra de quatro andares que, se fosse arriscar, diria que tinha pouco menos de cinquenta quartos. Kingsland se aproximou, segurando uma lamparina a óleo, e pousou a mão nas costas dela.

— Vamos subir?

Penelope queria explorar mais a casa, mas também estava absurdamente cansada, tanto por causa da preocupação com a carta quanto pela demora da viagem, por isso apenas assentiu, tirando conforto do contato com a mão firme que a guiava escada acima. As sombras oscilavam e se dispersavam à frente deles, revelando quadros com imagens de caçadas, de homens de pé com espingardas apontadas para pássaros em voo; ou galopando enquanto as raposas corriam mais à frente.

— Essas imagens são de caçadas que aconteceram aqui? — perguntou Penelope.

— Não, são apenas quadros que foram encontrados, ou encomendados, para serem colocados nas paredes.

— Nenhum retrato de família?

— Talvez um ou dois, mas raramente passávamos muito tempo aqui. Não é uma casa particularmente aconchegante, como você logo vai perceber.

Eles chegaram ao patamar do andar de cima, e Penelope viu um longo corredor se estendendo à frente. Uma dúzia de portas, apenas duas abertas. Kingsland a conduziu por uma das portas e eles entraram em um quarto que parecia mais frio do que deveria. Talvez fosse o assovio do vento, ou a manta de pele na cama, ou o tapete também de pele no chão. Um fogo crepitava na lareira, mas não conseguia gerar muito calor. Penelope se afastou de Kingsland, se aproximou mais da grande lareira de pedra e esfregou os braços.

— Vou pedir para que mandem uma criada para ajudar você a se preparar para dormir.

Ela fitou-o com um sorriso.

— Não preciso de ajuda, nunca tive uma criada. Minhas roupas são simples, pensadas para serem fáceis de vestir e de despir.

Kingsland apoiou o corpo na coluna ao pé da cama.

— Acho que posso ajudá-la.

— Isso pode levar a algumas travessuras.

— Você se importaria?

Não, de forma alguma, nunca. Mas, em vez de verbalizar as palavras, ela simplesmente balançou a cabeça. Kingsland deu um passo em sua direção...

O criado de Londres apareceu na porta. Ele não havia feito nenhum som, mas Kingsland deve ter sentido a sua presença, porque parou imediatamente e olhou por cima do ombro.

— Já estamos com a banheira pronta para a srta. Pettypeace — avisou Harry.

King se despediu de Penelope com um pequeno aceno de cabeça.

— Vou deixá-la para que aproveite seu banho.

Ele se foi, então, passando por Harry e pelo outro criado, provavelmente Johnny, enquanto os dois entravam no quarto carregando a banheira de cobre.

Depois de deixá-la diante do fogo, os dois saíram para pegar a água. Penelope caminhou até a janela gradeada e olhou para fora. Ela se perguntou se eles teriam tempo para visitar a propriedade inteira. Provavelmente não. Estavam ali com um propósito e, quando aquele propósito fosse cumprido, precisariam retornar a Londres.

Na manhã seguinte, King já estava sentado diante da mesa circular na pequena sala de refeições quando Pettypeace entrou, usando o vestido azul-marinho de sempre e parecendo muito mais à vontade do que na noite da véspera, quando batera à porta dele.

— O vento uivando do lado de fora da janela é um pouco inquietante — havia dito ela.

— Meu pai sempre me dizia que eram os fantasmas dos nossos ancestrais querendo atenção... mas, como foi ele que comprou a propriedade, não faço ideia de como os espíritos de nossos ancestrais chegaram até aqui.

Então ele a puxara para dentro do quarto e fizera tudo o que estava em seu poder para garantir que os gritos de prazer abafassem os uivos do vento que haviam abalado sua corajosa Penelope. Mas a verdade era que havia algo naquele lugar que sempre o fazia parecer mais adequado para os mortos do que para os vivos.

King se levantou da mesa do café da manhã.

— Bom dia, Penelope.

Ela parou e olhou além dele para as janelas, e King achou que ela estava confusa por tê-la chamado tão audaciosamente pelo primeiro nome, em vez de usar Pettypeace, como normalmente faria quando estavam em Londres, deixando claro o papel dela como assistente.

— O sol ainda não nasceu?

— Já, mas...

Como explicar que não era da assistente que ele precisava no momento, mas de uma amiga... na verdade de alguém que fosse mais do que uma amiga?

Enquanto ele procurava as palavras, Penelope se dirigiu à cadeira ao lado dele e deu um sorriso suave.

— Eu sei. Quem somos em Londres não parece se encaixar aqui, pelo menos não neste exato minuto.

— Eu não poderia ter dito melhor.

King puxou a cadeira para ela. Depois que eles se sentaram, Penelope se serviu de chá e acrescentou água à xícara dele para reaquecê-la. O criado saiu para pegar o prato de café da manhã dela.

— As coisas funcionam de forma bem simples aqui — comentou King —, a não ser pelas poucas vezes em que tínhamos convidados durante a temporada de caça.

— Você gosta de caçar?

— Não, para ser sincero. É parte do motivo para eu ter tão poucos criados tomando conta deste lugar. Eu deveria vendê-lo. Farei isso, eventualmente.

Quando ele não tivesse mais motivos para retornar àquela parte da Escócia, que guardava tantas lembranças mórbidas — embora, agora que tinha lembranças de Penelope ali, as outras parecessem ter menos peso. O criado voltou e colocou um prato com ovos mexidos, tomate, torrada e presunto diante de Penelope. Ela pegou o garfo.

— A que horas vamos sair hoje? — perguntou ela em um tom tão baixo, tão tranquilo, que King levou um instante para perceber que estava se referindo à ida ao hospício.

— Sairei assim que terminar de comer.

— Estarei pronta.

— Eu estava planejando ir sozinho.

— Então qual é o propósito da minha presença aqui?

Estar aqui. Era tão simples, tão complexo e tão absurdo. Quando ele já precisara ter alguém por perto para fazer qualquer coisa? Mas King não tinha planos de levar Penelope ao hospício, um lugar que sem dúvida a assombraria e lhe causaria pesadelos. Ele mesmo sempre saía de lá com a sensação de que havia deixado um pouco de sua alma dentro daquelas paredes.

— Acho que seria útil ter alguém para fazer anotações — continuou ela. — Pretendo acompanhá-lo.

— Então iremos de charrete.

O sorriso de triunfo dela o deixou sem ar. Ele precisava lhe dizer para adicionar à sua lista de requisitos uma mulher cujo sorriso o fizesse sentir como se tivesse conquistado o mundo.

— Vou pedir à cozinheira que prepare uma pequena cesta para o caso de decidirmos parar e fazer um piquenique em algum lugar ao longo do caminho — falou ela.

King não ficou surpreso ao ver que ela já se sentia confortável o bastante para começar a fazer pedidos aos criados. Será que a esposa dele apreciaria o fato de a assistente se encarregar daquelas coisas? Desde o início, Pettypeace tivera um talento natural para lidar com os assuntos da casa. Ela estava certa em não querer se casar. A maior parte dos homens desejava uma companheira recatada, não uma mulher forte e independente. Um idiota poderia tentar domá-la, colocá-la sob seu controle.

— Ótima ideia.

Aquilo também daria aos criados assunto para especular, se acreditassem que ele e Penelope estavam saindo apenas para um passeio e um piquenique. Não que algum deles fosse ousar perguntar para onde estavam indo ou o motivo da saída, mas fazer algo tão natural como sair de charrete com uma cesta de piquenique na mão faria parecer que os dois não estavam escondendo nada além de uma possível relação pessoal. De qualquer forma, as fofocas não chegariam a Londres, por isso nenhum mal sairia daquilo.

Uma hora mais tarde, King estava com as rédeas na mão, colocando em marcha uma parelha de cavalos cinza ao longo da estrada estreita.

— É tão bonito aqui, com a urze em flor — comentou Penelope.

Mais urze cobriria a terra dali a um mês — não que King já tivesse prestado atenção àquilo, não que já tivesse tido tempo para apreciar os lagos e colinas salpicadas de ovelhas à distância. Ele odiava aquele lugar porque, assim que chegava, chegavam também as lembranças de como tinha colocado o próprio pai no túmulo antes de ele morrer. Aos 19 anos, sentira-se apavorado com a possibilidade de que o que havia feito estivesse escrito em seu rosto, que a família, amigos e estranhos fossem olhar para ele e acusá-lo de ladrão.

Por isso, King se afastara o máximo possível do convívio entre a alta sociedade e se dedicara a recuperar os bens da família, para que o próximo na linha de sucessão não precisasse se preocupar — caso King acabasse se vendo despojado dos títulos e de pé em um cadafalso.

Mas, olhando em volta agora, ele se deu conta de que talvez tivesse julgado a região com muita severidade por causa das lembranças ruins. Pettypeace sempre conseguia fazê-lo ver as coisas de forma diferente. Aquela era uma das razões por que ele valorizava tanto sua opinião. Ela garantia uma perspectiva singular a tudo. E estava certa quando dissera que não adiantaria nada deixá-la em casa, que tê-la ao lado dele poderia ser vantajoso. Ela talvez reparasse em coisas que escapariam a ele: um membro da equipe do hospício que tivesse de aparência duvidosa ou alguém com expressão culpada. Em alguns assuntos, Penelope era muito mais observadora e perspicaz do que ele. King se concentrava nas questões maiores, enquanto ela ficava muito atenta aos detalhes.

Ele fez uma curva em uma estrada estreita. No fim, havia uma grade de ferro forjado, com o portão aberto — o que invalidava a ideia de que a grade servia de alguma coisa.

— Eles não estão se esforçando muito para manter os internos aí dentro, não é? — comentou Penelope.

— O portão é trancado à noite, quando os pacientes não estão sendo observados tão de perto.

Diante deles se erguia o prédio monstruoso de tijolos escuros com pináculos que pareciam espetar o céu.

— É bastante sinistro, não? — perguntou ela.

— Eu não gostaria de morar aqui.

— Como encontrou este lugar?

— Ouvi meu pai ameaçando internar a minha mãe em Greythorne Manor. Depois fiz algumas perguntas.

— É tão irônico quanto compreensível que ele esteja aqui.

— Foi o que pensei na época.

Penelope pousou a mão no braço dele em um gesto de conforto, e King se perguntou se algum dia deixaria de desejar seu toque.

— Você fez o que precisava ser feito para garantir que a vida fosse mais agradável para os outros.

— Digo isso a mim mesmo toda vez que venho aqui. Sempre soa vazio. No entanto, não havia como desfazer o que eu fizera sem graves consequências.

Ele parou os cavalos, desceu da charrete e prendeu os animais, antes de dar a volta para ajudá-la a desembarcar.

— Era de se imaginar que haveria alguém atento a quem chega, mas suponho que eles não estejam esperando visitas.

— Eu nunca vi ninguém aqui além de empregados e pacientes.

O isolamento havia sido um ponto a favor para que King tomasse sua decisão de deixar o pai ali. Nada nem ninguém por quilômetros e quilômetros. Parecera seguro. Ao menos fora isso que ele achara quinze anos antes, quando as emoções o haviam levado a ser imprudente. Só mais tarde se dera conta de que havia limitado não apenas as chances de fuga do pai, mas as dele também. Havia definido o próprio rumo sem pensar de forma abrangente. Desde então, nunca mais tomara qualquer decisão com pressa, aprendera a considerar todos os ângulos.

Penelope deu o braço a ele enquanto subiam os degraus até a grande porta de carvalho. Parecia o tipo de lugar onde as dobradiças rangiam, mas elas permaneceram em silêncio enquanto ele soltava o trinco e empurrava a madeira pesada. Uma mulher um pouco mais nova do que a mãe de King estava sentada diante de uma mesa no saguão de entrada.

— Senhor Wilson, seja bem-vindo a Greythorne. Vou chamar o dr. Anderson.

A mulher se afastou apressada e logo desapareceu de vista.

Se Penelope se sentiu incomodada com os gemidos e gritos que ecoavam dos quartos que não viam, não deu qualquer indicação — ela apenas olhou ao redor, para as duas escadas íngremes e para as janelas altas. King se perguntou se os gritos constantes haviam enlouquecido de verdade o pai.

— Não é o mais acolhedor dos lugares — comentou Penelope no tom sussurrado que a atmosfera ao redor exigia.

— Não, mas vi a equipe que trabalha aqui interagindo com os pacientes com bastante gentileza.

Embora as tendências violentas do pai dele às vezes exigissem que o tratassem de um jeito menos gentil, chegando ao ponto de conter seus movimentos com o uso de uma camisa de força.

Um homem esguio e de baixa estatura surgiu de um canto. O cabelo do alienista era preto como o de um corvo quando King chegara com o pai ali, mas agora estava completamente grisalho, assim como a barba, com apenas um leve toque da cor original. King achava que o homem, agora estendendo a mão para cumprimentá-lo, não chegava a ser dez anos mais velho que ele.

— Senhor Wilson, fico grato pela sua visita.

Seu aperto de mão era firme e determinado.

— Doutor Anderson, permita-me apresentar...

— Senhora Wilson — interrompeu Penelope com tranquilidade, inclinando a cabeça em cumprimento.

Embora estivesse usando luvas de couro que não permitiriam descobrir se usava uma aliança de casamento, ela enfiou a mão esquerda no bolso do vestido, onde sem dúvida estava acariciando o amado caderninho. A suposição de King estava certa. Se alguma vez precisasse que Penelope mentisse por ele, podia contar com seu talento. Ela estava fingindo ser sua esposa e nem sequer corara ao fazê-lo.

— Senhora Wilson, é um prazer. — O médico então voltou os olhos de um azul muito claro para King. — Parece que não registramos adequadamente suas informações de contato. Eu não tinha ideia para onde escrever para lhe avisar que seu pai não está mais conosco.

King teve a sensação de ter sido mergulhado em um tanque de água gelada.

— Ele fugiu?

— Não, não. Peço desculpas por não ter sido mais claro, mas seu pai faleceu. Não faz nem um mês.

Se a mão de Penelope não tivesse envolvido a dele em um aperto tranquilizador, King talvez tivesse cambaleado diante do golpe inesperado de saber que o pai estava morto. Depois de todo aquele tempo. Ele deveria ter sentido algum prazer com a notícia, mas em vez disso se viu dominado por uma sensação inesperada e esmagadora de desolação.

— Como? Como ele morreu?

Sua voz soava distante, parecia ecoar ao seu redor como se estivesse nas profundezas de uma caverna escura.

— O coração dele. Simplesmente parou, lamento dizer. O comportamento errático do seu pai e as explosões violentas de temperamento sem dúvida foram uma sobrecarga. Ele havia se tornado mais agitado e precisava ser contido de vez em quando. Seus delírios o dominavam além de qualquer chance de ajuda, para ser honesto. Ele alegou ser um duque até o fim.

É claro que sim, afinal, havia sido.

— Quando fui buscar informações sobre como entrar em contato com o senhor, percebi que não tínhamos nenhuma, assim, fizemos o melhor que pudemos por ele.

— O que isso envolveu?

— Nós o sepultamos em nosso cemitério, nos fundos do jardim. Providenciamos os serviços funerários adequados. Mas receio dizer que teremos que cobrar o valor do caixão.

— Naturalmente.

— Sei que deve ser um choque para o senhor, mas pelo menos o sofrimento dele acabou. Seu pai está em um mundo muito melhor agora. — King duvidava muito que o inferno fosse melhor. — Gostaria de visitar o lugar de descanso dele?

Penelope o teria deixado lamentar a perda do pai sozinho, se Kingsland tivesse soltado a sua mão. Mas ele continuou a segurá-la com força. Assim, ela acompanhou ele e o médico por um jardim muito agradável e tranquilo até passarem sob uma pérgula coberta de madressilvas perfumadas e entrarem em um cemitério. Era maior do que ela esperaria para um lugar como aquele.

O dr. Anderson os guiou até um monte de terra comprido. A grama que o cercava ainda não cobrira quase nada da terra. O local estava marcado com uma cruz de madeira simples, com o nome William Wilson gravado nela.

— Se desejar encomendar uma lápide adequada e enviar para nós... ou posso lhe fornecer o nome e o endereço de um camarada em um vilarejo próximo que cuidaria da tarefa.

— Obrigado — disse Kingsland, a voz mais áspera do que meia hora antes.

— Vou deixá-los, para que tenham um pouco de privacidade. Quando estiver pronto, vá ao meu escritório e acertaremos as contas.

O médico se afastou. Kingsland permaneceu imóvel por um minuto, dois, sem nunca levantar os olhos escuros, sem olhar ao redor, mantendo olhar fixo no lugar onde o pai agora descansava.

— Eu o desprezava — disse ele, enfim. — O que ele via como força, ou seja, sua capacidade de intimidar as pessoas... minha mãe, meu irmão, os amigos dele... eu via como fraqueza. — Por mais que ele não dissesse, Penelope sabia que Kingsland também tinha sido intimidado. — Eu já lhe contei como ele punia Lawrence.

— Sim.

— Quando eu tinha 18 anos, voltei de Oxford para passar o Natal em casa. Havia feito um investimento que dera muito certo. Eu estava convencido, cheio de mim. Meu pai me mandou fazer alguma coisa... nem consigo lembrar o que era, alguma banalidade... e eu disse a ele que agora era um homem e que ele não podia mais me dar ordens. Meu pai fez questão de deixar claro que *ele dava as ordens*, e que eu me dobraria, me ajoelharia diante dele e juraria fidelidade como uma demonstração de que compreendia seu poder sobre mim. Como se ele fosse um rei medieval. Eu me recusei, acreditando que, se mantivesse minha posição, ele me respeitaria e pararia com suas atitudes infantis. — Kingsland não olhou para Penelope em nenhum momento, não piscou, não desviou os olhos do monte, como se pudesse ver através da terra. — Mas ele chamou Lawrence. Pude ver nos olhos do meu irmão que ele sabia por que havia sido chamado. Lawrence olhou para mim, então se colocou bem na frente do nosso pai, que o golpeou com tanta força que quase o fez voar para trás. E eu caí de joelhos. Bastou um golpe e eu desmoronei.

Penelope se esforçou para conter as lágrimas, pois não queria que Kingsland visse como aquela confissão devastava o coração dela.

— Bastou um golpe e você mostrou misericórdia.

— Eu deveria ter mostrado misericórdia antes que Lawrence fosse chamado para pagar o preço da minha obstinação. Mas jurei que nunca mais me ajoelharia diante ninguém. — Ele deixou escapar uma risadinha zombeteira. — Sabe, quando pedi lady Kathryn em casamento, não me ajoelhei diante dela. Ela se ofendeu e achou que aquilo era uma indicação de que não deveríamos nos casar.

— Na verdade, acho que o que motivou lady Kathryn foi o amor que ela sentia por outro.

Kingsland balançou a cabeça.

— Acrescente à sua lista de exigências para uma duquesa uma mulher que não insista para que eu me ajoelhe diante dela, porque não farei isso.

— Considere feito.

— Você deve me achar vil e sem coração por não derramar uma única lágrima por esse homem. Nas últimas vezes que o vi, ele estava tendo um ataque de fúria terrível. Nem parecia saber quem eu era. Talvez tenha realmente enlouquecido. Suponho que eu deveria sentir algum remorso pelo horror em que ele viveu seus últimos anos, mas não sinto.

— Você impediu que sua mãe e seu irmão sofressem ainda mais nas mãos dele. Não deve se esquecer disso. E assumiu o fardo de carregar esse segredo sozinho, por isso não o considero nem vil, nem sem coração.

Ele levou à boca a mão enluvada de Penelope, que ainda segurava, e deu um beijo nos dedos dela.

— Sinto muito que você tenha que suportar tudo isso, mas estou absurdamente grato que esteja aqui.

Penelope quase lhe disse que não gostaria de estar em nenhum outro lugar que não ao seu lado, que estaria onde quer que ele precisasse dela. Mas parecia coisa demais para confessar, admitir, quando da parte de Kingsland não existia nada mais profundo entre eles além da satisfação de instintos.

— Você gostaria de ficar alguns minutos sozinho?

Ele deu um sorriso apagado, triste, arrependido.

— Não, só quero deixar esse inferno para trás.

Depois de resolver as pendências com o dr. Anderson, eles foram até o vilarejo mais próximo, e Kingsland pagou a um pedreiro para criar uma lápide simples para William Wilson que, além de seu nome, exibisse apenas as datas de nascimento e morte. No caminho de volta para o chalé, eles pararam junto a um riacho e abriram uma manta sob os galhos de uma das enormes árvores espalhadas, rodeadas pela urze. Então, saborearam o piquenique que a cozinheira havia preparado. Na verdade, praticamente só Penelope comeu, enquanto Kingsland consumia um bom bocado do vinho que estava na cesta.

— Sabe, eu nunca dirigi uma charrete — comentou ela, o tom relaxado.

Kingsland estava apoiado em um cotovelo, o corpo esticado na manta, e desviou os olhos da água corrente.

— Gostaria de fazer isso?

— Não, mas estou pensando que, se você continuar a se dedicar com tanto empenho a degustar esse vinho, não terei escolha.

— Vai ser preciso bem mais do que uma garrafa de vinho para me embriagar. — Ele estendeu a mão e serviu um pouco de vinho na taça que estava perto do joelho de Penelope. — Embora você possa me salvar de mim mesmo bebendo sua cota.

Penelope tomou um gole. Se não fosse a melancolia provocada pela visita a Greythorne naquela manhã, seria um dia lindo, mesmo que algumas nuvens escuras trouxessem ameaça de chuva. Aquela área era tão verde e tranquila. Absolutamente ninguém passou por eles. Não havia ninguém por perto. Ela viu que realmente nenhuma alma poderia ter seguido o duque em segredo nas vezes em que ele fizera aquela viagem.

— Sei que hoje foi um pouco chocante.

— De certa forma, mas também era esperado. Sinto um grande alívio por ser agora, legalmente, o duque de Kingsland.

Penelope, que estava sentada com as pernas debaixo do corpo, se virou para poder encará-lo mais diretamente.

— Andei pensando sobre isso, sobre a carta. *Meu silêncio terá um preço. Prepare-se para pagar*. Presumo que a pessoa queria dinheiro. No entanto, com seu pai morto, não vejo como ele, ou ela, possa provar alguma coisa. Seria a palavra dessa pessoa contra a sua e, a menos que seja alguém da realeza, acho difícil acreditar que aceitariam a palavra dela no lugar da de um duque. Presumindo, é claro, que era a esse assunto que o remetente se referia.

— Não consigo imaginar qualquer outra coisa. Embora eu não saiba como ele, ou ela, teria provado a afirmação. Talvez a intenção fosse ajudar o meu pai a fugir e desfilar com ele por Londres, ou trazer até aqui alguém que o conhecesse bem a ponto de conseguir identificá-lo.

— Sua mãe, talvez?

— É improvável que ela tivesse acompanhado algum estranho sem me alertar... e eu teria colocado um fim na ideia. No entanto, se minha mãe fizesse a viagem sem me contar, teria ficado atordoada ao ver meu pai, mas teria rapidamente deduzido que precisaria mentir. Acho que ela teria declarado que se tratava apenas de um louco. Fiquei surpreso quando você se apresentou como sra. Wilson.

— Achei que evitaria complicações se ele simplesmente presumisse que eu era sua esposa.

— Esperta. Talvez eu tenha que exercer os meus direitos de marido esta noite.

Penelope sentiu o rosto quente. Ela certamente esperava que ele fizesse aquilo.

— O ponto a que eu estava querendo chegar é que acho que não é necessário continuar a se preocupar com aquela ameaça.

— A menos que a pessoa responsável leve o dr. Anderson a Londres e o apresente a mim. Então as coisas podem ficar complicadas. Anderson certamente compreenderá a verdade se descobrir a minha identidade. Portanto, não sei se já estou totalmente fora de perigo.

— Fiquei um pouco surpresa por você ter comprado uma lápide.

— Eu precisava que o lugar onde ele está ficasse marcado, porque pretendo deixar instruções, lacradas até a minha morte, para que meus herdeiros transfiram os restos mortais dele para a cripta da família. É um lugar de descanso melhor do que ele merece, mas, enfim, ele era meu pai.

Penelope sentiu um aperto no peito, um nó na garganta, e os olhos marejados.

— Ele não merecia um filho como você.

Kingsland soltou uma risada sem humor.

— Desconfio que ele tenha passado os últimos quinze anos pensando a mesma coisa.

Penelope jogou um pedaço de pão nele.

— Estou falando sério. Você é um bom homem.

— Não tão bom a ponto de evitar pensamentos devassos. — Ele agarrou o tornozelo dela e puxou-a para si. Penelope perdeu o equilíbrio e caiu de costas, mas não tentou se levantar, já que subitamente Kingsland estava em cima dela. — Por que a visão de todos esses botões me deixa louco de vontade de abrir cada um, de revelar o que está coberto?

— Achei que você preferia um vestido de gala ao meu traje diário.

— Eu também achava, mas algo no fato de você estar toda coberta a torna muito mais tentadora.

Ela enfiou os dedos no cabelo dele.

— Sou tentadora?

— Com certeza.

— Ninguém vai nos incomodar.

Os olhos de Kingsland escureceram pouco antes de ele erguer a cabeça e olhar ao redor.

— Estamos totalmente a sós. — Ele voltou a abaixar a cabeça e mordiscou o queixo dela. — Quantos devo abrir?

— Todos eles.

O grunhido rouco e profundo que ele deixou escapar reverberou por seu corpo e ressoou no de Penelope. Então ele fixou os olhos nos botões enquanto os dedos se encarregavam da tarefa de abri-los. Quando soltou o último botão, Hugh afastou o tecido do corpete, abaixou a cabeça e deixou a língua correr ao longo da curva superior do seio dela. Penelope não conseguiu controlar os arquejos enquanto o prazer se acumulava em seu ventre.

— Você é mesmo muito devasso.

— Você me deixa assim.

— Duvido — retrucou. — Você já era um devasso antes de mim.

— Não ao ar livre. Não onde os deuses pudessem assistir dos céus.

Kingsland deslizou um dedo por baixo da camisa de baixo e do espartilho dela, e puxou o tecido até que os seios se libertaram. Ele capturou com a boca o mamilo já rígido, que parecia implorar pelo alívio que a língua dele poderia proporcionar.

— Eu sei que não vemos ninguém, mas acha que estamos sendo observados? — perguntou ela.

— Hum. Pelos pássaros, as ovelhas e as lebres. — Eles ouviram um barulho na água, e Penelope sentiu em seu seio os lábios dele se curvarem em um sorriso. — Parece que os peixes estão ansiosos para dar uma olhada.

— Talvez devêssemos voltar para o chalé.

— Não até você gritar o meu nome.

Ela realmente gritou, mas porque os céus se abriram de repente e começou a chover forte. Como Kingsland estava ao lado e não em cima dela, Penelope conseguiu escapar e ficar de pé. Ele agarrou a bainha do vestido dela.

— Aonde você está indo?

— Está chovendo.

— Você é um doce, Penelope, mas, ao contrário do açúcar, não vai derreter.

Havia anos que ela não se considerava *doce*.

— Pensei que você me achasse picante, não doce.

Kingsland deu um puxão nas saias dela.

— Volte aqui para que eu possa provar você mais uma vez, para que eu consiga determinar corretamente o que você é.

Penelope segurou as saias com força, soltando-as dos dedos dele.

— Se quiser ter mais um gostinho, vai ter que me pegar.

— Você acha que não consigo?

O olhar ardente dele e a expressão de desafio em seus olhos a fizeram duvidar de que conseguiria dar dois passos antes que ele a tivesse de volta nos braços. Ah, mas ela queria aceitar o desafio, queria que Kingsland fosse até ela para variar.

— Suspeito que tenha menosprezado a minha rapidez.

E ela menosprezara a dele. Maldição, o homem praticamente saltou no ar. Ela deixou escapar um grito, girou o corpo, levantou as saias e correu para a árvore, mal conseguindo colocar o tronco entre eles. A chuva a fustigava, e ela podia sentir o cabelo desmoronando do penteado, os fios ameaçando se soltar dos grampos que os mantinham no lugar.

— Você acha que uma arvorezinha vai me impedir de chegar até você? — gritou ele, enquanto o trovão ribombava.

Uma arvorezinha? Era um carvalho imenso. Penelope viu o ombro dele virando para a esquerda. Como Kingsland era um homem grande, com ombros largos, ela estava em vantagem, sempre saberia de onde viria seu ataque. Com uma risada, Penelope correu para o outro lado da árvore, mal tendo tempo de se desviar da mão que roçou seu cotovelo. Ele parou. Ela também. Um lado do peito de Kingsland se tornou visível, depois desapareceu. O outro lado apareceu brevemente antes de sumir. Ela deveria correr, correr para a charrete, não que fosse lhe garantir algum abrigo, pois não era coberta. Os galhos da árvore impediram que a chuva pesada a atingisse, mas ainda assim gotas d'água escorriam pelo rosto dela, encharcando o cabelo e as roupas.

Ao ver o ombro dele, Penelope disparou na outra direção...

E foi parar direto no peito dele — os braços de Kingsland a envolveram, enquanto a risada dele, rouca e profunda, ecoava ao redor dela. Kingsland a havia driblado e ela se deixara enganar. Ele estava com um sorriso largo de triunfo no rosto, enquanto a pressionava contra o tronco da árvore. Penelope não conseguiu evitar estender a mão e correr os dedos pelos lábios dele.

— Adoro a sua risada.

E seu sorriso. E seus olhos. E a felicidade absoluta que parece emanar de você neste momento.

A respiração dele estava tão arquejante quanto a dela. O sorriso de Kingsland desapareceu e seu olhar se tornou mais intenso. Ele enfiou as mãos no cabelo de Penelope, e o último grampo cedeu, soltando de vez as mechas molhadas, antes que sua boca cobrisse a dela, cheia de paixão e promessas. O gemido baixo que Kingsland deixou escapar reverberou entre eles e fez o corpo dela vibrar de prazer e de alegria. Ele a queria, precisava dela. A união deles foi profundamente apaixonada. A intensidade rivalizava com a da tempestade que atingia a terra e rugia pelos céus. As folhas da árvore eram abundantes o suficiente para protegê-los da hostilidade da chuva. Não que aquilo importasse. A concentração de Penelope estava toda em Kingsland e na maneira como ele a devorava de um jeito delicioso, explorando sua boca com uma voracidade que serviu para aumentar ainda mais o desejo dela.

Penelope passou os dedos pelos músculos tensos do pescoço dele e deixou-os deslizar por baixo do colarinho do paletó até encontrarem os ombros. Kingsland se afastou um pouco, despiu o casaco e arrancou o colete. Ela começou a abrir os ganchos do espartilho, se deleitando com a forma como ele parou para observar seus gestos, como se estivesse hipnotizado, como se já não tivesse visto o que ela estava prestes a revelar. Já sem o espartilho rígido, Penelope soltou as fitas da camisa de baixo e abriu os botões. Kingsland enfiou as mãos por dentro do tecido e envolveu os seios dela, o calor de sua pele afugentando o frio do vento que havia enrijecido ainda mais os mamilos.

Ele abaixou a cabeça, capturou um mamilo na boca e chupou. Penelope soltou um gemido baixo com as sensações intensas que a percorriam. Talvez fosse a devassidão de estarem fazendo aquilo onde não deveriam — ao ar livre como se fossem seres da floresta — que aumentasse seu prazer, mas a verdade era que estava louca de desejo. Assim, soltou rapidamente a gravata dele e a jogou de lado, para então se dedicar a desabotoar a camisa e poder se permitir o luxo de deixar os dedos dançarem sobre a pele nua dele. Quente, muito quente. Ele era como fogo, e ela amava aquilo. Amava *ele*. Achava que jamais se cansaria de tocá-lo.

— Segure-se com força em mim — orientou Hugh com a voz rouca, antes de levantar as saias dela, envolver sua bunda com as mãos e erguê-la, até Penelope conseguir encará-lo nos olhos.

Ela passou as pernas ao redor da cintura dele e seus braços envolveram os ombros largos. Penelope se tornou consciente de um movimento sob as saias e logo o membro dele deslizava para dentro do seu corpo, centímetro a centímetro, estendendo a carne dela, enchendo-a de prazer.

O olhar de Hugh era ardente pouco antes de ele colar a boca à dela, beijando-a profundamente, completamente, avidamente. Ele cavalgou-a, e ela a ele. Ele a penetrou e ela o acolheu, recebendo suas arremetidas, enquanto a chuva insistente encontrava seu caminho através das folhas e dos galhos para cair sobre eles.

Penelope não sentia o menor medo de cair, de perder o equilíbrio. Hugh a segurava com firmeza, e aumentou o ritmo das arremetidas. Ela se desvencilhou do beijo e viu as feições dele se transformarem, carregadas de intensidade, quase selvagens enquanto o prazer escalava. A profundidade do poder, da força, do domínio dele só serviu para aumentar ainda mais o prazer de Penelope. O êxtase cascateou através dela, e seus gritos de prazer ecoaram ao redor deles enquanto o grito rouco que acompanhou o clímax de Kingsland fez os pássaros voarem. Ela nunca vira nada tão bonito quanto ele naquele momento, nunca conhecera tamanha satisfação. Não tinha palavras para descrever o que havia acontecido durante a tempestade que pareceu fluir por entre eles e envolver tudo o que estava ao redor. Os dois se agarraram um ao outro enquanto seus corpos se acalmavam, enquanto as respirações se tornavam mais compassadas e os espasmos de prazer arrefeciam.

A chuva havia parado. Agora, apenas uma gota ocasional pousava em um cílio, em um nariz, em uma bochecha. Ela afastou a mecha que caía na testa dele.

— Decidi que gosto muito da Escócia.

Kingsland riu, enfiou o rosto na curva do pescoço dela e deu um beijo na pele úmida.

— Devo confessar que eu mesmo acabo de desenvolver um carinho por este lugar.

Penelope o abraçou um pouco mais apertado. Eles não haviam chegado a dançar na chuva, mas ela achava que o que haviam feito tinha sido muito mais agradável.

Com o braço apoiado na cornija da lareira, King olhou para as chamas que dançavam. A chuva voltara a cair, exigindo que acendessem as lareiras para afastar o frio úmido. E também impedira um retorno imediato a Londres. Não que ele se importasse em ter outra noite ali com Penelope. Havia carregado por tempo demais o fardo do que fizera com o pai, sempre se sentira um impostor. Agora, era verdadeiramente o duque de Kingsland. E se sentia… livre. Leve. Como se enfim fosse digno de experimentar alegria.

Naquela tarde, perseguindo Penelope ao redor da árvore, possuindo-a ao ar livre…

Adoro a sua risada.

King não conseguia se lembrar da última vez que rira com tanto abandono. Nem tinha certeza se já fizera. Mesmo em sua juventude, o espectro do antigo duque pairava sobre ele, sempre ciente de que era fácil inflamar o temperamento do pai caso não se mantivesse sério o tempo todo.

King se lembrava da primeira vez que ouvira a mãe rir. Fora seis meses depois de ele internar o pai. Ela e lady Sybil estavam tomando chá no jardim, e a risada da mãe chegara ao escritório pelas portas abertas do terraço. Ele ficara sentado, fascinado, e sentiu um ódio tão profundo pelo pai que abalara o seu âmago — ódio pelo homem que criara um ambiente tão horrível que mantivera aprisionados aqueles sons gloriosos de alegria. Tinha agido como agira para proteger a mãe e Lawrence. Mas naquele momento no escritório, vira o quadro mais amplo, vira o grande potencial para o bem que suas ações haviam permitido. A mãe e o irmão estavam livres.

E agora, finalmente, ele também estava.

Quando ouviu a batida leve no batente da porta, ele olhou por cima do ombro e sorriu para Penelope.

— Sua porta estava aberta.

— Eu estava esperando por você. Entre e feche a porta.

King pegou a garrafa de conhaque que estava na mesa ao lado da poltrona dele, serviu um copo e deixou na mesa ao lado da poltrona que Penelope ocupou, com os dedos dos pés visíveis por baixo da bainha da camisola. Então, se acomodou diante dela.

— Você parece... mais leve — disse ela. — Percebi isso durante o jantar.

Tinha sido uma refeição simples, compartilhada apenas pelos dois.

— Estou apenas me ajustando ao fato de finalmente ser quem fingi ser por tanto tempo.

— Você não estava fingindo. Abraçou a posição de duque e a tornou sua.

— Ainda assim, eu não conseguia esquecer que o título ainda não era meu. Agora é. Estou dividido entre esperar por outra carta ou contratar alguém para descobrir quem enviou a primeira.

Penelope fitou o fogo e tomou um gole de conhaque.

— Acho que você deveria esperar. Talvez a pessoa não tenha coragem de mandar outra. Ou talvez não passou de uma brincadeira.

— Brincadeira dos infernos. Não gosto de ser ameaçado. — Ele contrataria um detetive de confiança para chegar ao fundo daquilo assim que estivessem de volta a Londres. King esticou as pernas até seus pés descalços tocarem os dela. — Sempre achei que venderia o chalé quando chegasse a hora, quando eu não precisasse mais vir aqui, mas agora tenho lembranças de você aqui. E elas são muito mais fortes do que as lembranças que eu tinha deste lugar antes.

Ela deixou os dedos dos pés deslizaram sobre os dele. A mulher tinha pés tão pequeninos.

— Meu pai me ensinou que, quando você está fugindo do passado, tem que cortar todos os laços com ele. Acho que, se você mantiver esta casa, corre o risco de a história voltar para assombrá-lo, para atormentá-lo.

— Você deixou tudo para trás?

— Achei que sim, mas sempre há algo que não podemos controlar. Quem pode ter certeza de que o dr. Anderson não descobrirá um dia que o duque de Kingsland tem um chalé de caça a uma hora de viagem do hospício dele? Talvez a curiosidade leve a melhor e ele faça uma visita a este lugar. Nesse caso, um risco maior não significaria lucro algum.

— Você está certa.

King se levantou e estendeu a mão para ela.

— Vamos partir pela manhã. Que tal criarmos mais uma lembrança antes de irmos?

Enquanto os dedos de Penelope se entrelaçavam aos dele, King se perguntou se algum dia chegaria um momento em que não desejaria criar mais uma lembrança com ela.

Capítulo 19

Três semanas até o baile de Kingsland

Depois do retorno deles a Londres, toda manhã Penelope se aproximava da escrivaninha como se houvesse uma cobra venenosa escondida ali, entre as várias correspondências empilhadas, esperando por sua atenção.

Na terceira manhã, ela picou.

O envelope em branco equilibrado no alto da pilha chamou sua atenção antes mesmo de ela chegar à cadeira, antes de puxar a correspondência para si e examiná-la. Instintivamente, Penelope soube que o outro lado do envelope também estaria em branco, que ele não havia passado pelo correio, pois fora entregue pessoalmente. Ou saíra de dentro das paredes da casa, fruto da ação de algum membro desleal da criadagem.

Ela nem se deu ao trabalho de se sentar. Era melhor fazer algumas coisas de pé. Por mais que seu coração estivesse disparado dentro do peito, que subitamente parecia apertado demais, as mãos de Penelope estavam firmes quando ela pegou o envelope e o abridor de cartas. O som do papel sendo rasgado nunca havia parecido tão alto, ou tão sinistro, e a irritou. Penelope tirou a carta de dentro do envelope, desdobrou-a e ficou olhando para as letras de jornal, que formavam as palavras *Jardins Cremorne hoje à noite. Quando a libertinagem reina.*

Ela já não acreditava que a primeira carta fosse destinada a Kingsland. O que ele havia feito não poderia ser considerado libertino.

Fraudulento, sim, mas não libertino. Já em relação ao que Penelope fizera, não haveria uma única alma na Grã-Bretanha que não fosse condená-la. Havia leis contra aquilo e, além disso, era imoral. Ela arderia no inferno por seus atos. Se a verdade fosse descoberta, sua presença não seria admitida na alta sociedade. Aliás, não seria permitida na sociedade de forma alguma.

Ela era o alvo, a que devia pagar.

Penelope deu graças a Deus por todo o dinheiro que havia poupado. Certamente seria o bastante para pagar por seus pecados.

Ainda assim, o bilhete parecia bastante econômico em informações. Não havia nenhuma indicação sobre onde exatamente deveria ser o encontro em Jardins Cremorne. Nenhuma pista sobre o que o remetente estaria vestindo. Chifres de diabo, talvez?

Penelope desprezava e detestava aquela pessoa, quem quer que ele — ou ela — fosse. O método usado para atraí-la para aquele encontro parecia mesquinho e abominável.

Ela caminhou até a janela e se deixou afundar na poltrona aveludada onde passara a trabalhar quando se cansava de ficar diante da escrivaninha. Era bem possível que aquela pessoa estivesse planejando se encontrar com Kingsland; no entanto, a partir do momento em que ele sugerira que ela seria a única capaz de identificar a caligrafia, Penelope começara a se preocupar que ele tivesse razão e que a correspondência misteriosa, na verdade, fosse dirigida a ela.

Por mais que Kingsland tivesse sido extremamente cuidadoso em cobrir o rastro dos seus pecados, ela também fora, e ainda assim havia aspectos do que lhe acontecera sobre os quais não tinha controle. Qualquer um de seus conhecidos, por mais casual ou passageiro que fosse, poderia descobrir seu segredo, bastava que tivesse uma tendência para a libertinagem e um olho aguçado. O medo de que aquilo acontecesse a atormentava havia anos, mas, como nada viera à tona com o passar do tempo, começara a se sentir segura. No entanto, a verdade era que, para ela, a segurança eterna era apenas uma ilusão, um sonho.

Penelope havia sido descoberta quando trabalhava como balconista. Daquela vez, tinha sido um cliente que ameaçara contar ao patrão dela se Penelope não se desnudasse para ele. Ela prometera encontrar o homem na casa dele na mesma noite. Em vez disso, fugira e desaparecera em Whitechapel. Quando fora contratada como governanta na casa de um comerciante de sucesso, o próprio patrão acabara descobrindo sobre o passado dela e decidira se aproveitar, insistindo para que ela levantasse as saias para ele. Quando Penelope se recusara, ele havia tentado forçá-la, mas ela conseguira escapar de seu domínio e fora rápida o bastante para chegar logo à rua, onde se refugiara entre a multidão de passantes.

Como achou que não seria descoberta mais uma vez? Havia se tornado imprudente, indo ao Reduto dos Preteridos, comparecendo a um baile e sendo vista por muitos, em vez de ficar nas sombras.

Se estivesse certa e fosse mesmo ela o alvo, então seus dias como assistente de Kingsland e amante de Hugh estavam contados. Ele se tornara importante demais para Penelope, que não estava disposta a permitir que a vergonha de seu passado o atingisse.

Havia algo de errado. King sentiu isso enquanto passeavam pelo Hyde Park, finalmente levando adiante a sugestão que ele mesmo havia feito antes de partirem para a Escócia. Mas Pettypeace estava distraída, como se estivesse fazendo anotações mentais em vez de no caderninho de sempre.

— Lá está lady Rowena, cercada por um enxame de cavalheiros — disse ele.

— Hum. — Pettypeace fitou-o, a expressão confusa… e King nunca a via confusa. — Perdão?

— Lady Rowena. Ela está na sua lista, não está?

— Ah, sim. Qual delas é ela?

— A do cabelo vermelho flamejante. Há quatro cavalheiros competindo por sua atenção.

Ela olhou além dele e examinou a mulher que girava a sombrinha de um rosa forte.

— Ela é muito atraente.

— Consigo ouvir a risada dela daqui.

— Ela não vai servir, então, não é mesmo?

King estava começando a achar que ninguém serviria, não quando aquilo significaria desistir de suas noites com Pettypeace. Ele pareceria um tolo caso se recusasse a revelar no baile que dama escolhera para ser sua duquesa ou se cancelasse de vez o evento? Poderia colocar um anúncio no *Times* avisando que havia muitas candidatas qualificadas concorrendo e que ele precisava de mais tempo para tomar uma decisão tão importante.

Alguém se importaria? Provavelmente as damas que escreveram as malditas cartas.

— Não, não vai.

— Ainda acho que devo falar com ela, embora talvez seja rude interrompê-la quando está recebendo a atenção de tantos cavalheiros...

— Isso foi um pouco ferino da sua parte, não?

— Não entendo por que lady Rowena enviou uma carta quando tem tantos admiradores.

— Porque nenhum dos homens que a estão rodeando é um duque.

— Você é mais do que seu título. Acredito que elas deveriam querer se casar com você, mesmo que não tivesse título.

Ele não sabia por que o tranquilizava tanto ver Pettypeace defendendo-o daquela forma.

— Você não deveria estar fazendo anotações?

— Vou me lembrar. Então, resta apenas lady Emma Weston. Você a viu por aí?

— Não.

No entanto, King acabara de avistar problemas. Vestindo um traje de montaria vermelho, montada em uma égua baia.

— Boa tarde, King.

— Margaret, como está você neste dia tão bonito?

— Muito bem, obrigada. Não vai fazer as apresentações?

King preferiria arrancar um dente, mas não queria que nenhuma das duas mulheres achasse que ele tinha vergonha de sua ligação com elas.

— Pettypeace, permita-me apresentar a srta. Barrett.

— É um prazer conhecê-la, srta. Barrett.

King notou que o tom de Pettypeace era mais sóbrio do que o normal, o sorriso totalmente ausente. Sem dúvida ela havia se dado conta de quem era aquela Margaret.

— Senhorita Pettypeace, é mesmo um prazer conhecê-la. A senhorita costuma ser um assunto frequente sempre que King passa algum tempo comigo... tomando chá. Ele tem um enorme apreço pelas suas aptidões. Atrevo-me a dizer que ninguém jamais conseguiria competir com a senhorita quando se trata de mantê-lo feliz.

— Margaret — King praticamente grunhiu, em tom de advertência.

— O que foi, querido? Não é verdade?

Ele tocou as costas de Penelope.

— Eu acredito que aquela dama perto do lago Serpentine é lady Emma, não? Por que não vai até ela e eu a alcanço daqui a pouco?

— Sim, está certo.

Ela se despediu de Margaret e seguiu em direção ao lago.

King se aproximou mais da amazona e da égua.

— O que está fazendo, Margaret? Nunca falei com você sobre Pettypeace.

Ela jogou a cabeça para trás e soltou uma gargalhada.

— Ai, meu Deus, King, ela é praticamente a única coisa da qual você fala.

Ele franziu o cenho. Aquilo não poderia ser verdade, poderia?

— Pobre homem. Você nem se dá conta disso, não é?

— O que eu falei dela para você?

Margaret suspirou, claramente impaciente com ele.

— Que ela é competente, inteligente, esperta... Não me lembro de tudo. Não estava prestando muita atenção, já que não era exatamente o tipo de conversa que eu queria ter com você.

— Tenho a sensação de que lhe devo um pedido de desculpas.

— Bobagem. Você me permitia falar sobre Birdie. Não a deixe escapar.

— Não tenho planos de demiti-la.

— Acha que ela continuará no posto depois que você se casar?

Até algum cavalheiro aparecer para fazê-la mudar de ideia.

— Eu não lhe daria qualquer motivo para ir embora.

— Ah, King, como é possível que você conheça tão bem o corpo de uma mulher, mas seja tão inocente quando se trata do coração?

— Não sei do que você está falando.

Talvez ele soubesse. Pettypeace teria entregado o coração a ele? Certamente não. Ela era uma mulher prática demais para aquilo. Aquela era uma das razões para os dois combinarem tão bem: nenhum deles permitia que emoções inconvenientes atrapalhassem o relacionamento.

Margaret olhou por cima do ombro com um sorriso indulgente.

— Ela parece estar tendo dificuldade em localizar lady Emma.

King olhou na direção do lago Serpentine e viu Pettypeace simplesmente parada ali, o olhar perdido na distância. Com certeza havia algo errado.

— Tenho que ir até lá.

— Você nunca mais vai bater na minha porta, não é mesmo?

Ele balançou a cabeça.

— Não, mas acho que você sabia disso na última vez que saí de lá.

— O que uma pessoa sabe nem sempre combina com o que ela deseja. Seja feliz, King.

— Você também, Margaret.

Enquanto ela partia, King seguiu a passos firmes na direção da assistente, que agora era mais que uma assistente, e os sentimentos que se agitavam em seu peito eram confusos, difíceis de conciliar. Ele tivera um relacionamento tão fácil e descomplicado com Margaret. Quando sentiam desejo, eles o satisfaziam com uma visita à cama dela. King havia esperado que o mesmo fosse acontecer com Pettypeace. Quando as necessidades físicas clamassem por atenção, ela as acalmaria na cama dele. Mas não era assim tão simples. Os momentos em que ela era sua assistente e os momentos em que era sua amante estavam começando a se confundir. Estava perdendo a noção de quando ela era Pettypeace e de quando era Penelope.

E foi a visão de Penelope parecendo tão desamparada que o atingiu como um golpe no peito, como uma facada no coração.

— Você precisa me contar qual é o problema — disse King sem preâmbulos assim que a alcançou —, porque é óbvio que há algo errado.

A Penelope dele, sempre tão forte, parecia prestes a chorar enquanto balançava a cabeça.

— É embaraçoso admitir.

— Prometo não enrubescer.

— Minhas regras mensais chegaram.

Cristo, ela estava se referindo à menstruação? Ele nunca havia falado daquele aspecto particular do sexo feminino com *ninguém* e temeu realmente enrubescer.

— Fico abalada neste período — continuou ela.

— Você deveria ter dito alguma coisa. Poderíamos ter adiado a nossa vinda ao parque.

— Isso não é algo de que se fale. Mas espero que você compreenda por que não irei ao seu quarto esta noite.

— Sem dúvida. Você não *tem* que ir, meu bem. Nem deve se sentir obrigada a me dar qualquer motivo para a sua ausência.

Penelope reagiu como se ele tivesse batido nela, e King se perguntou se teria sido por causa da forma carinhosa como se referira a ela. Ele havia deixado escapar inadvertidamente, mas a verdade era que parecera tão natural quanto respirar.

— As coisas entre nós estão se tornando confusas... Hugh.

— Sim, eu sei.

— Provavelmente deveríamos ter estabelecido regras e parâmetros para esse novo aspecto da nossa relação. Assinado um documento com tudo registrado.

— Não sei se isso teria ajudado. — King sabia que não teria. — Considerando sua situação, devemos voltar para casa?

— E lady Emma?

A dama em questão nunca estivera por perto, havia sido apenas uma desculpa para afastar Penelope da língua afiada de Margaret, mas ele olhou ao redor como se lady Emma estivesse nas proximidades.

— Parece que ela nos escapou.

Ele ofereceu o braço a Penelope, e ficou grato quando ela apoiou a mão pequena na dobra do cotovelo dele.

Enquanto caminhavam, Penelope falou:

— Acho que devo seguir meu plano original de conversar com as damas restantes nas casas delas. Estou ficando sem tempo.

— Prefiro a minha ideia de ir ao teatro.

— Pelo que eu saiba, é preciso ficar em silêncio no teatro para não perturbar a diversão dos outros ou interferir na apresentação dos artistas.

— Exatamente. É um lugar perfeito para julgar a capacidade de uma dama permanecer em silêncio.

— A srta. Barrett costumava se manter em silêncio?

— Não com a frequência necessária. — Ele desviou os olhos para ela. — Você não está com ciúmes, não é mesmo?

— Por que deveria? Não tenho qualquer direito em relação a você.

— Nem ela.

— Com a sua esposa, a situação será completamente diferente.

— Sim.

— Voltarei aos aposentos dos criados quando você se casar.

— Ainda vai demorar um pouco. Pretendo cortejar a dama escolhida primeiro, confirmar se ela realmente vai ser adequada.

— Ela vai ser adequada. Eu me certificarei disso.

King se perguntou por que as palavras soavam mais como uma ameaça do que como uma promessa.

Capítulo 20

Quando a libertinagem reina.

Penelope não tinha ideia da hora exata em que estaria sendo esperada, mas conhecia o Jardins Cremorne o suficiente para saber que a reputação do local estava se maculando pelas atividades ofensivas que ocorriam depois que as pessoas mais recatadas iam embora. Sem dúvida era imprudente da parte dela estar andando sem ninguém para protegê-la, mas havia aprendido desde cedo a cuidar de si mesma. Penelope não sentia o menor orgulho de todas as maneiras como tivera que fazer aquilo, mas suas experiências a ensinaram que ela poderia até se curvar, mas jamais se quebrar.

Embora aquilo pudesse mudar naquela noite, caso seus medos se concretizassem e ela tivesse que deixar Kingsland. Quase a matara mentir para ele naquela tarde e afirmar que estava com suas regras mensais, o que não era verdade. Ela mentia para os outros com tanta facilidade… No começo, mentira até para o duque. Mas naquela tarde aquilo a deixara com a sensação de que garras arranhavam a sua alma, dilacerando-a. Precisava de uma explicação para não ir ao quarto dele naquela noite, logo depois que se recolhessem. No fim, a mentira nem teria sido necessária, porque ele havia saído para se encontrar com os Enxadristas. Penelope nem precisara ser furtiva. Apenas saíra de casa e caminhara por algum tempo, até conseguir chamar um coche de aluguel.

E agora ali estava ela, onde definitivamente não queria estar, prestando muita atenção aos seus arredores enquanto se esforçava para deixar claro que não estava disposta a nenhum tipo de estripulia. Havia decidido que se manter em movimento era a melhor maneira de evitar qualquer avanço indesejado, presumindo que o remetente da carta acabaria a abordando.

As mulheres solitárias que passeavam por ali lhe lançavam um olhar curioso, provavelmente porque Penelope estava com um vestido abotoado até o queixo, enquanto os seios delas ameaçavam escapar dos vestidos decotados. Algumas prostitutas se agarravam aos braços de cavalheiros. Outras cambaleavam e tropeçavam. Outras ainda a observavam com curiosidade até o olhar gelado de Penelope as afugentar. Ela não era mais a inocente que fora quando se vira forçada a deixar seu orgulho de lado. Não seria mais tão facilmente manipulada, nem deixaria que se aproveitassem dela. Descobriria o que aquele malandro queria, então...

— Senhorita Pettypeace?

Com um sobressalto, Penelope se virou.

— Senhor Grenville.

Que diabo ele estava fazendo ali?

Grenville abriu um sorriso caloroso.

— Que curioso vê-la aqui, ainda mais a essa hora da noite. A senhorita tem noção de que essa não é a hora em que as pessoas mais decentes caminham por aqui, não é?

Embora Penelope se lembrasse de que Grenville comentara que achava que eles já haviam se visto antes, ele parecia realmente surpreso com a presença dela. Com certeza não era a pessoa que enviara a carta. Penelope não detectou nada de ameaçador ou sinistro no comportamento dele.

— Receio que minha curiosidade tenha sido despertada pela recente enxurrada de artigos no jornal relatando as atividades questionáveis que acontecem aqui quando as pessoas decentes voltam para casa. Pensei em dar uma olhada rápida.

— A senhorita está totalmente sozinha? — perguntou ele, o tom ligeiramente preocupado.

— Estou, sim, mas não precisa se preocupar. Não vou me demorar.

Penelope olhou ao redor, apreensiva. Será que a proximidade dele faria com que a pessoa com quem ela deveria se encontrar hesitasse em se aproximar?

— Estou bastante surpreso por Kingsland ter deixado a senhorita vir sozinha.

— Não sou propriedade dele. Sou livre para fazer o que quiser.

— Tem certeza de que ele não está à espreita em algum lugar?

Penelope estava distraída, procurando nas sombras alguém que pudesse estar a observando, e respondeu:

— Ele tinha planos para a noite, saiu com amigos.

— Não veio ninguém com a senhorita?

Ela realmente precisava que Grenville seguisse seu caminho. Ele estava atrapalhando.

— Sou plenamente capaz de cuidar de mim mesma, obrigada.

— É mesmo?

— Sim.

— Esplêndido. — Grenville passou o braço ao redor dela. — Por que não caminhamos um pouco?

Quando ele deu um passo à frente, Penelope se manteve firme e se desvencilhou do seu braço.

— Não tome liberdades comigo, por favor. Foi bom vê-lo, sr. Grenville...

— George. Deve me chamar de George, pois vamos nos tornar bons amigos.

— Senhor Grenville, realmente prefiro caminhar sozinha.

— Mas então como vai me pagar pelo meu silêncio, srta. Pettypeace?

A atitude afável se fora, substituída por um tom duro e mordaz, e os olhos dele subitamente pareciam cruéis. Penelope teve a sensação de que unhas geladas desciam por sua espinha.

— Não sei a que está se referindo.

— Ah, acho que sabe, sim. Enfim me dei conta de onde a havia visto antes: na minha coleção de fotografias lascivas. Mas não se preocupe. Guardarei seu segredo, minha cara, desde que pague o meu preço.

Ah, Deus. Ele realmente conhecia o segredo dela.

Penelope só havia posado uma dúzia de vezes para o fotógrafo, mas era muito jovem e ingênua para saber que as imagens podiam ser replicadas, impressas repetidamente. A prática ajudara a estimular uma indústria que prosperava nos cantos escuros de Londres. Fazia pouco tempo que as pessoas haviam começado a se referir aos materiais sexualmente explícitos como pornografia.

— Por que todas as perguntas anteriores?

— Para garantir que estava realmente sozinha, que Kingsland não estava escondido em algum lugar. Eu imaginei que não contaria a ele, mas precisava ter certeza. Suponho que não queira que ele saiba que sua santa Pettypeace é uma moça tão libertina. Ou era, de qualquer modo. Quantos anos tinha?

Ela era jovem demais na época. O pai havia morrido, e Penelope se culpava por isso — se ao menos tivesse voltado para casa quando era esperada, se não tivesse se atrasado, se ele não tivesse ficado esperando por ela... Então, a família teria fugido novamente e recomeçado a vida em outro lugar. Mas ela se atrasara. E o pai tinha sido mandado para a prisão dos devedores. Sem outros meios de sobrevivência, Penelope, a mãe e a irmã moravam na prisão com ele, o que era uma prática comum. Mas depois que o pai adoecera e morrera, as três haviam sido jogadas na rua, onde outras como elas passavam fome e frio, muitas vezes dormindo em becos.

Então, um dia, um homem se aproximara dela para fazer uma proposta. Tudo o que Penelope precisaria fazer era usar pouquíssima roupa, talvez nenhuma. E ficar imóvel... de pé, sentada, deitada. E ele colocaria moedas em sua mão.

No começo havia sido difícil posar com todas as suas partes secretas à mostra, mas acabara se tornando mais fácil.... até que Penelope realmente começara a se divertir. Aquilo a envergonhara mais do que as poses que fazia.

— Não o conheço bem o bastante para reconhecer sua caligrafia, então por que não me escreveu apenas uma carta normal?

— Achei que da forma como fiz poderia ser um pouco mais sinistro e a faria pensar duas vezes antes de ignorar o meu chamado.

Aquele aspecto do plano dele sem dúvida funcionara.

— Quanto quer?

Grenville soltou uma risada rouca e amarga.

— Acha que eu sou tão grosseiro a ponto de querer dinheiro? Não, minha cara, não. Desejo ver o Anjo Caído como uma mulher madura, quero compará-la com o que já foi. É assim que nós a chamamos, sabe. Colecionadores como eu. O Anjo Caído. Você tinha uma inocência tão transcendente, quase etérea, que transparecia na fotografia.

Penelope não se importava com a forma como a chamavam ou como ele percebia sua imagem no papel. Estava concentrada em seu comentário anterior sobre o que ele ansiava. Grenville realmente estava dizendo o que ela achava que estava? Ele esperava que ela se despisse para ele?

— Você está louco.

— Ah, srta. Pettypeace, não diga isso. Tenho várias fotos suas. Seria uma pena se alguma delas aparecesse na mesa de Kingsland. Desconfio que não sou o único na alta sociedade com propensão a se satisfazer com peças eróticas.

— Você comprou as fotos, olha para elas. — Penelope não queria nem pensar no que mais ele poderia fazer com aquelas fotos. — No entanto, me condena por posar para elas?

— Se você não tivesse se deixado registrar em poses tão carnais, eu não teria acesso ao pecado de olhar para as fotos.

— Isso não faz o menor sentido. Você é um hipócrita.

— Posso até ser, mas você conhece o suficiente da alta sociedade para saber que eu levaria um mero tapinha de repreensão no pulso, enquanto você seria apedrejada. E ficaria desempregada. Acredita sinceramente que Kingsland iria mantê-la como assistente dele quando descobrisse a verdade a seu respeito? Não iria. O duque não teria escolha a não ser dispensar seus serviços.

— Como conseguiu colocar sua carta na minha escrivaninha sem usar o correio?

— Devo guardar alguns dos meus segredos.

— Você pagou a um criado.

E havia pagado bem, ao que parecia. Não só pela entrega, mas pelo silêncio.

— Estamos falando de detalhes que não vêm ao caso. Vamos ao que estou propondo. Você me acompanhará até a minha residência e posará para mim como fez quando era mais jovem.

— Isso é tudo que exige? Apenas que eu pose para o senhor?

— Talvez possa ser gentil a ponto de realizar a minha fantasia de conhecer o Anjo Caído mais intimamente. Não consigo imaginar que não tenha se entregado aos outros.

— Então o senhor não tem muita imaginação.

O que sem dúvida era o motivo pelo qual ele recorria às fotografias.

Grenville não pareceu gostar do comentário.

— Estamos perdendo tempo aqui. Vamos indo?

— Não.

Ele já estendia a mão para segurá-la antes de compreender a resposta. Se Penelope não estivesse tão chocada com o que Grenville queria fazer, poderia ter rido quando ele ficou paralisado, o rosto chocado.

— Como?

— Eu não vou acompanhá-lo. Não tenho intenção de realizar suas fantasias.

— Farei com que seja arruinada. Não só você, mas o seu precioso duque. — O coração dela acelerou com a menção a Kingsland. — Como acha que ele será visto quando as pessoas souberem que dentro da casa dele mora uma mulher que expôs a boceta ao mundo? Eu tenho essa fotografia, srta. Pettypeace, e vou mostrá-la por toda parte até que não apenas você não possa mais mostrar o rosto em público, mas ele também não.

— Na verdade, não acho que fará isso.

A voz grave ressoou na escuridão, uma fração de segundo antes de um punho acertar o maxilar do sr. Grenville, fazendo o homem voar para o chão, com um baque de esmagar os ossos. Então um espectro alto e grande pairou sobre ele.

— Vamos agora mesmo à sua residência para recuperar essas fotografias. E, se voltar a ameaçar a srta. Pettypeace, farei com que seja destruído.

Kingsland se abaixou, agarrou o sr. Grenville pelas lapelas e o colocou de pé. Ele apertou com firmeza o colarinho do homem —

Kingsland era bem maior em altura e em largura — e arrastou o patife na direção de Penelope. Não havia luz suficiente para ver claramente as feições do duque, olhar em seus olhos, descobrir o que ele estava pensando — ou, mais importante, o que estava sentindo.

— Minha carruagem está esperando.

Com base na veemência de sua voz, ele não estava nada satisfeito. Não que ela o culpasse. Descobrir sobre o passado escandaloso da assistente — da amante — daquela forma... Então outro pensamento lhe ocorreu: que diabo ele estava fazendo ali? Seria coincidência? Kingsland estaria com os Enxadristas? Penelope olhou ao redor, mas não os viu em lugar algum.

— Pettypeace, vamos.

Ela voltou a atenção para onde Kingsland estava parado, a poucos metros de distância, ainda apertando com firmeza o colarinho de Grenville, enquanto o homem tentava se libertar inutilmente. Penelope se apressou a alcançá-lo, colocando-se do lado oposto de onde Grenville se debatia. Kingsland sacudiu-o com força.

— Acalme-se, ou meu punho fará isso por você.

— Você sabe o que ela é? Sabe o que ela fez?

— Silêncio. Alguém pode ouvi-lo, seu idiota insolente. Comporte-se, ou o seu pai será informado do seu passatempo questionável.

— O quê? Você nunca olhou para uma imagem erótica, nunca leu um livro sensual? Isso tudo é muito popular hoje em dia, sabe. — Apesar das leis contra a venda do que era considerado obsceno. Penelope se perguntou se aquilo fazia parte do apelo, embora certamente não tivesse parecido obsceno na época. O fotógrafo havia lhe dito que era uma nova forma de arte, que ela seria uma pioneira, abrindo caminhos. — Agora que você a levou a um baile e tudo mais, quanto tempo acha que vai demorar antes que outros a reconheçam também? Duvido que eu seja o único conhecido seu que tenha fotos dela.

Kingsland se virou e passou a mão ao redor do pescoço de Grenville, inclinando a cabeça do homem para trás.

— Não somos conhecidos. Mas acredite em mim, tenho conhecidos que você não desejaria encontrar. Por isso, dobre a língua e esqueça que sabe alguma coisa sobre a srta. Pettypeace. Caso contrário, acabará se encontrando com um deles, que é particularmente habilidoso em fazer as pessoas desaparecerem em silêncio. Estamos entendidos?

Grenville assentiu o máximo que pôde com a mão de Kingsland fazendo o papel de um colarinho apertado.

— Ótimo. — O duque soltou completamente o homem. — Agora, vamos continuar com nossos planos, certo?

Um Grenville muito moderado caminhou até a carruagem que aguardava. Foi Kingsland que ajudou Penelope a subir, mas não havia qualquer ternura em seu toque na mão dela, nenhum aperto tranquilizador. Não havia calor em seus olhos nem um sorriso. Penelope desconfiava que, naquele momento, o semblante dele se parecia muito com o do homem que arrastara o pai para um hospício. Ele a dispensaria naquela noite, e ela duvidava que fosse lhe dar qualquer referência.

Penelope ouviu vozes — não conseguiu entender as palavras, mas presumiu que Kingsland estivesse orientando o cocheiro em relação a que direção seguir.

Grenville apareceu na porta e entrou cambaleando quando Kingsland o empurrou para dentro do veículo. Ele se sentou enquanto o duque também se acomodava no assento com a segurança e a graça de um guerreiro experiente, ao lado do canalha. Kingsland levantou a mão, bateu no teto da carruagem, e eles partiram.

Penelope tinha tanto a dizer a ele, tanto a explicar, a corrigir, mas não queria falar na frente de Grenville. Talvez Kingsland sentisse o mesmo, porque permaneceu sentado em um silêncio impassível, imóvel... mas ah, ela podia sentir o olhar penetrante dele.

— A vadia mentiu para mim, me disse que você não estava por perto — se lamentou Grenville.

— Se deseja chegar a sua residência ainda com todos os dentes, vai permanecer de boca fechada pelo resto do caminho — alertou Kingsland, a ameaça evidente em seu tom duro.

Grenville cruzou os braços diante do peito e se encolheu no canto, a expressão mal-humorada. Ele se dava ao direito de ficar emburrado por perder algumas fotografias, quando era Penelope que estava prestes a perder tudo.

A tensão era palpável. Ela mal conseguia suportar. Homens furiosos, homens magoados, homens feridos. Mas só se importava com um deles, pois sabia que ele sem dúvida estava se sentindo traído. Kingsland agora tinha noção do passado vergonhoso e comprometedor dela. Penelope fizera o que qualquer moça decente e respeitável jamais faria. Deveria ter encontrado outra maneira de ganhar algumas moedas, mas na época tudo o que queria era comer. E conseguir comida para a mãe e para a irmã.

A carruagem diminuiu a velocidade e parou.

— Espere aqui — ordenou Kingsland a Penelope pouco antes de abrir a porta e descer.

Ele estendeu a mão, agarrou Grenville e o arrastou para fora.

Penelope pensou em sair, em descer da carruagem e ir embora. Para longe da vida que havia construído, para longe de Londres... para longe de Hugh. Seria a coisa mais fácil e a mais difícil de fazer. Mas o mesmo poderia ser dito se permanecesse ali. Hugh sabia a verdade a respeito dela agora. Penelope mal conseguia suportar imaginar o desgosto que veria nos olhos dele.

Porém, se fosse embora, não colocaria as mãos naquelas fotografias — pois com certeza Hugh as entregaria a ela — e não teria como destruí-las. Era imperativo que colocasse fogo nelas, que as visse queimar.

Penelope conhecia algumas lojas na Holywell Street onde eram vendidos livros e fotografias obscenas. Ao longo dos anos, ela visitara aquelas lojas — usando roupas de luto, de viúva, e um chapéu com um grosso véu preto para se disfarçar o máximo possível —, vasculhara o acervo e encontrara algumas das fotos que agora a envergonhavam. Comprava todas as que descobria e as queimava. Sempre se sentira profundamente desconfortável, de pé naquelas saletas nos fundos das lojas, examinando o que era oferecido, procurando imagens do seu eu mais jovem. Agora sabia que só precisaria ter perguntado se eles tinham alguma foto do Anjo Caído para vender. O Anjo Caído. Que apropriado. Penelope sentiu vontade de chorar pela jovem que tinha sido.

A porta foi aberta com tanta força que ela ficou surpresa por não ter se soltado das dobradiças, fazendo a carruagem balançar. Kingsland fechou a porta com a mesma força, sentou-se à frente dela e bateu no teto para que o cocheiro partisse. O veículo arrancou bruscamente, como se ele tivesse assustado os cavalos.

— Tome — disse ele, a voz baixa.

Os postes de luz por onde passaram permitiram que Penelope visse o pequeno pacote que Kingsland estendia para ela. Os dedos dele estavam rígidos e frios quando ela pegou o pacote e o pressionou na barriga, cobrindo-o com as duas mãos, não para protegê-lo, mas para escondê-lo.

— Você viu as fotos?

— Não.

— Mas, com base no que ouviu, já deduziu do que se trata. — Kingsland permaneceu em silêncio, mas a tensão crescente dentro da carruagem era sufocante. — Hugh...

— Você tirou a roupa na frente de um homem e deixou que ele tirasse fotos suas.

Ele parecia estar falando através dos dentes cerrados. Penelope só podia acreditar que estivesse furioso.

— Tecnicamente, sim.

— Tecnicamente?

— Você faz soar como se fosse algo chocante, e não me pareceu assim na época.

— Você foi tão desinibida quando foi até o meu quarto na primeira vez, e eu pensei... Cristo, você estava acostumada a tirar a roupa na frente dos homens.

— Não, não foi assim. Houve apenas um. O fotógrafo. Não havia mais ninguém por perto. Bem, talvez outra moça ou algo assim. Mas nenhum outro homem.

— Ele tocou em você?

— Às vezes, mas apenas para posicionar o meu braço ou para inclinar a minha cabeça. Nunca fez nada impróprio.

— Ele tirou fotos do seu corpo nu. Como, em nome de Deus, isso não é impróprio?

— Se você gritar um pouco mais alto, talvez o cocheiro e o criado possam explicar ao resto da criadagem o que aconteceu hoje à noite.

Penelope o ouviu respirar fundo, então soltar o ar. Quando Kingsland voltou a falar, sua voz estava mais baixa, mais calma, mais controlada.

— Eu mal consigo suportar a ideia do que você fez.

Teria doído menos se ele tivesse atirado uma flecha direto no coração dela. Mas a declaração de Kingsland também fez com que a raiva que fervia dentro de Penelope transbordasse com a injustiça da situação.

— Você sabe que eu fui a museus, a galerias de arte e a exposições para estudar retratos de mulheres e homens nus? A *Vênus adormecida* de Giorgione me vem à mente. O que define aquela obra como arte? Eu posei de forma semelhante, e ainda assim minhas fotos são vistas como obscenas, como algo a ser vendido em becos escuros e em saletas secretas nos fundos de livrarias.

E aquilo fizera a mãe olhar para ela como se Penelope tivesse contraído lepra.

— Não sei a resposta para isso — retrucou Kingsland, em uma voz tão baixa que Penelope quase não o ouviu, mas havia um tom de despedida que a deixou com vontade de chorar.

Talvez, na parte mais profunda de seu coração, ela esperasse que Kingsland a estimasse o bastante para que seu passado não mudasse os sentimentos dele. Mas mudara. Sempre mudaria.

— Então essas fotos estão disponíveis por toda Londres?

— E provavelmente além.

— Por que você não me procurou quando recebeu a segunda carta?

Penelope chegara a considerar a possibilidade por um instante. Mas sabia que jamais conseguiria. Deveria tentar lhe explicar aquilo? Se explicasse, conseguiria aplacar a mágoa que ouvira na voz dele? Ou só pioraria as coisas?

— Como você soube?

— A arrumadeira, Lucy. Ela me contou que Grenville havia lhe pagado para que deixasse a carta em sua escrivaninha. A primeira também. Mas Lucy abriu a que foi entregue esta manhã.

— Mas estava lacrada.

— Ao que parece, ela tem habilidade para remover o lacre e recolocá-lo no lugar sem deixar rastros. E me contou o que a carta pedia que você fizesse. Portanto, eu sabia onde você estaria, embora Cremorne seja tão grande que foi um desafio encontrá-la.

— Você mentiu sobre passar a noite com os Enxadristas?

— Estou ouvindo aborrecimento em sua voz? — zombou ele.

Por mais irracional que parecesse, sim.

— Por que você não me disse que sabia, que pretendia ir a Cremorne para desmascarar aquele sujeito?

Ele olhou pela janela, onde carruagens passavam chacoalhando, cavalos trotavam e algumas pessoas passeavam.

— Acho que eu queria que você me procurasse. Eu dividi com você um segredo que poderia ter me levado à forca. — Ele voltou novamente a atenção para ela. — Mas você não me confiou o seu segredo.

Kingsland não entendia a vergonha e a mortificação que ela sentia? Por que confessaria voluntariamente que fizera coisas que as leis proibiam?

— Não foi uma questão de confiança.

— Então foi o quê?

Penelope ouviu a raiva, a decepção, a mágoa na voz dele. Talvez seus sentimentos fossem justificados. De certa forma, ela o traíra. Eles haviam compartilhado o café da manhã, ideias e opiniões durante todos aqueles anos. Recentemente compartilharam uma dança, um beijo, uma cama. Na cama, as coisas entre eles tinham mudado, mas talvez não o bastante. Talvez ela tivesse guardado seu segredo porque trabalhar para Kingsland a ajudara a ganhar respeito por si mesma, e Penelope temia perder o respeito dele por ela, o que significaria perder o homem. Porém a verdade era que Kingsland nunca fora dela. Ela não era nada além da assistente que fazia anotações, que mantinha tudo organizado para ele. A mulher que satisfazia suas necessidades sexuais no momento. Mas ele não a amava. Kingsland não fora resgatar Penelope naquela noite, mas sim Pettypeace. Ele fora pela assistente, não pela amante.

De repente, Penelope se sentiu saturada, melancólica e absolutamente exausta de ser Pettypeace. Queria ser Penelope. Pettypeace não existira antes daquela primeira tarde em que ela cruzara a soleira do escritório de Kingsland. Pettypeace era quem ele conhecia. E ela estava apavorada de apresentá-lo a Penelope.

Seus dedos se contraíram, tremeram. Penelope segurou as fotos contra a barriga e respirou fundo, apertando o pacote com tanta força que fez o papel que o embrulhava estalar. Devagar, com gestos cuidadosos, como se estivesse escalando uma montanha absurdamente alta, com o pico sempre fora do alcance não importava quantos passos ela avançasse, Penelope se inclinou para a frente e deixou o pacote no colo dele.

— Abra, veja as fotos e depois queime-as. Confio em você para queimá-las.

Capítulo 21

Kingsland não disse uma palavra, não tocou no pacote. Deixou-o ali, equilibrado em cima das coxas, enquanto a carruagem entrava no caminho que levava para casa. Ele não se moveu quando o veículo parou. Ou quando o criado abriu a porta e ajudou Penelope a descer.

Ela seguiu até os degraus da entrada e subiu. Na porta, olhou para trás. Ele continuava dentro da carruagem. Provavelmente era melhor assim. Penelope se esforçou para erguer suas defesas, para recolher todos os sentimentos que transbordavam e guardá-los de volta dentro de uma caixa que parecia a de Pandora, onde eram guardadas coisas que nunca deveriam ser libertadas. Mas as coisas haviam sido expostas, e trancá-las de volta era difícil.

Depois de entrar em casa, ela foi até o alojamento dos empregados, passando apenas por Keating e Harry no caminho. Era tarde e a maior parte dos criados já havia terminado seus afazeres e se recolhido, a fim de acordar cedo no dia seguinte e dar conta de todas as tarefas monótonas que eram repetidas todos os dias. Talvez ela dormisse em seu antigo quarto naquela noite. Ou ao menos se deitasse na cama ali. Duvidava muito que fosse conseguir adormecer.

Quando chegou ao quarto que procurava, Penelope bateu de leve na porta. Detestava a ideia de acordar Lucy, mas precisava falar com a amiga, acertar as coisas entre elas. A porta se abriu e Lucy espiou para ver quem era. Ela arregalou os olhos.

— Ah, Penn! Você está bem. Eu estava tão preocupada!

A maior parte daquilo foi dito no ouvido de Penelope, porque os braços de Lucy imediatamente a envolveram e a abraçaram com força.

— Sei que você está brava comigo — falou Lucy.

— Não, não. — Penelope deu um passo para trás. — Mas eu gostaria de conversar um pouco com você, se não estiver muito cansada.

— Sim, por favor, entre.

Lucy pegou a mão de Penelope, puxou a amiga para dentro do quarto e fechou a porta.

Elas seguiram rapidamente para a cama e repetiram a rotina que já havia se tornado como um ritual para as duas, depois de tantas conversas tarde da noite. Lucy agarrou o travesseiro, jogou-o para Penelope, então se acomodou perto da cabeceira. Penelope se acomodou no pé da cama e colocou o travesseiro entre as costas e o metal. Ela já tentara convencer Lucy — provavelmente uma centena de vezes — de que não precisava abrir mão do próprio travesseiro, mas a amiga insistia que era preciso garantir que os convidados estivessem confortáveis. Lucy tratava seu quarto de dormir como se fosse o salão mais elegante da mansão mais grandiosa.

— Foi tudo resolvido? — perguntou Lucy, ansiosa.

Nem tudo.

— Sim. — Ela se inclinou para a frente. — Lucy, naquela manhã, quando chamei todos os criados, por que não me disse que *você* tinha deixado o envelope na minha escrivaninha? Deveria saber que eu a protegeria, que não a deixaria em maus lençóis.

Lucy entrelaçou os dedos.

— Você estava tão séria, e parecia tão preocupada, e disse que o duque tinha recebido a carta. Eu não tinha ideia do que o homem havia escrito para fazê-la pensar que a correspondência era dirigida ao duque. E, ao ver o duque envolvido... bem, aí eu soube que tinha cometido um erro e fiquei com medo de ser demitida se confessasse o que havia feito. Eu só recebi a primeira carta porque achei que o homem era alguém que a conhecera no baile e que tinha gostado de você. As roupas dele eram tão elegantes que ele poderia muito bem passar por um lorde.

— Quase isso. O pai dele é um visconde. Por que você decidiu ler a carta que ele lhe entregou esta manhã?

— Porque você ficou muito preocupada com a primeira. Fiquei esperando você comentar comigo sobre o que dizia a primeira carta, me falar sobre o homem, mas isso não aconteceu. Então, quando ele apareceu novamente esta manhã e me ofereceu uma libra para deixar o envelope na sua escrivaninha, concordei. Mas então fiquei curiosa. E, depois que li, fiquei com medo. *Quando a libertinagem reina*. Ele soava como alguém mal-intencionado, alguém com quem eu não gostaria de esbarrar, por isso voltei a fechar o envelope e deixei na sua escrivaninha, como prometido, porque talvez ele tivesse um jeito estranho de cortejar uma mulher e fosse alguém em quem você estivesse interessada. — Lucy balançou a cabeça. — Mas acabei passando o dia todo preocupada com isso... Vi você parada olhando pela janela algumas vezes e pensei: *tem alguma coisa errada*. Quando ouvi o valete do duque dizer ao sr. Keating para mandar trazer a carruagem por volta das sete e meia da noite, porque Vossa Graça ia sair, entrei um pouco em pânico e achei que, se alguma coisa desse errado, ele não estaria presente para resolver. Assim, esperei no saguão e, quando o duque estava prestes a sair, contei a ele que tinha lido a mensagem. O duque saiu mesmo assim, mas antes me garantiu que resolveria o problema. Sinto muito, Penn. Eu deveria ter lhe contado. E provavelmente não deveria ter contado ao duque.

— Estou feliz por você ter feito o que fez. As coisas precisavam ser resolvidas, e o duque... bem, ele tem a força, o poder e a determinação que garantiram que assim fosse feito. — Penelope arrastou o corpo até o meio da cama, pegou as mãos da amiga e apertou-as. — Lucy, quero que saiba que você é a amiga mais maravilhosa, a mais preciosa. Vou guardar para sempre, com muito carinho, as lembranças que tenho de você.

Lucy franziu o cenho.

— Também amo você, Penn. Tem certeza de que está tudo bem?

— Tudo perfeito. — Ou ao menos estaria, muito em breve. — Agora, me conte. Você beijou Harry de novo?

O pacote ficou na beira da escrivaninha, zombando dele, provocando-o, desafiando-o, enquanto ele o fitava da poltrona perto da lareira, onde estava sentado. O fogo não estava aceso. O clima não pedia. King estava com frio mesmo assim, apesar da quantidade de uísque que já tomara.

Depois de pegar a garrafa no chão ao lado dele, King voltou a encher o copo e tomou outro gole lento. Não via Pettypeace desde que ela descera da carruagem. Ele levara um bom tempo até conseguir segurar os resquícios do passado que ela havia deixado em seu colo. King não ouvira toda a conversa entre Pettypeace e Grenville, mas escutara o bastante para saber o que aquelas fotografias representavam. Uma mulher sem moral. Uma mulher que se exibia para que homens que não conhecia se deleitassem ao vê-la. Não era de admirar que ela tivesse mudado de nome e buscado uma nova vida. Grenville estivera certo. Ele realmente poderia arruiná-la e, ao arruiná-la, o canalha também arruinaria King.

Mas King estava lutando com mais do que imagens reveladas em papel. Ele sentia vontade de uivar de frustração e raiva. Pettypeace não confiara nele. Não contara a verdade sobre o próprio passado. Não mencionara que havia chegado uma segunda carta nem que iria ao encontro daquele rato vil naquela noite. O fato de Pettypeace não ter confiado nele o bastante para procurá-lo quando teve necessidade o magoou profundamente. De não ter confiado nele para lidar com o assunto, para protegê-la.

Ou talvez ele estivesse lutando com o fato de que ela não precisara dele. De que não precisava dele. Não do jeito que ele precisava dela.

Pettypeace tinha se tornado uma parte absolutamente essencial da vida de King. Quando se vira obrigado a enfrentar o próprio passado, encontrara consolo em tê-la ao seu lado, oferecendo apoio, garantindo conforto. Pela primeira vez na vida experimentara a sensação de não estar só. Sim, tinha os Enxadristas, o irmão e a mãe, mas Pettypeace, por algum motivo, era mais... mais sólida, mais importante. Mais... crucial.

Ele queria ser essencial para ela também. Mais do que um salário, do que um teto sobre a cabeça, comida na barriga, ou alguém que lhe garantia prazer. Queria que Pettypeace compartilhasse todos os aspectos da vida dela com ele: as coisas que lhe davam alegria, as que a faziam chorar, as que lhe traziam conforto ou que lhe davam medo.

Era estranho que as coisas que ele mais admirava nela — sua força, determinação e coragem — fossem exatamente o que fazia com que Pettypeace não precisasse dele. Ela alimentava a alma, a vida dele. Mas ele não poderia oferecer o mesmo para ela.

Depois de esvaziar o copo, King se serviu de mais uísque. Deveria fazer a única coisa que ela lhe confiara: acender o fogo e jogar o pacote nele. Sacrificar a oportunidade que Pettypeace lhe dera para conhecer mais sobre ela. E ele estava desesperado para saber mais sobre ela.

Na carruagem, ele estivera com raiva. Irritado com Grenville pelas ameaças que o canalha fizera, furioso por ele ter as fotografias e ter olhado para Pettypeace, por conhecer os detalhes íntimos dela. Indignado por ela ter se colocado na posição de ser extorquida. Para ser realmente honesto, ficara magoado por ela ter se desnudado para outro. Mas principalmente, acima de tudo, ficara magoado porque queria ser mais do que o patrão de Pettypeace, queria ser tão importante para ela quanto ela havia se tornado para ele. O que era um absurdo e o tornava um tolo ainda maior do que havia sido com lady Kathryn.

Afinal, como um homem poderia amar uma mulher que ele sabia ter um passado tão escandaloso e talvez com mais segredos?

King acordou com o hálito cheirando a uísque rançoso e dores em lugares que não deveriam doer, o corpo protestando fortemente por ele ter adormecido na cadeira. Um martelar insistente no crânio e um latejar atrás dos olhos o fizeram se arrepender de ter bebido toda a garrafa de uísque.

Depois de se espreguiçar e de torcer o corpo para soltar os músculos, King se levantou da cadeira. O relógio em cima do console da lareira confirmou suas suspeitas. Era quase meio-dia. Já muito tarde para o café da manhã. Ele ficou surpreso que Pettypeace não o tivesse procurado até aquela hora para garantir que ele não tivesse esquecido de comer. Então o olhar pousou no pacote ainda na beira da escrivaninha, e as lembranças da noite da véspera o atingiram com força. Precisava acertar as coisas entre eles, mas, maldito fosse... não tinha ideia de por onde começar.

King foi até a escrivaninha, jogou o pacote com as fotos em uma gaveta e fechou-a com força. O barulho não ajudou nem um pouco a melhorar a dor de cabeça que sentia. Precisava se arrumar um pouco primeiro.

Ele ficou grato por não cruzar com Pettypeace a caminho do quarto. A porta dela estava aberta e ele espiou dentro cautelosamente, inspirando fundo e encontrando consolo no aroma de jasmim que tomava conta do cômodo. Estava tudo limpo e arrumado. Àquela altura, a arrumadeira já cuidara daqueles cômodos. Não que Pettypeace lhe desse muito trabalho a ela.

Uma hora mais tarde, depois de tomar um banho quente, já barbeado e usando roupas limpas, King desceu a escada e seguiu pelo corredor. Ao se aproximar da biblioteca, cumprimentou o criado que aguardava na porta com um aceno de cabeça e seguiu até o escritório de Pettypeace. Para sua surpresa, o cômodo estava vazio. Aquilo era estranho. Será que ela teria saído para resolver alguma coisa na rua? Ele não conseguia se lembrar de nenhuma reunião agendada para eles. King voltou para a biblioteca e se dirigiu ao criado.

— Você sabe para onde foi Pettypeace?

— Não, Sua Graça. Não a vi esta manhã.

— Hum. — Ela devia estar em algum outro lugar ou realmente tinha coisas para resolver na rua. — Traga-me o café mais forte que conseguir encontrar e algumas fatias de torrada sem manteiga.

Aquilo era tudo o que o estômago dele conseguiria tolerar no momento.

— Sim, senhor.

Já sentado diante da escrivaninha, King pousou os cotovelos no tampo e começou a esfregar as têmporas. Ele não bebia tanto desde os seus dias de estudante em Oxford. Havia esquecido como o abuso de álcool conseguia deixá-lo mal, e como o motivo que o levava a optar por aquele caminho só parecia mais grave depois de uma noite de bebedeira. O álcool nunca fazia o problema diminuir ou desaparecer.

— Sua Graça?

King estreitou os olhos e se virou para Keating. O mordomo era capaz de se mover tão silenciosamente quanto um espectro. Ele estava segurando uma bandeja de prata e King viu um cartão ali.

— Uma srta. Taylor está aqui para vê-lo, senhor. Ela disse que a srta. Pettypeace a enviou.

Ele não estava com vontade de conversar com estranhos. Inferno, não estava com vontade de conversar nem com conhecidos.

— Com que propósito?

— Não sei, Sua Graça. Suponho que seja para lhe informar isso que ela deseja conversar com o senhor.

King se encostou na cadeira.

— Mande a mulher entrar, então, e diga a Pettypeace para se juntar a nós.

— Não sei onde está a srta. Pettypeace, senhor. Eu não a vi hoje.

Uma pontada gelada de inquietação o percorreu, provocando-lhe calafrios.

— O que você quer dizer com não a viu? Ela tomou café da manhã, não é mesmo?

Keating pigarreou.

— Não, senhor, ela não tomou.

Apesar de estar em uma cadeira robusta e pesada, King a afastou para trás com tanta força que quase a derrubou e ficou de pé.

— Leve-me a essa mulher.

No saguão de entrada, ele encontrou uma mulher de cabelo escuro, vestida de forma correta e decente em azul-claro. Não devia ser muito mais velha que Penelope.

— Senhorita Taylor, sou Kingsland.

A mulher abriu um sorriso largo e fez uma reverência.

— É um prazer, Sua Graça.

— A srta. Pettypeace a enviou aqui?

— Sim, Sua Graça. Trabalho com organização de bailes, como deve saber, e tenho ajudado a srta. Pettypeace com os detalhes menores do seu baile. Escolhendo a orquestra e coisas assim. Ela apareceu na loja bem cedo essa manhã e explicou que Vossa Graça precisaria de alguém para administrar todo o evento e...

— Por que eu precisaria de alguém para o administrar?

A srta. Taylor ficou ligeiramente boquiaberta, fitando-o com os olhos arregalados e uma expressão confusa no rosto. King precisou pigarrear discretamente para que ela lhe respondesse.

— Bem, senhor, isso vai garantir que esteja livre para aproveitar o baile sem se preocupar que algo tenha sido esquecido.

Ele balançou a cabeça.

— Estou totalmente ciente do motivo... Pettypeace está cuidando da organização do evento.

Mais uma expressão de surpresa.

— A forma de Pettypeace administrar o evento, Sua Graça, foi me contratando. Ela me pagou integralmente esta manhã e me entregou esta pasta — a srta. Taylor mostrou a pasta de couro macio que King havia dado a Pettypeace como presente de aniversário no ano anterior —, com todas as anotações e instruções organizadas. Passei as últimas três horas estudando tudo e devo confessar que fiquei extremamente impressionada com a capacidade de planejamento e organização da srta. Pettypeace. Nunca vi igual. Cada possível eventualidade considerada. Uma solução já pronta para qualquer coisa que possa vir a...

O restante dos elogios da mulher a Pettypeace se perdeu aos ouvidos de King, que já subia a escada três degraus por vez, amaldiçoando as próprias pernas por não serem longas o bastante para lhe permitirem subir de quatro em quatro. Ele entrou no quarto dela e abriu as portas do guarda-roupa. As roupas ainda estavam lá. Os vestidos azul-marinho, os outros mais elegantes.

Ela não tinha ido embora. O fato de ninguém ter visto Pettypeace e de ela ter contratado uma mulher para organizar o baile dele não era prova de nada. King olhou ao redor e viu o estojo de veludo. Não precisava abri-lo para saber que encontraria o colar aninhado ali dentro, mas foi exatamente o que aconteceu. Ele correu o dedo sob o pingente de esmeralda em forma de lágrima e imaginou que podia sentir o calor no ponto onde a pedra havia descansado logo abaixo do pescoço de Pettypeace. Um pescoço que ele beijara e lambera.

King colocou a caixa de volta na penteadeira e examinou o resto do quarto. Onde estava o maldito gato? Ele se agachou no chão e olhou embaixo da cama. Não viu nem um grão de poeira. Então, voltou a ficar de pé, saiu do cômodo com passos firmes e desceu a escada. Keating estava falando baixinho com a srta. Taylor, provavelmente tentando convencê-la de que duques costumavam se afastar correndo de repente e sem uma razão concreta mesmo. O mordomo ficou em silêncio quando King chegou ao saguão de entrada.

— Reúna a criadagem imediatamente e diga para fazerem uma busca completa por sir Purrcival.

— Como? Sir Purrcival, Sua Graça?

— O gato dela. O gato de Pettypeace.

Penelope não teria ido embora sem o gato.

O mordomo o encarava como se o patrão tivesse enlouquecido, mas King não tentou tranquilizá-lo e dizer que que estava tudo bem, porque começava a duvidar de que qualquer coisa voltaria a ficar bem novamente.

King entrou no escritório de Pettypeace e foi até a escrivaninha dela, procurando uma pista que confirmasse seus piores medos. Todos os itens que ele havia dado a ela ao longo dos anos estavam organizados ali em cima. Perto de onde ela deveria estar sentada havia um envelope. King pegou e leu as palavras que Pettypeace havia escrito com sua caligrafia perfeita e elegante.

Sua futura duquesa.

Ela se fora. Ele soube com uma certeza que o fez querer gritar. As dores que sentira ao acordar naquela manhã empalideceram em comparação com a dor que apertava seu peito agora que a realidade o atingia com força.

Pettypeace o deixara.

Eles não encontrariam o maldito gato. Ela não levara as roupas porque não eram adequadas a quem pretendia se tornar. Pettypeace mudaria de nome, de ocupação, escolheria outra região da Inglaterra para morar. Desapareceria dos arredores, se tornaria o camaleão com que ele certa vez a comparara. Impossível de encontrar.

King virou o envelope e sorriu melancolicamente para a cera vermelha que ela usara para lacrá-lo. A etiqueta ditava que apenas os homens usassem lacre vermelho. As mulheres deveriam usar qualquer outra cor: azul, verde, amarelo. Mas Pettypeace se rebelara e sempre usava vermelho para sinalizar que, em sua posição como assistente, estava em pé de igualdade com qualquer homem. Ele se perguntou se ela se dera conta de que era superior a muitos deles.

Como não queria arriscar estragar um símbolo do espírito rebelde dela, King pegou o abridor de cartas — o cabo marmorizado em tom de esmeralda lembrava a cor dos olhos dela, por isso ele o escolhera — e abriu o envelope. Então, pegou o papel e leu o nome que ela havia escrito. Naquele momento, a verdade o atingiu com tanta força que quase o derrubou sob o peso do arrependimento e do remorso.

Ela escolhera a mulher errada.

Capítulo 22

Aquela foi outra noite perdida para o uísque. King abriu uma nova garrafa, deixou-se cair na poltrona perto da lareira e ficou olhando para a mesa. Refletindo. Perguntando-se se deveria pegar o pacote sinistro que o tentava de dentro da gaveta e fazer o que ela havia sugerido: abri-lo.

Depois que se dera conta de que Pettypeace havia partido, ele assumira a tarefa impossível de tentar encontrá-la. Mandara preparar um cavalo e saíra por Londres, como se pudesse surpreendê-la andando pelas ruas. King havia contratado meninos para ficar de olho em seu cavalo enquanto ele desmontava e vasculhava as plataformas das estações de trem. Havia procurado nas docas e olhado dentro de carruagens. Falara com motoristas de coches de aluguel, a quem descrevera Penelope, tentando descobrir se a tinham levado a algum lugar onde ela poderia estar esperando naquele momento, algum lugar onde King pudesse encontrá-la e convencê-la a voltar para ele. Mesmo sabendo que, em sua posição, não deveria se envolver com uma mulher que havia feito o que ela fizera. E certamente não deveria deixá-la cuidar de seus negócios ou permitir que o acompanhasse a jantares e bailes. O escândalo que Pettypeace representava poderia afetar sua posição, levando ele e sua família à ruína.

Não poderia se arriscar a tê-la de volta em sua vida, tinha que se convencer a deixá-la ir. No dia seguinte, publicaria um anúncio nos periódicos apropriados e, até o fim da semana, já teria contratado outra pessoa para o cargo de assistente. Não precisava de Pettypeace.

Mas, Cristo, precisava de Penelope.

King se levantou, foi até a escrivaninha e abriu a gaveta com tanta força que a arrancou do móvel. O movimento foi tão rápido que ele não conseguiu segurar a gaveta pelo outro lado e impedir que ela atendesse ao chamado da gravidade e derramasse tudo o que guardava no chão. King deixou a gaveta de lado, abaixou-se e procurou entre os itens no chão até encontrar o pacote. De repente, deu-se conta de como havia sido descuidado com sua proteção. Grenville mantivera as fotos trancadas em uma linda caixa de jacarandá como se fossem um tesouro precioso.

King voltou para a poltrona, apoiou os cotovelos nas coxas e segurou o pacote entre as mãos, estudando o papel pardo e o barbante que representavam uma barreira tão frágil para o que estava escondido ali dentro. Ele provavelmente deveria acender um fogo na lareira e jogar o pacote fechado lá. Em vez disso, passou o dedo por uma das pontas do laço. Realmente queria ver Penelope fazendo o que Grenville havia descrito? Expondo-se aos outros? Ele estava com ciúmes porque os homens tinham olhado para ela, porque ainda olhavam? Era um hipócrita, uma vez que já havia estado com outras mulheres? Mas aquilo havia sido na privacidade de um *boudoir*. Ele não havia posado para que todos vissem. Para estranhos. Para qualquer um disposto a pagar.

Mas ver Penelope em poses ousadas, sem qualquer vergonha, provocante, era a única maneira de exorcizá-la, de garantir que não acabaria movendo céus e terra para encontrá-la. King imaginou a expressão convidativa dela, o olhar sensual, os lábios projetados em um biquinho. A promessa libertina. Ele puxou o barbante até desfazer o laço e o deixou de lado. Então, desdobrou o papel de embrulho...

E olhou para a primeira foto. Não era nada do que esperava. Penelope parecia tão ingênua e assustada. Quantos anos devia ter ali? Uns 14, 15. Certamente não tinha nem 16 anos de idade.

O que capturava a atenção, a imaginação, não era o corpo envolto em um tecido diáfano que insinuava o que ela estava prestes a revelar. Era seu rosto. Os olhos baixos, a expressão séria. A timidez refletida nos lábios. Sua Penelope já havia sido tímida e recatada.

King sentiu uma dor tão intensa e feroz atingir seu peito que achou que morreria de agonia. Era como se algo estivesse sendo quebrado dentro do peito e reconstruído.

O Anjo Caído, era como a chamavam. Fora o que Grenville dissera a ela. King certamente conseguia entender por quê. Ela era pureza e assombro. Inocência e virtude. Exalava o que acabava se perdendo conforme se envelhecia: a capacidade de acreditar na bondade.

Ele embrulhou novamente a foto com as outras que não vira, levantou-se e deu os três passos necessários para chegar à lareira. Então, se agachou, deixou o pacote de lado e começou a acender o fogo. Quando as chamas já dançavam descontroladamente, King colocou com cuidado o pacote no meio delas e ficou lhe assistindo queimar.

Ele sempre se perguntara sobre o passado dela. Agora, sentia-se dividido entre desejar nunca ter descoberto nada e querer saber tudo.

A noite seguinte encontrou King em uma esquina de Whitechapel que a aristocracia não costumava visitar, especialmente à meia-noite, o que tornava o lugar perfeito para reuniões clandestinas que a maioria desaprovaria. Quando entrou nos estábulos, King viu a silhueta do homem que fora encontrar encostada na parede. Havia um ar de profunda solidão nele, de desamparo. Mas a verdade era que o homem havia perdido tudo, tinha sido expulso da alta sociedade. Ninguém sabia que King mantinha contato com ele, mas o duque achava importante conhecer alguém familiarizado com os aspectos mais sombrios de Londres.

— Stanwick.

— Eu já lhe disse: refira-se a mim como Wolf.

Ele já havia sido o herdeiro evidente do ducado de Wolfford até o pai cometer traição e Stanwick perder tudo. O irmão dele recentemente se casara com lady Kathryn. A irmã havia se casado com Benedict Trewlove. No entanto, Marcus ainda vagava, se esforçando para descobrir a verdade por trás da derrocada do pai.

— Está mais próximo de encontrar o que procura? — perguntou King.

— Estou começando a temer que jamais conseguirei encontrar.

— Talvez você devesse desistir de sua busca e sair das sombras.

— Acho que gosto das sombras. Você não teria me enviado uma mensagem se não precisasse que algo fosse feito dentro delas. Do que precisa?

— George Grenville.

— Um dos filhos mais novos do visconde Grenville. O que tem ele?

— Quero que Grenville decida que seria mais feliz morando em outro lugar, em outra parte do mundo. Nas Américas, na África, na Austrália. Eu não me importo. Desde que ele não esteja mais aqui.

— O que ele fez?

— Ameaçou a paz de alguém com quem me importo.

— Sua assistente, presumo.

As palavras foram como um soco no estômago de King.

— Por que diz isso?

— Porque você tem um círculo muito pequeno de pessoas com quem se importa. E, se fosse um dos outros, eles estariam aqui com você.

King não tinha nenhum argumento para rebater aquilo, então apenas suspirou.

— Também preciso que me ajude a encontrá-la.

Duas semanas até o baile de Kingsland

King estava inclinado sobre o mapa de Londres que abrira sobre a escrivaninha, examinando-o, se esforçando para decidir por qual área andaria naquela noite. Estava ficando sem lugares onde procurá-la — mesmo sabendo que era improvável que Penelope ainda estivesse em Londres. Havia contratado investigadores para vasculhar cidades próximas e enviara outros para mais longe ainda. Nada foi encontrado em parte alguma, nem mesmo um sinal de que ela já existira.

Penelope crescera aprendendo a recomeçar, a desaparecer, a evitar cobradores de dívidas. E, mais tarde, a evitar os que sabiam do seu passado.

Algumas noites antes, King fizera papel de tolo e entrara no Reduto dos Preteridos para tentar descobrir se alguém que Penelope talvez conhecesse lá — qualquer cavalheiro que pudesse ter se sentido atraído por ela — ouvira falar dela ou tinha alguma ideia de para onde ela poderia ter ido. Obviamente ninguém lhe dera qualquer informação. Os criados sabiam que deveriam alertá-lo se tivessem alguma notícia do paradeiro dela. Uma recompensa de quinhentas libras seria dada a qualquer um que traísse a confiança de Penelope. King se achou um cafajeste no momento em que fez a oferta.

Mas precisava falar com ela. Queria saber tudo sobre seu passado. Precisava se desculpar por ter dado a impressão de que não teria ficado ao lado dela. Não conseguira conquistar sua confiança, e não podia se perdoar por isso.

O som de passos rápidos fez o coração de King disparar antes que ele reconhecesse que não era o passo de Penelope ecoando pelo corredor. Era estranho como ele conhecia um detalhe tão pequeno e, ao mesmo tempo, tanto sobre ela ainda fosse um mistério. Ao ver a mãe entrando pela porta, King endireitou o corpo.

— Mãe, só esperava você daqui a uma semana.

— Lawrence mandou avisar que a srta. Pettypeace está desaparecida.

Ele suspirou.

— *Desaparecida* soa sinistro. Pettypeace partiu, e não sei onde ela está.

— O que você fez para que ela partisse?

King não culpava a mãe por pensar o pior dele, por acreditar que ele era o culpado pela partida de Pettypeace. Era verdade, e o irritava saber que era ele o motivo de ela ter ido embora.

— Um escândalo do passado dela veio à tona. Eu agi como um idiota absoluto e me comportei de uma maneira imperdoável.

— Ah, Hugh.

— Não peça mais detalhes. Não darei.

— Você está com uma aparência horrível.

— Obrigado pelo comentário.

— Quando Keating me encontrou na porta, ele me informou que você não está comendo, e essas olheiras me dizem que também não está dormindo.

Qual era o sentido de comer ou descansar quando a luz se apagara da sua vida? Embora Pettypeace fosse desprezar aqueles pensamentos sombrios, não queria perder um único minuto fazendo algo que não pudesse levá-lo a encontrá-la. Ele franziu o cenho.

— Por que receber a notícia da partida de Pettypeace faria com que a senhora voltasse da Itália antes do planejado?

— Sempre gostei da moça. Estou preocupada com ela.

— Pettypeace é astuta e inteligente, e aparentemente não lhe faltam fundos. — Embora o gerente do banco não tivesse divulgado os detalhes, confessara ter chorado quando ela retirara todo o dinheiro e encerrara sua conta. — Ela vai ficar em boas condições.

— Não estou preocupada com um teto sobre a cabeça dela ou se ela terá o que comer. Eu me preocupo com o coração, com a alma de Pettypeace. Eu me preocupo com como ela vai sobreviver sem você.

— Pettypeace não precisa de mim, mamãe. Ela não precisa de ninguém.

— Ah, Hugh. — Ela balançou a cabeça e deu uma palmadinha no rosto dele. — Por mais inteligente que você seja, meu filho, há momentos em que se mostra extremamente tolo. Como conseguia olhar para Pettypeace e não ver o que ela sente? Pettypeace pode até não precisar de você, mas me arrisco a dizer que te ama.

As palavras da mãe foram como um golpe violento. King apoiou as mãos na mesa e abaixou a cabeça.

— Se ela me amasse, não teria ido embora.

Mesmo agora, ele sabia que, se a encontrasse, Penelope provavelmente lhe diria para apodrecer no inferno.

— Já que há um escândalo envolvido, eu diria que ela partiu *porque* ama você.

King levantou rapidamente a cabeça, sentindo a esperança se acender.

— A senhora estava bancando a casamenteira! O baile. O vestido.

— Vocês dois são tão assustadoramente teimosos, os dois com medo demais de se machucarem e, por isso, resistindo a abrir o coração. Você sabe tanto sobre risco e recompensa, mas não foi capaz de assumir o maior risco de todos… amar. No entanto, é o amor que traz a maior das recompensas.

— O que sabe sobre o amor, mãe? A senhora não amava o meu pai.

— Não foi por falta de tentativa. No entanto, houve outro… na minha juventude. Mas eu era jovem demais para reconhecer como era precioso o que tínhamos, ou como era raro. Tive medo demais de ficar sem nada se fugisse com esse homem para a América quando ele me chamou. Não tenha medo do preço que você pode ter que pagar para conseguir o que realmente quer.

— Vou esvaziar meus cofres para encontrá-la.

— Hugh, querido, abrir mão de dinheiro é fácil. Quando você a encontrar, o que está disposto a sacrificar de si mesmo para tê-la e mantê-la com você?

Capítulo 23

Três dias até o baile de Kingsland

Penelope se ajoelhou e enfiou a pazinha no solo para soltar a terra e, assim, conseguir arrancar com mais facilidade as ervas-daninhas do jardim. No dia seguinte à sua partida de Kingsland, no quarto que reservara no hotel Trewlove, ela examinara os classificados do *Times* em busca de anúncios de casas mobiliadas à venda, então visitara algumas mais promissoras e acabara se apaixonando à primeira vista por aquele chalezinho. Ela se mudara alguns dias depois.

Com o tempo, substituiria a mobília que já estava na casa por itens que fossem mais do seu agrado, mas o que havia ali atendia às suas necessidades por enquanto. E sir Purrcival certamente se sentia à vontade nas almofadas gastas. Ela ainda não se aventurara a sair — a experiência com Grenville lhe servira como lembrete de que a vida poderia facilmente dar uma guinada a qualquer momento. Mas não pretendia viver como reclusa para sempre. Ainda queria ajudar mulheres a investir, mas passaria mais algumas semanas se estabelecendo antes de começar aquele novo caminho. Queria desfrutar da liberdade que tinha ali, relaxar e colocar seu jardim em ordem. O casal que fora proprietário da casa antes dela havia deixado a natureza totalmente à vontade, por isso tudo parecia bastante desordenado agora. Mas Penelope já havia feito um diagrama da organização do pequeno gramado nos fundos da propriedade. Sabia exatamente onde plantaria os bulbos no outono e na primavera...

— Diga-me, srta. Hart...

Penelope se sobressaltou ao ouvir a voz familiar que visitava seus sonhos, virou-se e olhou para o homem alto, grande e lindo que invadira seus jardins. Por que a visão dele doía tanto e, ao mesmo tempo, fazia disparar uma espiral de alegria por seu corpo?

—... tem alguma ideia de quantos chalés foram vendidos recentemente em Cotswolds?

— O que está fazendo aqui?

— Imaginei que isso seria óbvio. Vim por sua causa.

Ao ouvir aquelas palavras, o coração dela se debateu como louco, tentando desesperadamente se libertar da caixa de ferro na qual ela o havia trancado fazia pouco tempo.

— Você deixou uma tarefa inacabada. O meu baile. É daqui a três dias, e você deveria supervisionar a organização.

Penelope fechou os olhos, tentando conter a decepção. Obviamente ele estava ali em busca de Pettypeace. Ela ficou de pé.

— Contratei uma profissional para essa tarefa.

— A srta. Taylor. E ela está mesmo trabalhando muito, mas a srta. Taylor não é você, Penelope.

Ah, Deus. Ele usara o primeiro nome dela, e as sílabas soaram tão suaves naquela voz profunda. A maldita fechadura estava quase se quebrando, pois o coração nada prático dela queria fazer as coisas do próprio jeito e se libertar.

— Deixei instruções detalhadas. Tenho certeza de que você não encontrará qualquer defeito na noite do baile.

— Por que você foi embora... sem me avisar? Sem avisar a ninguém?

Porque ela fora ensinada a ser assim. A partir sem se despedir, sem arrependimentos. Antes que a tentação de sugerir onde poderia ser encontrada se tornasse forte demais... ou antes de reconhecer que a perda seria tão grande que ela não conseguiria partir.

— Você olhou as fotos?

— Apenas uma. Joguei-a no fogo com as outras, e fiz o mesmo com as vinte e uma outras que consegui encontrar.

Penelope se viu sem palavras por um longo instante. Vinte e uma fotos a menos.

— Como você soube onde encontrar esse tipo de... oferta lasciva?

Kingsland fitou-a com uma expressão indulgente.

— Como você sabe muito bem, Penelope, contrato investigadores extremamente capazes. Eles não sabem os detalhes do que estou procurando, mas conseguem localizar os fornecedores de materiais obscenos. Depois que me informam que lojas vendem contrabando secretamente, vou até lá, procuro no estoque e compro as fotos que encontro. Quantas você acha que são?

— Incontáveis. Eu não sabia que ele poderia tirar quantas quisesse com apenas um clique da câmera. Acreditei que um clique correspondia a apenas uma fotografia. Fiquei surpresa por ninguém ter aparecido mais cedo. — Ela costumava ser reconhecida depois de apenas alguns meses. — Mas aquela noite no Cremorne serviu como um lembrete de que sempre vão aparecer. E Grenville estava certo. Não faria bem à sua reputação na sociedade se viessem a saber que você tinha a seu serviço uma mulher de caráter tão imoral.

— Você não era uma mulher. Era uma menina. Eu apostaria que a sua idade na época ficava mais perto dos 12 anos do que dos 20.

Penelope desviou os olhos para as dálias vermelhas.

— Eu tinha 14 anos. — Ela levantou os olhos para ele. — Idade o bastante para saber que não deveria fazer uma coisa daquelas. Ao menos era o que a minha mãe acreditava. Ela ficou horrorizada quando descobriu como eu conseguira dinheiro.

— Como ela soube?

— O dinheiro que ganhei permitiu que alugássemos um quarto em uma hospedaria simples em St. Giles. O marido de uma das outras hóspedes conseguiu uma fotografia minha. A esposa descobriu e ficou furiosa. Ele mal conseguia sustentá-la, mas esbanjava em *obscenidades*. A mulher mostrou a fotografia para minha mãe. Mostrou para todo mundo, na verdade. Ela me considerou responsável por corromper o marido. Fui posta para fora da hospedaria... literalmente. Mas pelo menos minha mãe e irmã conseguiram continuar no quarto pelo resto da semana.

— E depois?

Se ela não percebesse tanta sinceridade na voz dele, um interesse tão verdadeiro, teria lhe dado as costas. Odiava aquelas lembranças.

— Eu consegui um quarto em outro lugar. Estava esperando por elas quando deixaram a hospedaria. Chamei-as para ficar comigo. Minha mãe nem me olhou. Ela apenas agarrou a mão da minha irmã e a arrastou para longe. — A dor da lembrança a atingiu com força. Havia sido deixada de lado como se fosse lixo. — Tentei dar dinheiro a ela, mas minha mãe não aceitou, disse que tinha vergonha de ter uma pecadora como filha. Foi a última vez que as vi.

— Ela não poderia ter trabalhado?

— No tempo que meu pai passou preso, a minha mãe definhou. Acho que a morte dele foi o golpe final. Ela ficou terrivelmente doente. Tinha uma tosse terrível. Alguns meses depois daquele nosso último encontro, soube da sua morte. E a da minha irmã. — Penelope encontrou o olhar dele. — Eu só queria salvá-las.

Kingsland passou os braços ao redor dela, que apoiou a cabeça em seu peito.

— Eu sei.

As lágrimas chegaram. Depois de todo aquele tempo, de todos aqueles anos, como era possível ainda haver lágrimas? Parecera tão errado deixar a mãe e a irmã morrerem quando tinha meios para sustentá-las, para que pudessem viver... O que era se despir em comparação com a dor de perdê-las? Mas ela as perdera de qualquer maneira.

— Sua mãe estava errada. Não há vergonha no que você fez, Penelope.

— Não foi o que você disse na noite em que descobriu a respeito.

Ele se afastou e levantou o queixo dela.

— Eu também estava errado. Não tenho desculpa para o meu comportamento, e só posso dizer que sinto muito por ter passado a impressão de que não ficaria ao seu lado. Eu lhe prometo que, por mais que demore o resto da minha vida e além, cuidarei para que cada uma dessas fotografias seja encontrada e destruída. Elas não terão mais qualquer influência na sua vida.

— Aquelas fotografias sempre terão influência na minha vida. Você não tem como saber quem as possui, quem entre os seus amigos já viu alguma e pode em algum momento me reconhecer.

— Mas você tem o poder da minha influência e do meu apoio. Você não será arruinada, não por uma fotografia. Eu não vou permitir. Por isso, volte para Londres comigo. Cuide da realização do meu baile. Então, faremos um acordo de aposentadoria para você, para que, quando estiver pronta para sair do cargo, esteja bem amparada.

Ela não era uma exceção. Kingsland garantia uma pensão generosa para todos os que já trabalharam para ele. Penelope limpou as lágrimas insistentes em seu rosto, se desvencilhou do abraço dele e inclinou a cabeça ligeiramente para o lado.

— Sabe, na verdade sou muito rica.

— Você havia mencionado antes que não tinha necessidade de trabalhar para mim.

— Certa vez fui contratada por um camarada inteligente que era muito bom em investir. Segui as dicas dele.

— Mulher inteligente. Agora seja ainda mais esperta e volte comigo.

Penelope balançou a cabeça.

— Sua Graça...

— Penelope, você vai deixar seu passado ditar o seu futuro? A noite do baile vai ser a mais importante da minha vida até agora, porque abri a carta que você deixou para mim e tenho toda a intenção de me casar com a mulher cujo nome eu chamar.

Ela sentiu um peso no estômago, o que era tolice, já que Kingsland havia acabado de confirmar que ela fizera a coisa certa, que escolhera corretamente a nova duquesa.

— Por mais que a srta. Taylor esteja se empenhando no trabalho — continuou ele —, ela não é você. Preciso de tudo perfeito na noite do baile. E sei que a sua presença garantirá isso.

Penelope suspirou. Ouvi-lo chamar o nome da dama escolhida em sua voz profunda e enfática seria mais difícil do que se despir para um estranho. Mas Kingsland estava certo. Ela partira antes de terminar aquela última tarefa e sempre experimentava uma boa dose de culpa tarde da noite, quando o chalé se aquietava e tudo ficava silencioso.

— Tudo bem, mas só para supervisionar o baile. Depois, voltarei para cá.

— Esplêndido. Arrume suas coisas e pegue o seu gato. A carruagem está à espera.

Capítulo 24

Era o baile que encerraria todos os bailes, o evento final da temporada social. Na verdade, era um momento estranho para o duque escolher a mulher que começaria a cortejar. Mas, depois do constrangimento pelo qual passara em junho, Kingsland não quisera esperar mais um ano. Ele preferia que as pessoas cochichassem sobre o relacionamento iminente do que sobre o anterior.

Penelope dificilmente poderia culpá-lo. Se as pessoas não se sentissem inclinadas a comentar sobre o anúncio que ele faria em breve, ela ao menos garantira que comentassem sobre a organização do evento. Era digno de um rei.

Havia inúmeros criados uniformizados circulando entre os convidados, oferecendo todo tipo de bebida imaginável, além de um ponche de limão e outro de framboesa. Petiscos em bandejas também eram oferecidos a todos. Na sala ao lado do grande salão, um banquete com carnes, tortas, pratos de legumes e bolos em quantidade suficiente para alimentar uma pequena nação esperava para ser consumido com voracidade. Caso sobrasse alguma coisa, seria enviado a um abrigo. Como já passara fome, Penelope não conseguia tolerar desperdício de comida.

Enquanto andava pelo salão de baile, para garantir que tudo estava correndo bem, ela cumprimentou os Enxadristas, já que todos estavam presentes. Sempre que uma dama esperançosa encontrava seu olhar, Penelope se esforçava para não revelar nada sobre a escolha que fizera por Kingsland, mas se sentia bastante indelicada. Ela queria apertar a mão de cada dama não escolhida e lhe assegurar que alguém especial estaria esperando por ela. A moça só precisava ser paciente.

Embora Penelope não conseguisse escapar da ironia de que nem todo mundo encontrava alguém especial. Com certeza ela passaria o resto da vida como uma solteirona. Mas aquilo seria por opção. Era o que desejava. Por mais que não se casasse, acabaria procurando um companheiro. Certamente, quanto mais anos a separassem da menina que havia sido, menos reconhecível se tornaria. Ainda mais depois que o rosto começasse a ganhar rugas e o cabelo a ficar grisalho.

— Senhorita Pettypeace.

Ela sorriu para Lawrence.

— Milorde.

— Que noite cheia!

— É de se esperar, acho, como acontece com qualquer coisa que envolva o seu irmão.

— Sim, é verdade. Mas eu não gostaria de ver todas as minhas ações sendo comentadas.

— Ele está acostumado com isso.

Lawrence tomou um gole de espumante e olhou ao redor.

— Sinto muito pelo sr. Grenville.

Penelope teve a sensação de que o coração havia parado de bater. Kingsland havia contado ao irmão sobre o homem?

— O sr. Grenville?

Lawrence fitou-a com atenção.

— Sim. Eu a vi com ele no Reduto dos Preteridos. Achei que algo pudesse vir a acontecer entre vocês. Embora o homem certamente fosse precisar lidar com um King bastante descontente se isso acontecesse. Meu irmão não aceitaria nada bem a ideia de perdê-la.

Parecia que seu segredo ainda estava seguro.

— O sr. Grenville estava apenas sendo educado, me mostrando o lugar. Eu não tinha qualquer interesse nele.

— Melhor assim, já que ele partiu para o Canadá.

— Ele foi para o Canadá?

— Uhum. Foi bem estranho. Pelo que sei, o homem simplesmente arrumou a mala e partiu.

O alívio que a inundou foi extremamente bem-vindo. Grenville nunca mais a incomodaria.

— Espero que ele seja feliz por lá.

Lawrence se inclinou mais para perto.

— Há rumores de que Grenville estava se engraçando com a esposa de alguém. O camarada descobriu e quebrou a mandíbula dele.

— Não se pode acreditar em tudo que se ouve.

— É verdade, mas alguém acertou um soco no queixo dele. Posso atestar esse fato porque o vi de longe antes que ele partisse. — O olhar de Lawrence se desviou para além de Penelope. — Mamãe.

A duquesa se juntou a eles.

— Senhorita Pettypeace, devo dizer que se superou esta noite.

— Obrigada, Sua Graça.

— Meu filho tem sorte de ter você. — Ela levou aos lábios um dedo ornamentado com um anel. — Quem você escolheu para ele?

— A senhora saberá em alguns minutos, mas lhe garanto que achará a dama muito do seu agrado.

— Mas Hugh achará essa dama do agrado dele?

— Ficarei muito surpresa se ele não achar.

O gongo soou, e Penelope sentiu as vibrações ecoando através dela, desafiando o coração a permanecer forte, os olhos a continuarem secos, a alma a não se despedaçar. A orquestra silenciou, mas o burburinho entre os convidados aumentou de volume. O criado voltou a tocar o gongo. Os murmúrios continuaram.

Kingsland atravessou a porta e entrou no espaço da orquestra. Então a multidão se aquietou, tamanho era seu poder, a imponência da sua presença. Ele não precisava usar palavras para dar uma ordem ou para ser obedecido. Estava absurdamente belo, com seus trajes muito elegantes, a confiança transbordando de todos os poros, e Penelope ficou surpresa ao se dar conta de que, mesmo depois de todos aqueles anos, já o conhecendo tão bem, o homem ainda conseguia lhe tirar o fôlego.

Então, o olhar de King encontrou o de Penelope, que estava no fundo do salão de baile, e se manteve fixo nela por alguns segundos, como se reconhecendo tudo o que a assistente havia feito por ele, como se compreendendo que ela fizera tudo para que aquela noite fosse inesquecível para o duque e sua futura esposa. Uma noite como nem uma outra. Uma boa lembrança a que poderiam recorrer caso as dúvidas em algum momento os atormentassem.

Então Kingsland desviou os olhos dos dela e sua atenção abrangeu cada alma no grande salão de baile.

— Meus estimados convidados. — A voz dele ressoou, preenchendo qualquer espaço restante. — Na temporada social passada, eu subi aqui e pedi a todos vocês que parabenizassem a mulher a quem eu estava dando a honra de ser a minha escolhida. O homem com quem essa mesma mulher acabaria se casando me informou que eu estava buscando a coisa errada... A honra não deveria ser da mulher escolhida. Eu deveria escolher uma mulher cuja presença na minha vida fosse uma honra para mim. Que a verdadeira benção fosse tê-la ao meu lado.

Kingsland levantou o papel dobrado que Penelope havia deixado dentro de um envelope para ele, então, lenta e deliberadamente, guardou-o dentro do paletó.

— Não me parece correto anunciar o nome da dama escolhida antes de saber se ela me aceitará. Assim, peço licença a todos...

Ele começou a descer a escada. Penelope se sentiu um pouco decepcionada por Kingsland confiar tão pouco em sua capacidade de julgamento a ponto de pensar que a dama que ela havia escolhido o rejeitaria. Obviamente aquilo não aconteceria. Lady Alice...

As pessoas começaram a se afastar. Penelope ficou na ponta dos pés e tentou ver acima das cabeças à sua frente para descobrir onde estava Kingsland. E lá estava ele. Homem tolo. Como ela temera, ele estava caminhando na direção errada. Lady Alice estava do outro lado do salão, na parte de trás, afastada da aglomeração — o que era o único motivo pelo qual Penelope conseguia vê-la. Ela levantou o braço, apontou para lady Alice e acenou para Kingsland, esforçando-se para indicar que ele estava seguindo o caminho errado.

A aglomeração de convidados se abriu como o Mar Vermelho, e Kingsland, em seu mais de um metro e oitenta, de repente ficou claramente visível. Penelope apontou para o outro lado. Ele não lhe deu atenção. Ela teria que pegar seu braço e levá-lo até o lugar certo.

O duque estava diante dela.

— A dama está ali — sussurrou Penelope, irritada.

— Aquela cujo nome você escreveu para mim, sim. Mas não a mulher com quem quero me casar.

Ele se ajoelhou.

Penelope sentia os ouvidos pulsando tão alto que mal ouviu os arquejos e murmúrios.

— O que está fazendo?

— Por você, Penelope, eu vou me ajoelhar. Me apoiarei em ambos os joelhos, se preferir. — Ele pegou a mão dela, e Penelope se perguntou se Kingsland conseguia sentir como ela estava tremendo, um tremor que percorria o corpo inteiro. — Pedi a você que escolhesse uma mulher para ser a minha duquesa, e você escolheu errado. Mas como posso culpá-la quando nem eu havia me dado conta de que essa mulher já estava ao meu lado o tempo todo? Eu morreria de bom grado por você. Eu mataria por você... Vou viver para você. Senhorita Penelope Pettypeace, você sempre será o amor da minha vida, o eco da minha alma. Está disposta a me conceder a imensa honra de se tornar a minha esposa, a minha duquesa?

Ela balançou a cabeça, enquanto as lágrimas brotavam de seus olhos e rolavam pelo rosto.

— Não me peça isso.

Porque a resposta dela seria não. Tinha que ser não. Uma fotografia poderia surgir de repente. Ela poderia ser reconhecida a qualquer momento. Mesmo se alguém se lembrasse do rosto dela sem ter mais os retratos, poderia contar a outros onde a vira. Rumores sem provas podiam ser tão devastadores quanto rumores comprovados. A vergonha que ela levaria a Hugh, à família dele, aos filhos dele... os filhos deles.

— Sei o que a preocupa, Penelope, mas juro solenemente que não há nada que não possamos enfrentar juntos, nada que não sejamos capazes de superar. Você é minha força, minha rocha. É inconcebível que eu tenha demorado tanto para perceber a profundidade dos meus sentimentos por você. Sempre achei que não tinha coração, mas você provou que eu estava errado... porque, quando descobri que você havia partido, que eu a magoara tanto que você tinha ido embora, meu coração se quebrou, se estilhaçou em mil pedaços, cada um com seu nome gravado nele. Você me tem, de coração e alma. Vou dedicar o resto da minha vida a garantir que você nunca tenha motivos para duvidar da profundidade do meu amor.

— Ah, Hugh. — O rosto dela logo pareceria um rio. — Tem certeza?

Nem mesmo mil estrelas conseguiriam competir com o brilho do sorriso de Kingsland quando ele colou os lábios à mão dela e sustentou seu olhar.

— Nunca tive tanta certeza de nada em toda a minha vida.

— Amo você há tanto tempo. Sempre estive disposta a fazer qualquer coisa que você me pedisse. E certamente não me recusarei agora, quando o que está pedindo é algo que eu jamais ousei sonhar. Sim. Sim. Sim!

De repente, os braços de Kingsland estavam ao redor de Penelope, sua boca colada à dela — dando a impressão de que, se não a beijasse naquele exato momento, ele deixaria de existir. Os dedos dos pés de Penelope mal tocavam o chão.

Ela mal estava ciente dos suspiros, murmúrios e pigarros. Desde que voltara à casa dele, os dois estavam se comportando, e Penelope presumira que ele a relegara ao papel permanente de assistente. Aquelas duas últimas noites tinham sido intermináveis, mais solitárias do que nunca com ele tão perto e ainda assim fora de alcance, sem que pudesse tocá-lo. Ela soubera com toda a certeza, então, que não poderia permanecer trabalhando para Kingsland depois que ele se casasse. Não, a verdade era que teria que ir embora ainda antes. Logo depois do baile.

Mas agora não haveria mais partidas, apenas permanência. Ali, com Hugh, com seus braços segurando-a com força e sua boca fazendo coisas terrivelmente excitantes com a dela. Para sempre.

Parecia que o coração tão pouco prático dela acabara não sendo tão impraticável assim, no fim das contas.

O baile seguiu por mais um longo tempo. A meia-noite chegou e passou e as pessoas continuaram a dançar, a comer e a beber. Continuaram a parabenizá-los. Os Enxadristas, malditos fossem, se regozijaram, alegando que já sabiam que King amava Pettypeace antes mesmo de ele ter consciência disso e dizendo que não haviam ficado nada surpresos com o anúncio. A mãe deu uma palmadinha no rosto de King e disse:

— Já era hora de você ver a razão.

Lawrence parecia presunçoso, e King estava quase certo de que, em algum lugar, o irmão havia feito uma aposta sobre o nome a ser revelado.

Mas todos os bons votos e atenção que recebiam o impediram de conseguir um único momento a sós com Penelope. Por mais que dançar com ela tivesse lhe permitido ao menos uma oportunidade de evitar toda a atenção dos outros, ainda não tivera a chance de lhe dedicar toda a devoção que desejava.

Por isso, quando os convidados finalmente partiram, e a mãe e Lawrence se recolheram a seus respectivos aposentos, King bateu de leve na porta do quarto dela, e ficou grato por Penelope ter respondido tão rapidamente. Ela já estava de camisola, com o cabelo solto. E franzia ligeiramente o cenho.

— Achei que deveria ser sempre eu a ir até você.

— Ah, mas essa noite você não é minha assistente. É minha noiva. Embora possa, naturalmente, me negar a entrada.

Os lábios de Penelope se curvaram em um sorriso travesso.

— Por que eu faria isso quando estava prestes a cruzar o corredor para estar com você?

Quando ela recuou um passo, King entrou e fechou a porta silenciosamente — apesar da vontade de batê-la com força para entrar mais rápido. Então, puxou Penelope e capturou sua boca com uma ferocidade que poderia ter sido assustadora se ela não tivesse reagido com igual voracidade. Que tolo ele fora por não ter reconhecido o que havia entre eles antes, pensou King, enquanto corria a boca pelo pescoço dela.

— Quase me matou não vir procurá-la antes desta noite — disse ele.

— Quase me matou não ir até você, também, mas eu sabia que tê-lo apenas por um tempo quando não poderia tê-lo para sempre machucaria demais. Por mais maravilhoso que fosse o prazer, meu coração sempre doía depois.

King ergueu-a nos braços.

— Desta noite em diante, Penelope, você é minha para sempre. Na alegria e na tristeza. Para amar e respeitar.

— Esses são votos que ainda não fizemos.

— A cerimônia é apenas uma formalidade. No meu coração, esses votos já estão escritos, para nunca mais serem apagados.

— Hugh, você tem uma inclinação poética de que eu nunca soube?

— Dificilmente.

Ele a jogou na cama, arrancou as próprias roupas e ficou olhando enquanto Penelope se despia. Quando a camisola se juntou à pilha de roupas dele, King se atirou em cima dela e capturou seu grito de surpresa com a boca, beijando-a como se dependesse dela para sobreviver. E dependia.

— Deus, eu senti sua falta — falou King com um gemido.

Ele abaixou a cabeça para distribuir beijos pelos seios dela, antes de começar a chupá-los com gentileza. Penelope passou os dedos pelos cabelos dele e o abraçou.

— Mas já estou aqui há três dias — comentou ela.

— Não assim. Aqui, você não estava.

— Posso pensar em tantas razões pelas quais você não deveria ter me pedido em casamento, e pelas quais eu não deveria ter aceitado. Eu tenho 28 anos.

— Madura.

Ele passou para o outro seio.

— Não sou quieta.

— Mas sempre gostei de ouvir o que você tem a dizer. Minha parte favorita de investigar qualquer potencial empreendimento envolve pedir a sua opinião.

— Isso sempre me fez achar que você valorizava a minha mente.

— E valorizo. — Ele deixou um rastro de beijos ao longo da barriga dela. — Valorizo cada aspecto seu. Seus cabelos sedosos escorrendo pelos meus dedos. Sua pele acetinada contra a palma da minha mão. — Ele se abaixou mais e abriu o corpo dela para recebê-lo. — O seu gosto na minha língua.

O suspiro rouco que Penelope deixou escapar quando ele a acariciou intimamente quase o fez derramar sua semente ali mesmo. King amava o som dos gemidos e arquejos dela, amava o modo como ela se contorcia sob o corpo dele, puxando seu cabelo, cravando os dedos em seus ombros. Não havia nada em Penelope que King não amasse. Embora ele desejasse que o passado que a moldara e a definira tivesse sido mais gentil, ainda assim a havia transformado em uma mulher intrincada, complexa e multifacetada que ele admirava como nenhuma outra que jamais conhecera.

As coxas de Penelope começaram a tremer, e King intensificou as carícias. Ela arqueou as costas e levou o punho à boca para abafar os gritos de prazer. Nesse momento, King se posicionou em cima dela e penetrou-a, deleitando-se com os espasmos do clímax de Penelope e com o calor aveludado que nenhum preservativo o impedia de desfrutar. Ele afastou a mão dela e cobriu sua boca com a dele, sorrindo para si mesmo quando as línguas dos dois se encontraram. Como era ousada a sua Penelope... Como ele poderia ter pensado que precisava caçar a duquesa perfeita quando ela estava com ele havia tanto tempo?

Perfeita para a alma dele, para o seu coração, para o seu corpo. Perfeita como esposa, como amante e como parceira. Em todos os aspectos, ele nunca encontraria uma companheira melhor.

Que idiota retumbante havia sido.

King a possuiu então com todo o fervor do seu amor, reivindicando-a, tornando-a dele. Era justo. Afinal, sem perceber, ele se tornara dela. Penelope era o motivo pelo qual a escolha de uma duquesa na última temporada social se provara um desastre, o motivo pelo qual ele havia escolhido lady Kathryn Lambert — já sabendo que provavelmente a perderia para outro. Penelope era o motivo pelo qual King não conseguira manter seu desejo por Margaret. E Margaret, esperta como era, logo percebera o que estava acontecendo.

Logo ele, que era tão habilidoso em identificar oportunidades, quase deixara escapar o tesouro que era Penelope Pettypeace.

King ergueu o corpo enquanto arremetia dentro dela, e olhou dentro dos belos olhos verdes de Penelope — ainda mais lindos com o amor que sentia por ele refletido ali.

— Eu te amo, Penelope, te amo demais.

Lágrimas cintilaram nos olhos dela.

— Amo você, Hugh, tanto que muitas vezes cheguei a pensar que morreria disso.

— Nunca mais me deixe.

— Não deixarei.

A convicção em sua voz rouca o abalou interna e externamente — King derramou sua semente, e desabou em cima dela, a respiração pesada.

Penelope passou as pernas com força ao redor do quadril dele.

— Eu amo você.

— Ótimo. Porque nos casaremos dentro de uma semana.

A risada dela se ergueu ao redor deles.

— Não consigo organizar um casamento à altura de um duque em apenas uma semana.

— A srta. Taylor consegue.

— Ela é talentosa, mas não a esse ponto.

King ergueu o corpo e encontrou o olhar dela mais uma vez.

— Ela conseguirá, pois está planejando desde o dia em que você a contratou. Alguns dias depois que a srta. Taylor chegou aqui, entreguei a ela a tarefa de organizar o nosso casamento para que tudo pudesse estar pronto com o mínimo de alvoroço em pouco tempo. A srta. Taylor só precisa que você aprove o que ela organizou.

— Isso foi bastante ousado da sua parte. E se não tivesse me encontrado?

Ele se sentiu ligeiramente insultado.

— Me conhecendo como você me conhece, acredita sinceramente que isso seria uma possibilidade, que eu teria desistido da minha busca?

O sorriso de Penelope poderia ter derrubado impérios, e o teria deixado de joelhos se ele estivesse de pé.

— Me conhecendo como você me conhece, acredita sinceramente que eu teria sido encontrada se não quisesse ser?

— O que acredito, minha futura duquesa, é que fomos feitos um para o outro.

Epílogo

Propriedade ancestral de Kingsland
Seis anos e quatro meses depois do baile de Kingsland

Se existia uma tarefa mais agradável no mundo do que acordar ao lado do homem que se amava, Penelope Brinsley-Norton, duquesa de Kingsland, certamente não conseguia imaginar qual seria. A menos que fosse ninar os filhos, ler uma história para eles ou vê-los brincar com o pai.

Nos primeiros três anos de casamento, ela dera a Hugh seu herdeiro, um segundo filho e então uma filha. O marido a elogiara de forma brincalhona por sua eficiência. O humor de ambos se tornara cada vez mais leve com o passar dos anos, e nenhum de seus segredos voltara para assombrá-los.

Pouco depois de se casarem, King contratara a srta. Taylor como sua assistente. Ela passara o negócio de organização de bailes para a irmã. Uma das coisas que Penelope sempre amara no marido era sua disposição para considerar uma mulher alguém tão capaz quanto um homem. Eles também haviam contratado Lucy como dama de companhia de Penelope, elevando seu status entre os criados e permitindo que a amizade entre as duas continuasse. E quando Lucy se casara com Harry, o criado, que agora ocupava o posto de assistente de mordomo, os dois haviam se mudado para um pequeno chalé na propriedade do campo e passaram a dividir um quarto maior na casa de Londres.

Penelope deixara de lado os planos de abrir um negócio por conta própria e optara por criar uma instituição beneficente dedicada à melhoria das condições de vida das mulheres por meio de oportunidades de investimento. Embora seu foco estivesse nas mulheres, ela nunca recusara ajuda a um homem que precisasse aprender a administrar com eficiência seus ganhos.

Depois de experimentar a emoção do sucesso quando o projeto do despertador fora bem recebido, Lawrence investira em oportunidades de novos produtos. Ele parecia ter o dom de identificar o tipo de mercadoria que as pessoas comprariam. Tornara-se totalmente independente do irmão e isso lhe fizera muito bem.

Os olhos do marido se abriram e ele sorriu.

— Bom dia. Há quanto tempo está acordada?

— Há algum tempo.

— É Natal. Deveríamos dormir até mais tarde hoje, não?

— As crianças vão bater aqui na porta em breve, ansiosas para descer e descobrir o que o Papai Noel trouxe para elas.

— Diga a elas para acordarem a avó ou o tio Lawrence. — Os dois sempre estavam presentes no Natal. — Estou com vontade de ter a mãe deles.

Hugh rolou para cima de Penelope e começou a mordiscar seu pescoço. Ela passou os braços e as pernas ao redor do marido, apertando-o com força junto a si, absorvendo o calor de um corpo que começava a despertar completamente — ainda achando difícil acreditar que tinha aquele homem maravilhoso, lindo e generoso só para si todas as manhãs.

— Você está sempre com vontade de ter a mãe deles.

— Sorte a sua.

— De fato.

King se apoiou nos cotovelos e acariciou o rosto dela com os nós dos dedos.

— Já posso ouvir o som dos passinhos deles. São todos tão determinados quanto a mãe, portanto não vamos conseguir escapar, não é mesmo?

— É isso que você quer? De verdade?

— Não. O nono duque será conhecido por ter tido sempre a casa cheia de risos e alegria.

— E pelo que será conhecida a nona duquesa?

— Por ter sido muito amada pelo seu duque... e, assim que as crianças se cansarem e se recolherem para tirar um cochilo, provarei que essa afirmação é verdadeira.

E, naquela tarde, foi exatamente o que ele fez. E todos os dias e noites depois.

No verão de 2021, foi descoberta, trancada em uma caixa de charutos de mogno vitoriana, o que se acreditava ser a última fotografia remanescente de uma jovem que era conhecida apenas como o Anjo Caído. O achado raro foi oferecido pela Sotheby's em um leilão on-line e vendido por cinquenta mil libras a um licitante anônimo. Quando a fotografia foi entregue com toda discrição em sua casa, Brandon Brinsley-Norton, décimo quinto duque de Kingsland, manteve o juramento feito pelo avô, assim como haviam feito os outros que vieram antes dele. Brandon acendeu o fogo na lareira de sua biblioteca e jogou no fogo o pacote que acabara de receber, ainda fechado.

Nota da Autora

Preciso começar agradecendo a Alexandra Hawkins, amiga de longa data e confidente, que compartilhou comigo a página com o anúncio imobiliário publicado em uma edição do *Times* da era vitoriana, para que eu descobrisse como a minha heroína poderia conseguir um chalé no campo em um período relativamente curto de tempo. A quantidade de imóveis para venda ou locação, muitos deles totalmente mobiliados, era impressionante.

O primeiro relógio despertador foi inventado na França em 1847, mas só permitia definir uma hora cheia para ajuste. Um despertador inventado nos Estados Unidos em 1876 permitia o ajuste da hora e do minuto em que se desejava ser acordado. Embora tenha sido a invenção norte-americana que acabou chegando às costas da Inglaterra, achei possível que um relógio desse tipo, de fabricação inglesa, tivesse sido produzido antes disso.

Pornografia foi um termo usado pela primeira vez em 1864 e aplicado aos materiais eróticos proibidos pela Lei de Publicações Obscenas de 1857. O ato teve como efeito o surgimento de um sistema clandestino dedicado à criação e distribuição de textos e imagens obscenas. A fotografia foi parcialmente responsável por tornar esses materiais mais amplamente disponíveis, principalmente depois de 1841, quando o desenvolvimento do calótipo permitiu que uma foto fosse impressa repetidas vezes.

Quanto aos investimentos de Penelope: desde pelo menos os tempos da Regência britânica, as mulheres que não eram casadas — em particular as viúvas — investiam as suas heranças de várias maneiras como forma de garantir uma renda anual estável. A desvantagem era que, caso viessem a se casar, as ações e a renda se tornavam propriedade dos maridos. Em 1870, a Lei de Propriedade das Mulheres Casadas deu às mulheres o direito de permanecerem como proprietárias legais de seus investimentos. Como resultado, as mulheres foram incentivadas a investir. Estudos recentes mostram que as mulheres investidoras desempenharam um papel muito maior nas mudanças culturais, sociais e financeiras do que se acreditava originalmente. (Fontes: *Women Writing about Money 1790-1820 [Mulheres escrevendo sobre dinheiro: 1790-1820]*, de Edward Copeland, e *Women, Literature, and Finance in Victorian Britain [Mulheres, literatura e finanças na Grã-Bretanha vitoriana]*, de Nancy Henry.)

Este livro foi impresso pela Vozes, em 2023, para
a Harlequin. O papel do miolo é pólen natural
70g/m², e o da capa é cartão 250g/m².